Carlos Cerda

Santiago – Berlin, einfach

Carlos Cerda

Santiago – Berlin, einfach

Roman

Aus dem Spanischen
von Petra Strien

Luchterhand

Für Mariana

Die Übersetzung aus dem Spanischen wurde
mit Mitteln des Auswärtigen Amtes unterstützt
durch die Gesellschaft zur Förderung der Literatur
aus Afrika, Asien und Lateinamerika e.V.
in Zusammenarbeit mit dem Institut
für Auslandsbeziehungen.

Die Originalausgabe *Morir en Berlin* erschien 1993
bei *Editorial Planeta*, Santiago, Chile

1 2 3 4 5 99 98 97 96 95

Gesetzt aus der Life
von Fotosatz Amann, Aichstetten
Druck und Bindung: Ebner, Ulm
Printed in Germany.
ISBN 3-630-86933-5

*Die Stadt, der diese Seiten gewidmet sind,
besteht seit langem nicht mehr; und die
Ereignisse, von denen hier erzählt wird,
wären heute unvorstellbar.*

Paul Bowles

Kapitel I

Heute, im nachhinein gesehen, möchte man meinen, von dem Tag an, als wir erfuhren, daß Don Carlos sterben würde, seien uns allmählich die Augen aufgegangen, seien die Dinge anders geworden und hätten uns in anderer Weise berührt. Obwohl der Senator schon auf die Siebzig zuging und wir alle von seinen Beschwerden wußten, ahnte keiner etwas, als dieser *Zettel* unter der Tür von Marios Appartement durchgeschoben wurde, mit der vertrauten Schrift und der Bitte an Mario, am Nachmittag, »wenn er zur Caujale ginge«, bei ihm vorbeizuschauen.
Die *Caujale* ...
Don Carlos wohnte in einem Haus auf der Volkradstraße, gleich bei der *Kaufhalle* um die Ecke. Jeden Nachmittag – in den Wintermonaten erst nach Einbruch der Dunkelheit – ging Don Carlos auf dem Heimweg vom Parteibüro beim Supermarkt vorbei. Dort in der *Caujale* vertrieb er sich, wie er sagte, die Zeit beim Betrachten von Zeitungen und Preisschildern, die er nicht lesen konnte, von Likörflaschen und Havannas, die er nicht probieren durfte. Dann kaufte er eine Packung *Schmelzkäse* – einen Weichkäse, den wir ihm empfohlen und an der silberfarbenen Verpackung zu erkennen gelehrt hatten –, ein bißchen Brot, eine besondere Sorte, die ihm kein Sodbrennen verursachte, und eine Flasche *Stierblut*-Wein, den er wählte, nachdem er gehört hatte, daß Neruda diesen Wein in einem Gedicht gepriesen hat.

Mit der kargen Abendmahlzeit, die ihm seine Gastritis auferlegte, kam er so gegen sieben nach Hause. Da ihn normalerweise niemand besuchte, sprach er bis zum nächsten Tag nicht mehr, doch manchmal – wenn auch nur selten – lud er uns zu sich, um in seinem Appartement Dinge zu besprechen, die wir eigentlich im Parteibüro hätten diskutieren müssen. Dabei handelte es sich um alle möglichen Probleme, das ganze Spektrum abgelehnter Anträge und unzulässiger Gesuche, kurzum unseren gesamten Sorgenkatalog. Das Parteibüro verlangte, daß für die Prüfung derartiger Anträge, obwohl sie eigentlich vom Sektretariat zu prüfen waren, eine Empfehlung vom Mitarbeiter der Parteikontrollkommission erforderlich war, ein Amt, das der Senator schon seit den Anfängen des *Ghettos* bekleidete, und weder die Gastgeber noch die Parteifunktionäre hatten ein Interesse daran, diese Regelung zu ändern. Da besagte Angelegenheiten vornehmlich persönliche Fragen betrafen und folglich höchst kontrovers waren, war es unklug, sie im Parteibüro zu besprechen, denn nach dem Arbeitstag wurde es von den Anwohnern okkupiert, die nicht zum harten Kern gehörten. Aus diesem Grund erhielten wir wohl auch diese Zettel von Don Carlos mit der Einladung, uns bei ihm zu treffen, »falls wir zur *Caujale* gingen«, womit er den ultimativen Charakter seiner Aufforderung abschwächte. Diese Sondersitzungen zu Fragen des Ausschusses, die der Senator in seinem Appartement einberief, vertrieben ihm ein wenig seine langen, einsamen Abende, die immer dann begannen, wenn er das Parteibüro verließ.
Don Carlos war verwitwet, noch drüben in Chile, bereits mit knapp fünfzig Jahren. Schon seit langem hatte er sich angewöhnt, vertrauliche Gespräche mit seinem Schatten zu führen und sich so bei ein paar Gläschen

Wein seine trostlosen Abende zu verkürzen. Dabei hatte er in letzter Zeit das Gefühl, zu seinem Schatten habe sich ein weiterer, wenn auch weniger schweigsamer, doch ebenso treuer Gefährte gesellt: das quälende Rumoren in seinen Eingeweiden.

Die Menschen vertreiben sich die Einsamkeit auf vielerlei Arten, doch nach unserer Ansicht wurde hier die ergreifendste ersonnen. Beharrlichkeit kann, wenn sie mit Dummheit gepaart ist, die Erde einigermaßen zur Hölle machen. Don Carlos war vom *Rat des Bezirks* in ein Einzimmerappartement mit kleinem Bad und einer winzigen Küche umquartiert worden, in einem Gebäude ausschließlich mit Einzimmerappartements, alle für Leute über fünfundsechzig ..., und den Alten, die in den hundertsechzig Wohnungen des Gebäudes untergebracht waren – acht Appartements auf jedem der zwanzig Stockwerke – war nicht nur ihr Alter gemeinsam, sondern auch die Tatsache, erst kürzlich verwitwet zu sein. Alle hatten sie ihren Ehepartner in den letzten sechs Monaten verloren.

Das Witwerschiff war an einem Flüßchen gestrandet, das teilnahmslos hinter dem Gebäude vorbeifloß. Die Nachmittagssonne nährte die Blumen, die von den Witwen auf ihren winzigen Balkonen gegossen wurden, mit Blick auf das vorbeirauschende, verseuchte Wasser und das Licht, das hinter einer Menge neu errichteter Wohnblocks verschwand. Jeden Abend gegen sieben erreichte Don Carlos den Fahrstuhl, der stets von Greisen belagert war, manche freundlich und geschwätzig, andere eher abwesend, mit den Gedanken weiß Gott wo, doch fast alle in Begleitung ihres Hundes, dieses letzten Kameraden, auf den Don Carlos trotz seines Alters gut verzichten konnte.

Wenn er heimkehrte, fand der Senator die Hunde unerträglich. Kaum hielt der Fahrstuhl im Erdgeschoß, schoß eine ganze Meute, nachdem sie sich mit ihrem Gebell angekündigt hatte, explosionsartig aus dem Aufzug, gefolgt vom schrillen Geschrei der Greise. Die Hunde, die in den Genuß ihres Abendspaziergangs kommen sollten, vermengten sich mit all jenen, die um diese Zeit heimkehrten. Mit ihnen und seinen Nachbarn bestieg Don Carlos den Fahrstuhl, stets peinlich darauf bedacht, den aufgeregt wedelnden Schwänzen und leckenden Zungen, die sich ihm bedrohlich näherten, auszuweichen. Mit der Zeit hatte er ein gewisses Geschick entwickelt, derartigen Anwandlungen zu entgehen, doch seiner Nase hatte er die Qualen noch nicht ersparen können. Der Gestank dieser Hundemeute widerte ihn so sehr an, daß es ihm Übelkeit bereitete. Nur der Greisengeruch, der Don Carlos immer an Leichengeruch denken ließ, stieß ihn gleichermaßen ab. Deshalb genoß er auf dem allabendlichen Heimweg vom Parteibüro erst einmal den Duft von Tabakdosen und Obst im Supermarkt, um die unausweichliche Begegnung mit dem Gestank nach Hunden und Tod noch hinauszuzögern.

Obwohl Mario an jenem Abend nicht zur *Kaufhalle* gehen mußte, fand er sich pünktlich um sieben Uhr bei Don Carlos ein, in der Überzeugung, der Grund für dieses Treffen sei sein Entschluß, sich von Lorena zu trennen. Die Arme und diese kleinen Engel zu verlassen, wie die alten Klatschbasen im *Ghetto* es auszudrücken pflegten. Der bittere Geschmack, der sich seit dem Morgen, als er die Einladung erhielt, in seinem trockenen Mund festgesetzt hatte, hing mit dem schmerzlichen Entschluß zur Trennung zusammen, und – wie Mario uns später gestand – mit etwas, das er nicht wahrhaben mochte, da der Schmerz über die Trennung sich dann mit einem schwer beschreibbaren Gefühl gepaart hätte, das stark an Wut erinnerte, aber auch an Scham, hin- und hergerissen zwischen Rebellion und Resignation: Der *Zettel* drohte, wenn auch nirgendwo ausdrücklich, mit einem ernsten Verweis, nicht einmal so sehr wegen der Trennung von seiner Frau, sondern deshalb, weil er diesen Schritt unternommen hatte (und auch schon zu Hause ausgezogen war), ohne zuvor die »Meinung« des Parteibüros einzuholen.

Folglich mußte er damit rechnen, daß die Unterredung mit dem Senator in einer Reihe ausweichender Fragen und noch vagerer Antworten »hinsichtlich der zentralen Frage« gipfeln würde. Und die zentrale Frage hatte überhaupt nichts mit Marios Gefühlen oder mit der Verbitterung zu tun, die Lorena schlaflose Nächte bereitete, ganz zu schweigen von den Ängsten der Kinder, sondern sie bezog sich auf etwas, das von ihnen unabhängig war, das über ihnen stand. Auf etwas Wesentliches, das weder von Schmerz noch von Mitgefühl berührt wurde; es schien über alle erhaben wie eine teilnahmslose Gottheit, die die wahren Probleme niemals kennt: es war »die unvermeidliche Frage der Loyalität«. Die Loyalitätsfrage hatte freilich nicht das Geringste mit seiner Treue zu Lorena, seiner langjährigen Ehe oder den Kindern aus dieser Ehe zu tun. »Die Loyalitätsfrage« meinte den »Beweis für einen Vertrauensbruch gegenüber der Institution« und lautete stets, sei es, um Solidarität zu bezeugen, oder sei es, um einen Disput zu beenden: Lieber irre ich mich mit dem Parteibüro, als daß ich gegen es recht behalte.

Ja. Ganz sicher würde er diesen Satz gleich wieder zu hören bekommen. Während er den Trabant gegenüber dem Haus mit den winzigen Balkonen parkte, beschloß Mario, diesmal wolle er das Lachen, das dieser Satz bei den Abendzusammenkünften im *Ghetto* immer provo-

zierte, nicht unterdrücken. Ja. Offen loslachen war immer noch besser als die feierliche Lügenmiene, die wir aufsetzten, wenn wir ihn im Parteibüro zu hören bekamen.
Doch Marios Problem war jetzt weitaus komplizierter. Die Predigten des Alten waren mit der Zeit ein Bestandteil des Anekdotenschatzes im Exil geworden. Im Laufe der vielen Jahre hatten wir praktisch alle die Erfahrung mit dem berüchtigten blauen Zimmer gemacht – ein Name, der an einen anderen Schauplatz längst vergangener anderer Zeiten gemahnte –, und wir mußten den Senator nur mal am Sonnabendmorgen am Alexanderplatz sehen, damit uns plötzlich weitere so geniale Sprüche einfielen wie dieser, den Don Carlos aus tiefster Überzeugung bei den Sondersitzungen im Parteibüro herunterzubeten pflegte. Doch jetzt bereitete Mario weniger die Haltung des Parteibüros in der Scheidungsangelegenheit Probleme, denn wenn man bedachte, daß das Parteibüro den Antrag der Anwohner nur bei Zustimmung des Innenministeriums bewilligen konnte, schien die Sache noch um vieles heikler.
Damit soll nicht eine Einmischung des Innenministeriums des Ersten Arbeiter- und Bauernstaates auf deutschem Boden in Marios höchst persönliche Mißlichkeiten unterstellt werden, etwa in Form einer Erlaubnis für Mario, sich von seiner Frau zu trennen. Beileibe nicht. Worum es hier ging, war die Genehmigung des Ministeriums in einer viel delikateren Angelegenheit, von der im Parteibüro nur hinter verschlossenen Türen geraunt wurde, noch ehrfürchtiger als im Fall der »zentralen Frage«. Es war kein geringeres Problem als das des Visums.
Wer jene Welt nicht erlebt hat, könnte annehmen, die Erteilung eines Visums sei ein simpler bürokratischer

Vorgang, nicht im entferntesten vergleichbar mit einer Scheidung. Dort scheint eine Scheidung freilich kaum als so einschneidende Sache gegolten zu haben. Tatsächlich haben jährlich Hunderttausende von Bürgern des Ersten Arbeiter- und Bauernstaates auf deutschem Boden ihre Ehe annullieren lassen, wohingegen nur die wenigsten ihre Familienangehörigen auf der anderen Seite der Mauer besuchen durften.

Vielleicht hegte Mario deshalb insgeheim die Hoffnung, sein Scheidungsverfahren möge glimpflich ausgehen – nachdem er sich klipp und klar zur »zentralen Frage« bekannt hatte, versteht sich – und war der Überzeugung, daß der Visumsantrag äußerst unangenehme Folgen haben würde, besser gesagt *doppelt* unangenehme Folgen: Zum einen würde es Mühe kosten, dem Senator die Sache mit dem Antrag in ein paar Minuten zu erklären, zum zweiten noch schmerzlicher sein, Lorena heute abend beizubringen, daß Don Carlos das Gesuch abgelehnt hatte, was sicher zu erwarten war.

Im Aufzug, inmitten von Hundegestank und grinsenden Greisen, dachte Mario, daß sie nicht das Recht hatten, den Alten hier wohnen zu lassen, so weitab vom *Ghetto*, von den übrigen, von den Aufzügen voller vertrauter Wendungen und Ausdrücke. Er überlegte, daß es im kommenden Winter für Don Carlos noch härter sein würde, seine Abende allein zu verbringen, fernab von den geselligen Mahlzeiten in der Elli-Voigt-Straße bei Graubrot, Eisbein im Steintopf und *Stierblut*, ohne die Diskussionen, die sich immer wieder um das gleiche Thema drehten, in das, wie eine riesige Leier, nach und nach auch die Stimmen jener einfielen, die zunächst, als sie noch neu waren, stumm dabeisaßen. Immerhin war der Alte bei unseren Abenden stets der Ehrengast. Ihm wies man den Platz am Kopfende zu, während die Gastgeberinnen sich verstohlen in die Küche zurückzogen, um ihm im Handumdrehen seine Diät zu bereiten, mit etwas Verzögerung und ausnahmsweise ein wenig mehr Salz oder einer Prise Pfeffer unauffällig ins Fett der Hühnersuppe gemischt. Wir Vierzigjährigen, die wir den Geschichten des Senators schon so häufig gelauscht hatten, stellten ihm Fragen, als hätte er ein Detail vergessen, und ermunterten ihn so zur Wiederholung einer Geschichte, die die Jungen zum ersten Mal hörten und so mit der Pampa in Berührung kamen, durch die Don Carlos zur Wahlkampagne '46 gemeinsam mit Neruda gezogen war. Dann füllten sich die Augen der Kinder mit alten Eisenbahnen und endlosen Salpeterfeldern; was war das nur für ein rätselhaftes Land, das ihre Eltern da verloren hatten, mit Wüsten und Kordilleren, mit Städten, die niemals den hochzeitlichen Kuß des Schnees empfangen hatten.

In unserer kleinen Welt hatten wir damals alle schon einmal erlebt, wie Privilegien verloren gingen und manch ein Würdenträger fiel. Daß Don Carlos von der Elli-Voigt-Straße – dem brodelnden Zentrum des *Ghettos*, zwanzig Blocks, auf die sich die meisten Bewohner zusammendrängten – an die Peripherie der Volkradstraße ausquartiert wurde, war das deutlichste Signal für eine Reihe von Veränderungen, die uns beunruhigten, nicht nur, weil sie so unerwartet erfolgten, sondern auch so überstürzt. Plötzlich wurden den Familien der Parteiführer kleinere Wohnungen zugeteilt, in Vorstadtvierteln, die eben erst aus dem Boden geschossen waren. Nicht auf den breiten Prachtstraßen mit Grünanlagen und den charakteristischen feierlich monumentalen Gebäuden der ersten Wiederaufbauphase. Der hochherrschaftliche Bau, den die Partei in der Heinrich-Mann-Straße belegt hatte, umgeben von ruhigen Parks und Botschaftsresidenzen, wurde infolge ihres Umzugs in eine Etage in der Elli-Voigt-Straße zum Parteibüro. Schließlich wurden alle Junggesellen, Geschiedenen oder Witwer in Einzimmerappartements untergebracht. Alle hatten wir erwartet, bei Don Carlos würde man eine Ausnahme machen, der alte Senator, der schon über zwanzig Auszeichnungen von Gewerkschaften und Genossenschaften erhalten hatte, würde seine letzten Jahre inmitten dieser für isolierte Gemeinschaften so charakteristischen Herzlichkeit verleben, die – zumindest nach unserem Empfinden – die wesentliche Eigenschaft der Elli-Voigt-Straße war. Da es aber dort nun mal keine Wohnungen für Alleinstehende gab, wurde er kurzerhand in ein Gebäude für Witwer umquartiert. Obwohl unter einer Reihe von Wandlungen und Amtsenthebungen, die unsere geschrumpfte Gemeinschaft wieder auf den Stand wie zu Beginn der Achtziger zurückwarf, dieser Umzug besonders beklagenswert war, wagte es keiner von uns, die Notwendigkeit einer solchen Maßnahme anzuzweifeln. Genauso wie Don Carlos Teil der chilenischen Welt war, gehörte er auch der der Witwer an. Wie Mario jetzt einfiel, hatte ja nicht einmal der Senator selbst etwas unternommen, um diesen Umzug zu verhindern, nicht nur, weil er niemals einen Beschluß der »Hauseigentümer« – wie er zu sagen pflegte – in Frage stellte, sondern weil er, zu dem Zeitpunkt schon reichlich müde und krank, diese Umquartierung als natürlichen Beginn einer Phase ansah, in der ihm längere und ruhigere Abende nur guttun konnten.

Don Carlos' Appartement lag am Ende des Gangs. Dort gab es eine lange Reihe von Türen, hinter denen Mario die Geräusche wahrnahm, die die Einsamkeit begleiten: eine Oper; ein Fußballspiel; wiederholtes Hüsteln; Schweigen; die Stimme einer alten Frau, die mit ihrem Hund sprach; erneutes Schweigen; andere leise Antwor-

ten des Lebens hinter der schmutzigen Wand, hinter den Türen. Aus dem Appartement neben dem des Senators drang kein Laut, doch Mario entdeckte, daß ein Zettel mit einer Reißzwecke an die Tür geheftet war.
Die Flurdecke war niedriger als in den Appartements, und die weiße Farbe war schmutzig vergilbt, wurde in den Ecken dunkler. Die Wände waren hingegen frisch gestrichen. Das verwaschene Smaragdgrün war fleckenlos, und der Farbgeruch hing noch in der Luft.
Je näher er dem Flurende kam, desto mehr war er bemüht, das Hallen seiner Schritte zu dämpfen. Schon stand er vor der weißen Tür, vergilbt wie die Decke, bereit zu klingeln. Hatte eine Diskussion über die Visa überhaupt einen Sinn? Wie sollte er bei Äußerung seiner Bitte dreinblicken, wo seine Schwiegereltern doch schon in wenigen Stunden eintreffen würden? Welche Entscheidung hatte das Parteibüro im Fall seiner Scheidung getroffen? Nur eins war schon sicher: laß dich nicht in die Enge treiben, und versuche, das Wesentliche zu erreichen. Denn wie sollte er, falls das Parteibüro die Scheidung ablehnte, an eine Wohnung kommen? *Kein Antrag wird vom Stadtrat ohne die nötige Zustimmung durch das Parteibüro geprüft.* Er mußte an das Blatt an der Wand hinter dem Schreibtisch des Alten denken, unverwüstlich wie die Zeit, wie der Gelbstich, den alle Aushänge des Parteibüros annahmen, wie die Farbe der Tür, die Mario jetzt vor der Nase hatte. Er war nahe dran, wieder kehrtzumachen, und erwog, am besten zu Lorena zu gehen und ihr klipp und klar zu sagen, daß sie sich selbst um die Visa kümmern mußte, denn schließlich waren es *ihre* Eltern, und er hatte schon genug Ärger mit der Trennung, die allein auf seinen Schultern lastete, denn Lorena unternahm nichts, um das Verfahren zu beschleunigen, das sie ablehnte. Doch er bewegte sich nicht von

der Tür fort: Im Gegenteil, er schob den Kopf so weit vor, daß er mit dem kalten Ohr das nicht minder kalte Holz berührte, und lauschte: Ganz leise war das langsame Schlurfen des Alten zu hören, das Schlurfen der Pantoffeln auf dem Boden, ein dumpfer, matter Laut, der auf Mario wie ein akustisches Portrait des Senators wirkte.

Schon seit einiger Zeit hatte der Senator begonnen, Abschied zu nehmen. Seine Statur war eingefallen, und seine frühere Korpulenz hatte sich in eine Art Leichtigkeit verflüchtigt, die seltsam durchsichtig wirkte. Wir merkten, daß er weniger Raum beanspruchte. Und doch hing unser Leben weiterhin von diesem schon so mit dem Tode vertrauten Manne ab.

Schließlich drückte Mario auf die Klingel, egal was kommen mochte. Er mußte daran denken, daß er anders als beim letzten Mal, als er Don Carlos freiwillig aufgesucht hatte, um ihm sein Problem zu unterbreiten, jetzt hier war, weil man ihn hergebeten hatte, und jede Einladung war dringend, zumal es auf dem Zettel, den Don Carlos unter der Tür des Appartement durchgeschoben hatte, hieß: »Schauen Sie heute vorbei, wenn Sie zur Caujale gehen.«

»Haben Sie Ihre Einkäufe schon erledigt, Compañero?«

Er empfing ihn mit freundlichem Lächeln, und Mario spürte Besorgnis im Händedruck.

Allen, die das Appartement des Senators kannten, tat die unvermeidliche Einsamkeit des Alten leid, aber irgendwie kam uns die völlige Freiheit, die alle Alleinlebenden zu genießen schienen, auch verlockend vor. In seinem Zimmer hatte man das Gefühl, im Hotel zu sein, alles am rechten Fleck, die Dinge wie auf der Durchreise, nichts Bindendes, nichts, das von Dauer schien.

»Etwas Warmes? Vielleicht einen Tee?«

»Machen Sie sich keine Umstände, Don Carlos.«

»Oder lieber einen Wein?«
»Na gut, einen Wein.«
Don Carlos ging durch die Enge seines Zimmers in die noch engere Küche. Mario musterte inzwischen zwei riesengroße, aufwendig in Geschenkpapier eingewickelte Pakete auf dem Schreibtisch. Es wunderte ihn, an diesem Ort, wo alles eher trist und abgenutzt wirkte, so aufreizend fröhliche Pakete zu sehen mit Schleifengewirr wie Papierschlangen. Auf einmal kam er sich vor wie in die Falle getappt, als habe er im unpassenden Moment die Bühne betreten.
Hatte der Alte ihn vielleicht deshalb hergebeten? Es war also eine Einladung. Ein Fest. Und er war als erster eingetroffen, mit leeren Händen. Natürlich! Der Geburtstag des Alten! Letztes Jahr war er am gleichen Tag hier gewesen, jetzt erinnerte er sich an die Schneemassen. Es hatte sie einige Mühe gekostet, den im Schnee feststeckenden Trabant freizubekommen, Lorena mußte sich ans Steuer setzen, und die anderen mußten anschieben und veranstalteten mit dem Lärm auf der Straße zu nachtschlafender Zeit einen Aufruhr.
»Tee oder Rotwein, etwas muß man bei diesem miesen Wetter ja trinken. Der Körper verlangt nach etwas Stärkendem, meinen Sie nicht? Nehmen Sie doch Platz, Compañero. Machen Sie's sich bequem.«
Doch die Heiterkeit verflog, kaum daß sie losgefahren waren. Sie ließen die kleine Gruppe von Freunden, im Schneesturm aneinandergedrängt, mit dem allerletzten Zigarettenzug dieses Festes allein. Auf der Heimfahrt sprachen sie kein Wort. Schon seit mehreren Tagen sprachen sie kaum miteinander. Ja, seit einigen Tagen, denn jetzt erinnerte er sich, daß er nach dem Fest und nachdem er Lorena nach Hause gebracht hatte, zu Eva fuhr. Einen Monat zuvor hatte Mario seine erste Nacht bei Eva ver-

bracht, und ein paar Wochen später war Lorena über alles im Bilde gewesen. Deshalb sprachen sie auch an dem Abend auf der Heimfahrt nicht. Und jetzt war ihm, als könnte er noch Lorenas Profil sehen, diese Bestürzung und gleichzeitig diese gequälte Würde, den Blick stur auf die Windschutzscheibe geheftet, auf den im Scheinwerferlicht umherwirbelnden Schnee, so stumm, so tief verletzt wie Lorena, so kurz vor der Auflösung und doch alles erfassend. Es war schon ein Jahr her! Wieder ein Jahr!

»Wollen Sie sich nicht setzen? Machen Sie's sich bequem.«

Machen Sie's sich bequem. Also war es eine Feier, und gleich würden die anderen eintreffen. Sicher war auch Lorena eingeladen. Er dachte, es habe keinen Zweck mehr, sich zu entschuldigen.

»Na gut, wie Sie wollen, Don Carlos.«

»Sind Sie sehr eilig?«

Der Alte führte den Wein an die Lippen zum ersten Schluck.

»Aber nein. Wieso meinen Sie?«

Na klar. Er war der erste, der Vergeßliche, der große Filou, der unverbesserliche Nichtsnutz. Bestimmt war eines der Geschenke von der Sozialistischen Einheitspartei Deutschlands. Das größere, in aller Herrgottsfrühe von den Leuten aus dem Ministerium vorbeigebracht. Das andere mußte demnach vom Parteibüro sein. Und gleich würden sich weitere Sympathiebekundungen für den Alten in Form von kleineren, aber dafür wenigstens ehrlichen Paketen anhäufen. Alle außer ihm! Der ewige Schmarotzer. Der den Alten Abend für Abend anrief mit der Bitte, seine Sache voranzutreiben. Der auch heute abend gekommen war, ja wozu nur? Etwa um dem Alten zum Geburtstag zu gratulieren, der womöglich sein letzter war? Nein, natürlich nicht, der Nichtsnutz kam, weil

er ihn um einen Gefallen bitten wollte ... Wieder mal einen Gefallen!
Don Carlos machte an der Fensterfront halt und sah zu, wie der Schnee auf den Balkon fiel.
»Ich wollte mit Ihnen über eine persönliche Angelegenheit sprechen«, sagte er.
Na sicher. Deshalb hatte er es so eingerichtet, daß er als erster eintraf. Mario spürte, wie ihm die Kehle austrocknete, und nippte am Wein. Er hatte das Gefühl, als stünde er unmittelbar vor der Vernichtung. Mit leeren Händen, die beiden Geschenke mit dem breiten Lächeln ihrer Schleifen, und Don Carlos, der, ohne ihn anzusehen, in ernstem Ton sagte, er wolle eine persönliche Angelegenheit mit ihm besprechen.
»Ja, selbstverständlich.« Mario setzte das Glas auf dem Tisch ab und zündete sich eine Zigarette an. »Gibt es was Neues?«
»Ich habe heute mit dem Arzt gesprochen«, sagte Don Carlos, und löste sich vom Fenster.
Mit dem Arzt? Deswegen hatte er ihn also hergebeten.
»Was hat der Arzt Ihnen gesagt?«
»Daß eine Operation nötig wäre.«
»Wieso *wäre*? Müssen Sie operiert werden?«
»Sie haben mir gesagt, sie hätten das Ergebnis der Biopsie.«
»Ist es ein Tumor?«
Der Alte zögerte. Die Frage beraubte ihn der letzten schwachen Hoffnung, die ihn aufgerichtet hatte. Er drehte am Glas auf dem Tisch, und Mario konnte sehen, daß er den Blick starr auf die Tür geheftet hatte. Bestimmt schaute er sich die Kratzer im Holz an, die unzähligen Rillen und Furchen im Lack, die der Hund eines anderen Herrn dort als Zeugnis einer anderen Verzweiflung hinterlassen hatte.

»Es ist nur ein ganz schwacher Schatten. Ich schwöre Ihnen, es ist nicht größer als eine Olive.«
Für einen Moment klammerte der Alte sich an die rettende Selbsttäuschung, doch dann richtete er den Blick wieder unverwandt auf die Tür und versank in Schweigen. Vielleicht sieht er diese Kratzer jetzt mit anderen Augen, dachte Mario; er spürt das Heulen, kratzt an einer anderen Tür, aus der er nicht mehr herauskommt.
»Und was hat man Ihnen zur Biopsie gesagt, Don Carlos?«
»Was ich Ihnen erzählt habe, daß ich operiert werden muß. Und dazu möchte ich Ihre Meinung hören.«
Mario drückte bedächtig seine Zigarette aus, während er sich auf eine Antwort besann. Er spürte sofort, daß Don Carlos keinen medizinischen Rat hören wollte und noch viel weniger die Wahrheit. Er wollte Beistand, eine glaubhafte Lüge, er wollte weiterleben.
Marios Schweigen zog sich peinlich in die Länge.
»Wer hat die Ergebnisse?«
»Ihr Arzt, Doktor Wagemann. Deshalb habe ich Sie hergebeten.«
»Gut, morgen werde ich mit ihm sprechen.«
»Was Ihre Angelegenheit betrifft«, meinte Don Carlos nun, »was das betrifft, kann ich Ihnen versichern, daß ich alles in meiner Macht Stehende getan habe. Ich habe denen mitgeteilt, daß Sie einen Entschluß gefaßt haben. Ich nehme an, daß es Ihnen ernst ist und Sie bedacht haben, was eine solche Trennung nach sich zieht, vor allem wenn die Genossin in der Partei bleibt. Ich glaube, daß noch in diesem Monat eine Entscheidung fallen wird. Vor Jahresende, wie ich Ihnen gesagt habe«, und während er das Glas zum Mund führte, setzte er noch hinzu: »Ich nehme an, daß ich bis dahin schon operiert bin.«
»Verzeihung, Don Carlos, Sie haben sie also... (er wollte

sagen ›positiv informiert‹, wagte es aber nicht und sagte ›persönlich‹). Sie haben sie also persönlich informiert.«

»Ich haben ihnen die Informationen geliefert, Compañero. Prüfung und Entscheidung liegen beim Sekretariat.«

»Ja, aber Sie sind doch Teil des Parteisekretariats, Don Carlos.«

»Teil, nicht mehr, Mario. Haben Sie Geduld.«

Geduld. Er hatte sich jahrelang in Geduld geübt. Er will mir nicht sagen, wie er meinen Fall gemeldet hat. Wäre seine Meldung günstig für mich gewesen, welchen Grund hätte er dann noch, es vor mir zu verheimlichen, gerade jetzt, da er von dem Schock schon halb tot ist. Am wahrscheinlichsten ist, daß er beantragt hat ... Nein. Nichts war sicher, dachte Mario bei sich. Immer ist es das Parteisekretariat, das Parteibüro, die Kontrollkommission ... Niemals jemand mit einem persönlichen Namen, niemals ein Compañero aus dem *Ghetto*. Nie einer von denen, die uns nach Hause einladen und einen Schluck aus der letzten Flasche Pisco anbieten, die jemand aus Santiago mitgebracht hat, und dann löst sich die Zunge, wir reden über das Programm von Radio Moskau vom Vorabend oder über einen Artikel aus einer neu eingetroffenen chilenischen Zeitschrift, die dort schon vor zwei Monaten erschienen ist, organisieren eine Kartenspielrunde oder die freiwillige Arbeit fürs Wochenende, ein Thema, das spontan aufkommt, als Don Carlos etwas später eintrifft, weil er im Parteibüro aufgehalten wurde. Die Gastgeberin empfängt ihn respektvoll und geht, ohne zu fragen, ob er schon gegessen hat, in die Küche und bereitet ihm im Handumdrehen seine Hühnerbrühe mit Fadennudeln, denn es heißt ja, es ginge dem Armen so schlecht ... Nein, niemals jemand aus Fleisch und Blut, einer von denen, die Brühe essen müssen, weil man weiß, daß mit dem Schlimmsten zu rechnen ist, und wie konnte man da anders, als in die Küche eilen und ihm seine Diät machen, sein Trost, die lindernde Hand, die dem Schlimmsten etwas von seiner Härte nimmt. Und fraglos doch immer einer von ihnen. Aber in verklärter Form. Vom unpersönlichen Charakter des Apparats geprägt. Ja. Zum »Mitglied« der Heiligen Dreifaltigkeit des Sekretariats verklärt; zum »Mitglied« des Kaderkomitées; zum »Mitglied« des Parteibüros.

Mario nahm noch einen Schluck. Ihm war klar, daß der Alte bereits halb tot war und in einigen Monaten ganz und gar das Zeitliche gesegnet haben würde. Und doch war er sich vollkommen sicher, daß er ihn in diesem Moment haßte und ihm mit der gleichen Niedertracht Vagheiten über seine Krankheit erwidern wollte, so wie der Alte ihm eben geantwortet hatte. Ja, ebenso unbestimmt und feige, ebenso schwammig und entmutigend, etwa: »Wagemann meint, es sei ernster, als er erwartet hatte, aber man soll nie die Hoffnung aufgeben ...«, auf daß er sie gründlich verlöre, so wie er sie im Moment verlor, weil Don Carlos es nicht über sich gebracht hatte, ihm zu sagen: »Ja, ich habe sie informiert und ein gutes Wort für Ihren Antrag eingelegt, und die Entscheidung ist bereits gefallen ...« Denn so war es in Wahrheit doch. Nicht nur, daß er ihm seine eigene Meinung verschwieg, sondern letztendlich auch das, was schon längst beschlossene Sache war.

Der Abend war bereits vorgerückt, doch die einzigen fröhlichen Gäste dieser nie beginnenden Feier waren die Riesengeschenke. Die beiden Männer setzten ihre Unterhaltung fort, unterbrochen von peinlichen Pausen, die sich nur schwer durch den wiederholten Griff zum Weinglas überspielen ließen. Mario glaubte, der Alte verschweige ihm, was bereits entschieden war. Und der Alte dachte, Mario wisse, daß in seinem Alter Krebs und Tod das Naheliegende waren. Und doch klammerte sich Mario an eine vage Hoffnung. Eine Hoffnung, die auf die Sturheit baute, mit der der Alte nicht nur an seinen Fehlern, sondern auch an seiner Loyalität festhielt. An einer Sache hegte Mario freilich keinen Zweifel: Don Carlos würde niemals etwas tun, was nicht mit den Statuten des Parteibüros zu vereinbaren wäre. *Die Entscheidungen der höheren Organe sind kollektive Beschlüsse. Sind sie einmal angenommen, gibt es keine Abstimmung nach Mehrheit oder Minderheit. Über die Entscheidung muß zu gegebener Zeit Auskunft erteilt werden; niemals aber über die Debatte, die ihr vorausging.* Selbst wenn der Alte ein gutes Wort für seinen Antrag eingelegt hatte, konnte er ihm das unmöglich mitteilen. Und auch wenn das Parteibüro beschlossen hatte, seinem Antrag stattzugeben, würde Don Carlos ihn niemals vorab in Kenntnis setzen. Mario sah den Alten an, wie er seinen Vater angesehen hätte, wäre er nicht so fern gewesen; wie man eine Person ansieht, bei der gerade das Gefühl eines völligen Mangels an Übereinstimmung Milde und Zuneigung aufkommen läßt.

Als alter Hase sowohl an Jahren als auch an Gerissenheit, wußte der Senator sehr wohl, daß Mario ihn in diesem Moment haßte. Doch dieser Haß war weniger lästig als ein Stein im Schuh. Man brauchte nur stehen zu bleiben, sich den Schuh auszuziehen und den Stein zu entfernen. Eine winzige Verfälschung der Wahrheit, eine fromme Lüge oder eine läßliche Überschreitung der für das Parteibüro geltenden Regeln würde genügen, und Marios Haß würde augenblicklich in Sympathie, ja Komplizenschaft umschlagen. Doch genau diese kleine Beschönigung war etwas, das sich Don Carlos nicht herausnehmen durfte.

Als Mario gerade der Gedanke kam, daß die Gäste zu

lange auf sich warten ließen, ertönte auf einmal Musik aus dem Nachbarzimmer.

»Wenigstens haben Sie einen Nachbarn mit gutem Geschmack, Don Carlos. Schade, daß es nicht besser zu hören ist.«

»Wenn ich zum Schlafen den Kopf an die Wand lehne, kann ich es ganz deutlich hören. Schon seit Tagen hört man es.«

»Na, da haben Sie aber Glück, daß Sie nur diese Musik zu hören bekommen.«

Don Carlos sah Mario an, ohne zu verstehen, was er meinte. Mario dachte an all das Husten, das Stöhnen, das Schnaufen der Nachbarn, das er am selben Abend als unfreiwilliger Eindringling genauso leise entlang des Flurs vernommen hatte. Er betrachtete die Hundekratzer an der Tür und dachte an das Gebell, das Schnaufen, den Hundegestank und die Stimme der Alten, die sich mit ihrem winselnden Hund unterhielt.

»Sie müßten doch wissen, wie sie heißt?« fragte Don Carlos, obwohl es eher wie eine Feststellung klang.

»Ich bin mir nicht sicher. Auf jeden Fall ist es eine Oper.«

»Eine Oper? Aber es wird doch gar nicht gesungen.«

»Es ist die Ouvertüre. Ich glaube, es ist der *Fliegende Holländer*.«

»Und von wem ist das, wenn Sie gestatten?«

»Von Wagner, Don Carlos.« Und Mario konnte bei dieser simplen Auskunft, einen, wie er meinte, leicht belehrenden Unterton nicht vermeiden.

Mario hatte beschlossen, das Visaproblem mit keinem Wort zu erwähnen. Es war nicht mal aus Berechnung, sondern nur aus der Überzeugung heraus, daß eine solche Bitte völlig sinnlos wäre. An Visa für Ostberlin zu kommen, war ungemein schwierig, und innerhalb von achtundvierzig Stunden völlig undenkbar. Wenn man zu-

dem seine prekäre Lage wegen der Scheidung berücksichtigte und die Tatsache, daß die Antwort vom Parteibüro noch ausstand, war es einfach unsinnig, an diesem Abend das Problem der Visa anzusprechen, und im übrigen auch recht unpassend, wenn Don Carlos ihn eingeladen hatte, um seinen Geburtstag zu feiern.
Nein. Er wollte die Visa nicht erwähnen. Später würde er sich einfallen lassen, wie er es Lorena beibringen sollte.
Um sich abzulenken, konzentrierte er sich bewußt auf die leisen Klänge, die jenseits der Trennwand von ferne mit etwas anderem lockten. So wurde das Schweigen, wurden die Pausen erträglich, und der Alte erlaubte sich, die Gläser erneut zu füllen, ohne nach Entschuldigungen zu suchen oder nutzlose Worte zu wiederholen.
Nach einer ganzen Weile, als sie schon das Gefühl hatten, trotz der Musik sei es an der Zeit, etwas zu sagen, klopfte jemand an die Tür. Statt der Klingel ein leises Klopfen. Etwas verwundert setzte der Alte das Glas ab und erhob sich. Als er öffnete, fiel das Licht vom Flur herein, und Mario sah, wie sich die Gestalt eines schlanken Mädchens darin abzeichnete, während er eine sehr leise Stimme vernahm.
»Guten Abend. Entschuldigen Sie die Störung, aber ich habe diese Nachricht hier erhalten. Ich glaube, jemand hat ein Paket für mich abgegeben.«
Mario bemerkte die Verwirrung des Alten und ging zur Tür, um ihm beizustehen. Mit hilflosem Blick bat Don Carlos ihn, er möge ihm diese unverständlichen Worte übersetzen, was Mario tat. Don Carlos bat sie sogleich herein, und Mario bot ihr, als sie mitten im Zimmer stand, einen Stuhl an. Doch sie entschuldigte sich und blieb stehen. Sie wollte nicht stören und war nur gekommen, um die Pakete abzuholen.

Der Senator wies auf die beiden in Geschenkpapier gewickelten Pakete und bat Mario zu übersetzen.
»Das hat Ihr Vater für Sie hiergelassen«, meinte er, als er ihr die Pakete aushändigte.
Das Mädchen konnte sie nur mit Mühe halten. Sie umfing diese fröhliche Pracht an Schleifen und Farben mit den Armen und drückte sie an sich.
»Wann ist er denn hier gewesen?« fragte sie mit einem Akzent, der ihre sächsische Herkunft verriet.
»Sie möchte wissen, um wieviel Uhr die Person hier war, die diese Pakete abgegeben hat«, übersetzte Mario.
»Heute morgen. So gegen zehn.«
»Oh, da war ich in der Oper«, meinte das Mädchen, und Mario hielt es nicht mehr für nötig zu übersetzen.
Das Mädchen war schön. Sie hatte den zarten Körper einer Tänzerin, und ihr langes, glattes Haar fiel über den Rücken. Sie trug Cordhosen und einen weiten, weißen Pullover mit hochgeschobenen Ärmeln. Sie hatte sehr dünne Arme, die kaum um die riesigen Pakete herumreichten.
Als sie die Musik hörte, die durch die Trennwand drang, meinte sie etwas irritiert: »Ich habe nicht bedacht, daß ich Sie mit meinen Übungen stören könnte.«
»Sagen Sie ihr bitte, daß sie mich nicht im geringsten stört«, bat Don Carlos Mario.
»Er ist es, der hier wohnt, und er meint, daß es ihn nicht im geringsten stört«, sagte Mario.
»Sagen Sie ihr, daß ich es liebe, beim Einschlafen diese Musik zu hören«, fügte Don Carlos noch hinzu, daran interessiert, daß das Mädchen ihn auch richtig verstand. Sie war die erste Person aus diesem Haus, die seine Wohnung betrat; und sie war anders, war so unwirklich und doch so nah, wie eine wunderbare Galionsfigur dieses abdriftenden Witwerschiffs.

Mario zögerte. Das Mädchen blickte ihn gespannt an, was er sagen würde.
»Ihm gefällt diese Musik«, wiederholte Mario hastig. »studieren Sie ein Instrument?«
»Nein. Ich bin Tänzerin. Ich tanze im Opernballett«, sagte das Mädchen zu Mario und fügte mit Blick auf Don Carlos noch hinzu: »Ich verspreche Ihnen, daß ich meinen Plattenspieler leiser stellen werde.«
»Nein, nein. Es ist wahr, daß er gerne Ihre Musik hört.«
»Na gut«, und dann, nach einer Pause, rang sie sich zu der Frage durch: »Bitte fragen Sie ihn doch, wie er war.«
»Sie möchte wissen, wie er war, Don Carlos.«
»Wer?« wollte der Alte wissen.
»Die Person, die das Geschenk abgegeben hat.«
»Ich habe es doch schon gesagt. Es war ihr Vater«, erwiderte der Alte.
»Also . . . Es war Ihr Vater«, übersetzte Mario.
Ein Ausdruck der Verwirrung huschte über das Gesicht des Mädchens, mit einem kaum merklichen Schatten von Trotz. Bevor sie zur Tür ging, schielte sie auf den Zettel, den sie, so mit den riesigen Paketen beladen, kaum zwischen den Fingern zu halten vermochte.
Don Carlos begleitete sie zur Tür.
»Wie heißt du eigentlich?« fragte Mario, als sie sich zum Abschied noch einmal umwandte.
»Leni.«
»*Gute Nacht*, Leni«, sagte Don Carlos und wurde dabei rot wie eine Tomate.
Das widerfuhr ihm jedes Mal, wenn er ein paar Worte auf Deutsch sagte.

Wir waren Sünder.
Schon als wir ins Ghetto kamen, trugen wir ein Stigma auf der Stirn: Wir waren ins Exil gegangen. Im entschei-

denden Moment hatten wir uns aus dem Kampf davongestohlen, und obwohl wir froh waren, daß wir überlebt hatten, machte sich nach dem ersten Bericht die Überzeugung breit, daß wir alle schuldig waren.
Der Bericht, den man von uns verlangte, mußte zwei konkrete Fragen beantworten:
1. Schildern Sie, unter welchen Bedingungen, mit Hilfe welcher Kontakte und welcher Botschaft Sie ins Exil gingen.
2. Schildern Sie, ob Sie keinen anderen Ausweg sahen, als so zu handeln und warum.
Wir betraten das Paradies mit der Erbsünde unter dem Arm, den Mappen mit den Antworten, die wir im Parteibüro abliefern mußten. Niemals wurde der Zweck dieses Verhörs klargestellt, und so gab man uns das Gefühl, daß die Sünde existierte, daß diese Sünde am Anfang unseres neuen Lebens stand und für das Parteibüro einen konkreten Namen hatte: Untreue. Wir mußten für den Beweis leben, daß wir nicht untreu geworden waren, weder unserer Loyalität, noch unseren Prinzipien. Bis zu einem gewissen Grad konnte man die verlorene Unschuld wiedererlangen, wenn auch mit unterschiedlich gewichtigen Vorbehalten, denn obwohl wir uns alle schuldig fühlten, erforderte die Schuld selbst das Betonen der Unterschiede. Nicht alle hatten wir unter den gleichen Bedingungen gehandelt. Der eine hatte gesündigt, weil ihm keine andere Wahl blieb, der andere hatte gemeint, durch seine Rettung würde er die Partei vor größerem Schaden bewahren, viele munkelten, dieser oder jener habe übertriebene Angst gehabt und aus Furcht eine überstürzte Entscheidung getroffen. Wahrscheinlich belegte man letztere mit einer Bezeichnung, die niemals explizit geäußert wurde. Wir hörten Begriffe wie überstürzt, ungerechtfertigt, unverständlich, inakzeptabel. Niemals aber

wurde das Wort Verrat laut. Doch dieses unausgesprochene Wort lag in der Luft, kam in unseren quälenden Alpträumen, in unseren heimlichen Gewissenskonflikten vor. Alle waren wir zu einem bestimmten Grade schuldig. Die einzigen Unschuldigen befanden sich dort. Sie waren die Märtyrer. Und wie die Schuld sich schließlich durchsetzte, so auch die Verehrung der Märtyrer.

Wenn bei den Feiern, die organisiert wurden, um uns die hängenden Flügel wieder aufzurichten, mit flammenden Worten von Opfern und Märtyrern geredet wurde, hatten wir unausgesprochen den Protest im Ohr, den sibyllinischen Urteilsspruch, der zwar niemals laut wurde, den wir aber alle zu hören vermeinten: Du bist das genaue Gegenteil eines Märtyrers; du bist schuldig.

Natürlich gab es eine unterschiedliche Bewertung von Schuld. Da jedoch nichts explizit war, wurde diese Bewertung von jedem einzelnen festgelegt, womit sich das Schuldgefühl nur noch tiefer eingrub.

Dieses anfängliche, weit verbreitete Gefühl wich mit der Zeit einer Art der Schuldzuweisung, die sich nicht mehr mit der Beschaffenheit oder der Form der Schuld erklären ließ, sondern nur mit dem Grund der Sünde selbst: Ins Exil gehen war ein Beweis von Schwäche, und Schwäche war eine kleinbürgerliche Eigenschaft. Die proletarischen Kader machten sich nur in Ausnahmefällen schuldig. Von ihnen gab es nur wenige, und innerhalb dieses reduzierten Kreises befanden sich noch solche, die es um der Weiterführung des Kampfes willen getan hatten, wohingegen die anderen – die Ausnahmen – durch Verhaltensweisen verführt worden waren, die ihrer Klasse fremd waren, und das aufgrund ihres Kontaktes mit der nicht proletarischen Welt, aufgrund ihrer Nähe zu Diplomatenkreisen, weil sie Zugang zum Bereich der Macht hatten. War die Frage der Ausnahmen so weit geklärt, mußte

die große Schar Leidtragender, die Botschaften, Flugzeuge, Schiffe, Asylunterkünfte, winzige Hotelzimmer und schließlich die Blocks irgendeines Ghettos überschwemmten, in einer Form behandelt werden, die exemplarisch war. Man mußte dem kleinbürgerlichen Geist den Kampf ansagen. So kam es, daß man am Ende auch die bescheidensten und ehrlichsten Anzeichen von Geist bekämpfte.
Wir waren nicht nur schuldig, sondern das auch noch von Geburt her. Die Sünde war Teil unseres Wesens. Und deshalb bestand sie bereits vor und unabhängig von unserem Handeln. Drüben galt der Argwohn jenen, die noch keine Untreue bewiesen hatten, während man hier mit weiteren Abtrünnigkeiten aus Gewohnheit rechnen mußte.
Und da wir am Ende an diese Erbsünde glaubten, vergaßen wir schließlich unseren wahren Ursprung.

Kapitel II

Liebe Leni:
Ich bin auf der Durchreise in Berlin. Morgen fahre ich wieder nach Frankfurt. Ich würde mich freuen, Dich zu sehen. Bei Deinem Nachbarn, Appartement 136, habe ich etwas für Dich abgegeben.

Dein Vater.

P. S. Morgen früh komme ich wieder vorbei. Ich hoffe, daß ich Dich dann antreffe.

Zurück in ihrem Zimmer, hatte Leni die Pakete aufs Bett gelegt und las nun, neben den Geschenken sitzend, die Nachricht, die sie bei der Rückkehr von den Proben mit einer Reißzwecke an die Tür ihres Appartements geheftet vorgefunden hatte, erneut durch.

Es war Montag, der Tag, an dem sie immer früher als gewöhnlich heimkam, denn die Staatsoper gab keine Vorstellung. Das einzige Mal auch, daß Unter den Linden noch etwas belebt war, wenn sie nach der Probe die Straße betrat, daß es noch Bewegung gab und Stimmengewirr, wodurch diese Allee, heiter im leuchtenden Schnee, noch lebendiger wurde. Das Laternenlicht warf gelbe Kreise auf das weiß verschneite Pflaster, obwohl es die Schneedecke nicht unbedingt beleuchtete. Denn die Wirkung von Licht und Helle wurde vor allem vom Schnee beherrscht. An diesem Montag war Leni mit Anna, ihrer Busenfreundin, vom Haupteingang der Oper

bis zum Alexanderplatz gelaufen, ebenfalls weiß wie ein frisch herabgefallener Mond, und während sie die reine Luft und den Duft nach Feuchtigkeit einsogen, machten sie ihre beständigen Witze über die Zwischenfälle am Nachmittag. Eigentlich ein schöner Abend. Jetzt würden sie noch die S-Bahn bis Marzahn nehmen und sich am Frankfurter Tor mit einem letzten Scherz, einer raschen, verstohlenen Liebkosung, etwa einem sanften Klaps auf die Wange oder gar einem Kuß, verabschieden, bevor Anna, schon jenseits des Fensters, sich entfernen, ihr Winken auf dem Bahnhof in der zum Ausgang drängenden Menge verschwinden, und Leni schließlich ihre Stiefel auf den letzten Stufen aus den Augen verlieren würde. Dann blieb nur die Erinnerung an den feuchtwarmen Kuß auf ihrer Wange und bei der Rückbesinnung auf den Abend und dem Gedanken an ihre Freundin würde sie das Gefühl haben, doch nicht ganz allein zu sein.
Für Leni war der Wechsel von Dresden nach Berlin hart gewesen. Nach einem strengen Auswahlverfahren mußte sie wegen der wenigen Inszenierungen, die die Staatsoper dieses Jahr herausbrachte, noch eine Zeitlang mit ihren Klassenkameradinnen zusammenwohnen, die zu unfreiwilligen Rivalinnen geworden waren und Lenis Erfolg zwangsläufig ihren eigenen enttäuschten Hoffnungen gegenüberstellten. Und da Leni schrecklich unter dem Zwang litt, sich gegen andere durchzusetzen, bereitete es ihr erneuten Kummer, als sie, bereits in Berlin, das Problem einer Bleibe lösen mußte. Nach vier Monaten, einer Frist, die ihren neuen Kollegen für Berliner Verhältnisse überraschend kurz vorkam, hatte sie sich wieder einmal gegen ihre Konkurrenten durchgesetzt und ein paar Dutzend Anwärter auf das Appartement in der Volkradstraße 8 verdrängt, die bereits vor ihrer Ankunft vom *Rat des Bezirks* ausgewählt worden waren. Ein Be-

schluß vom Kulturministerium vermochte mehr als die bereits beschlossene Zuteilung. Dies erklärt, daß Leni vorübergehend – obwohl sie noch keine zweiundzwanzig Jahre alt war – einen Platz im Schiff der Verdammten erhalten hatte; ein Zimmer mit Bad und Küche im dreizehnten Stock des Gebäudes voller alter Leute, die ihrer letzten Tage harrten.

Und doch schätzte sie sich jetzt glücklich. Endlich war sie in Berlin, wie sie es wollte, ein Traum schon seit ihrer Kindheit. Jetzt hatte sie auch noch eine gute Freundin, und da beide neu an der Staatsoper waren, würden sie in der Tanztruppe für eine Weile in den hinteren Reihen bleiben und nicht in die mißliche Lage geraten, sich gegen andere durchsetzen zu müssen. Das Leben im Haus der Volkradstraße 8 erwies sich auf Dauer als weniger trübselig als zunächst angenommen. In jedem Fall war es längst nicht so aufreibend wie das Leben bei ihrer Mutter, wo sie gezwungen war, mit ihrem Stiefvater auszukommen, einem zwar gutwilligen, aber engstirnigen Mann, unfähig einzusehen, daß es besser ist, sich beim Essen einzuschränken, um sich dem Tanz zu widmen, als den Tanz aufzugeben, um sich sattzuessen.

Ja, alles war gut gelaufen. Fast perfekt, bis zu dem Moment, als sie diese Nachricht vorfand, wie ein Insekt an ihrer Appartementtür aufgespießt.

Leni legte den Zettel ihres Vaters aufs Bett und griff nach den Paketen. Sie öffnete das größere, band behutsam die Rosette über dem Knoten los, entfernte das Geschenkpapier und öffnete eine blaue Schachtel mit dem mehrfach aufgedruckten Namen einer Boutique. Als erstes entnahm sie der Schachtel eine Leinenbluse, dann einen Rock mit Blumenmuster und großen Taschen und zuletzt ein Paar hellblauer Jeans. Alle drei Kleidungsstücke in der gleichen Größe: 42; zwei Nummern zu groß für ihre

Figur. Das zweite Paket, in gelbes Glanzpapier mit aufgedruckten Blumenranken und Glocken gewickelt, enthielt zwei Stangen amerikanischer Zigaretten, eine Flasche Whisky, ein Glas Nescafé und mehrere Tafeln Schokolade.

Enttäuscht probierte Leni die Sachen vor dem Spiegel. Die weiße Leinenbluse war hübsch, aber um sie tragen zu können, müßte Leni alles umändern. Sie würde sie besser verschenken. Den Rock könnte man enger machen, doch dann wären die Taschen unproportioniert. Die Jeans wollte sie waschen in der Hoffnung, daß sie einliefen. Sie legte die Sachen wieder in den Karton, nahm eine Schachtel aus einer der Stangen und zündete sich eine Zigarette an. Als sie sich vor den Plattenspieler hockte, fiel ihr unvermittelt ein, wie der alte Nachbar in ihr unverständlichen Worten zu ihr gesprochen und sie mit festem Blick um etwas – wie ihr jetzt schien – im Zusammenhang mit dieser Musik gebeten hatte, die nun wieder zur gewohnten Zeit erklang, dann wenn Don Carlos zu Bett ging und das Ohr an die Trennwand legte, nur daß das *allegro con brio* der Ouvertüre jetzt von den Papieren, Schleifen und den tief in die Schachtel verbannten Geschenken des Vaters begleitet wurde. Und sie wurde begleitet von dieser Nachricht, die Leni unzählige Male gelesen hatte, ebenfalls zwei Nummern zu groß, nichts, was sie sich gewünscht hätte; weder war sie darauf vorbereitet noch momentan in der Lage zu einer solchen Konfrontation.

Leni streckte sich aufs Bett aus und starrte lange auf den Brief ihres Vaters.

Das erste, was ihr am nächsten Morgen beim Aufwachen ins Auge fiel, war das Geschenk auf dem Tisch und neben den Schachteln das Papier und die bunten Schleifen. Dann fiel ihr voller Freude ein, daß heute ihr Geburtstag war. Sie wusch sich die Haare, wobei sie diesmal länger als gewöhnlich unter der Dusche blieb, und bereitete sich danach sorgfältig das Frühstück: Nescafé (einen gehäuften Kaffeelöffel) mit Milch und einem kleinen Löffel Sahne, den sie sich mit dem guten Vorsatz zugestand, ihre Diät nicht noch einmal zu vernachlässigen. Mit dem gleichen Vorsatz legte sie drei Stücke Schokolade in Stanniolpapier auf einen Teller und befand, diese Exzesse würden teilweise wettgemacht, wenn sie an diesem Morgen auf die Toasts verzichtete. In Erwartung ihres Vaters las sie bis halb zehn, dann schrieb sie, da sie um zehn bei der Probe sein mußte, einen Zettel, den sie beim Rausgehen an einer Ecke des Türschlosses anbrachte:

Lieber Papa,
verzeih, aber ich kann nicht länger auf Dich warten. Treffen wir uns doch im Operncafé um zwei Uhr nachmittags. Danke für die schönen Geschenke. Ich freue mich, daß Du gekommen bist.

Deine Leni.

Da ihre Kolleginnen nach der Probe noch auf ein Glas Champagner anstoßen wollten, kam Leni erst kurz nach halb drei ins Café. Sie sah, daß alle Tische besetzt waren, entdeckte in der Ecke aber einen Mann, der allein am Fenster saß und wartete. Eine plötzliche Eingebung, dies müsse ihr Vater sein, kam Leni mit größerer Spontaneität und Sicherheit als jede Gewißheit. Sie ging an den Tisch und merkte, daß der Mann sie ebensowenig erkannte, doch sein verlegenes Lächeln ließ darauf schließen, daß er die gleiche Vermutung hatte.
»Leni?« fragte der Mann und erhob sich zögernd.
»Ja . . ., Papa.«

Der Mann ging auf Leni zu und küßte sie auf die Wange. Dann reichte er ihr zögernd die Hand, zog sie jedoch gleich wieder zurück und legte sie ihr sanft auf die Schultern. Freilich wagte er es nicht, sie zu umarmen, und wies auf den leeren Stuhl.
»Setz dich, Leni.«
Der Vater setzte sich neben seine Tochter, ohne den Blick von ihr zu wenden. Er betrachtete ihr sorgfältig geschminktes Gesicht, das schwere schwarze, zum Zopf geflochtene Haar, ihre zarte Tänzerinnenfigur. Leni war überzeugt, daß er sie sich anders vorgestellt hatte, und bemerkte nun erst die kräftige Statur ihres Vaters, die riesigen Hände, die nervös mit einem Feuerzeug spielten, sein seltsam vertrautes Gesicht und seine Kleidung von auffallend schlechtem Geschmack.
»Was möchtest du essen?« fragte der Mann eifrig.
Leni griff nach der Karte, obwohl sie wußte, was es zu essen gab. Sie griff nach der Karte, um in etwas anderes zu blicken als in die Augen ihres Vaters.
»Ich möchte eine Fleischbrühe«, meinte sie nach einer Weile und legte die Karte wieder auf den Tisch.
»Na fein. Und was noch?«
»Nichts weiter. Nur eine Suppe«, sagte Leni lachend.
»Du mußt doch noch etwas dazu essen. Deshalb bist du so abgemagert.«
Leni lachte nervös.
»Ich darf nicht viel essen. Ich muß schlank bleiben.«
Der Vater zuckte lächelnd die Achseln. Als der Kellner kam, fragte er Leni, was sie trinken wolle.
»Einen Saft«, sagte Leni mit Blick zum Kellner.
»Also zwei Fleischbrühen, ein *Schweinesteak*, einen Saft und noch zwei Cognacs«, sagte der Vater. Und als der Kellner sich entfernte, legte er Leni die Hand auf die Schulter, sah ihr in die Augen und meinte:

»In der Hinsicht hast du dich nicht verändert. Schon als kleines Mädchen mochtest du nicht essen. Jede Suppe war ein Kampf.«
Leni lächelte und schlug die Augen nieder. Der Blick ihres Vaters beschämte und beunruhigte sie. Doch die Hand auf ihrer Schulter ließ sie fast erschaudern. Daher drehte sie sich behutsam um, griff nach ihrer Tasche und nahm ein Taschentuch heraus.
Der Vater leerte sein Cognacglas und zündete sich eine Zigarette an.
»Darf ich?« fragte Leni und zeigte auf die Schachtel.
»Natürlich«, meinte der Vater und hielt sie ihr hin. »Rauchst du viel?«
»Nicht viel.«
»Wenn du nämlich viel rauchst und nicht ißt, wirst du krank werden«, und nach einer noch peinlicheren Pause als zuvor beharrte er: »Erzähl mal, was du machst. Damit können wir das Gespräch beginnen, meinst du nicht? Hör mal, weißt du, daß du mir sehr gefällst? Du bist anders, als ich es mir vorgestellt habe. Ehrlich gesagt habe ich nicht erwartet, daß du so hübsch wärst. Aber sag, was machst du? Ja. Fangen wir damit an! Erzähl mir, was du so treibst!«
»Ich bin Tänzerin.«
»Aber ... Tänzerin ... welche Art ...« Der Vater suchte nach einem Wort, das er lieber nicht benutzt hätte, um eine Frage zu stellen, die er lieber nicht hätte stellen wollen. »Tänzerin ... Etwa eine von denen, die im Varieté auftreten ...?«
»Ich weiß nicht, was du damit meinst. Ich tanze im Ballett. Ich arbeite in der Komischen Oper.«
»Ballett!« rief der Vater aus und ließ einen Pfiff hören. »Aber sag, wieso kannst du tanzen? Wie hast du das gelernt, meine ich.«

»Na, ich habe die Tanzschule in Dresden besucht. Dort habe ich neun Jahre lang Tanz studiert und abgeschlossen. So.« All das sagte sie, als wolle sie erklären, wie man ein Ei aufschlägt.

»Neun Jahre!« und er tat noch einen Pfiff. »Neun Jahre, um tanzen zu lernen!«

»Neun oder mehr«, wiederholte Leni lachend. »Danach war ich zwei Jahre in Leipzig und jetzt hier.«

»Hör mal, sag ... Und deine Mutter ... siehst du sie?«

»Manchmal, wenn sie nach Berlin kommt. Ich kann nicht reisen. Ich habe fast jeden Tag Aufführungen oder Proben.«

»Und lebst du allein?«

»Ja, ich lebe allein.«

»Aber ... Ist es nicht schwer für dich, allein zu leben? Könntest du nicht mit einer Freundin zusammenwohnen?«

»Nein, Papa. Ich will allein leben. Es gefällt mir.«

Der Kellner kam mit einem Tablett und stellte die beiden Cognacs und den Saft auf den Tisch. Der Vater nahm eines der Gläser und reichte es Leni. Dann erhob er seins und prostete ihr zu.

»Zum Wohl. Auf deinen Geburtstag.«

Leni blickte lächelnd auf sein Glas und sagte mit zaghafter Stimme:

»Zum Wohl, und auf unser Treffen.«

»Du sagst zum Wohl, aber du trinkst nichts«, meinte der Vater, als er sah, daß Leni kaum am Glas nippte.

»Ich kann nicht. Jetzt kann ich nicht. Abends schon.«

»Aber hör mal, was ist das nur für eine Arbeit, die du da hast! Du darfst nicht essen, du darfst keinen Cognac trinken. Sag, konntest du nichts Besseres finden? Oder zahlen sie vielleicht gut? Sicherlich wirst du gut bezahlt.«

»Mir gefällt, was ich mache«, sagte Leni und blickte aufs Glas. Dann drückte sie die Zigarette im Aschenbecher aus. »Und was machst du? Ich weiß, daß du in Köln lebst.«
»Lebte. Jetzt lebe ich in Frankfurt. Weißt du, ich mache dasselbe, was ich hier gemacht habe. Ich bin Lastwagenfahrer.«
»Und gefällt dir deine Arbeit?«
Der Mann zuckte die Achseln, aber schüttelte dann den Kopf.
»Was heißt ›gefallen‹! Von etwas muß man ja leben, oder? Ich habe fast dreißig Jahre im Führerhaus eines Lastwagens zugebracht. Sieh nur!« unvermittelt zeigte er ihr die Innenflächen seiner Hände. »Fühl mal. Fühl mal hier!«
Leni zögerte und mußte sich schwer überwinden, als sie die Hände ausstreckte und dabei kaum die Handflächen ihres Vaters streifte.
»Nein, hier. Du mußt hier fühlen! Ist ganz hart, siehst du? Drück richtig drauf, so spüre ich ja gar nichts. Du brauchst keine Angst zu haben, mich anzufassen. Ich könnte mir das brennende Feuerzeug unter die Handfläche halten und würde kaum was merken. Glaubst du's nicht? Soll ich's dir beweisen?« Entschlossen griff er nach dem Feuerzeug.
»Nein, nein, ich glaube dir«, beeilte Leni sich zu sagen und blickte zu dem Paar hinüber, das sie vom Tisch nebenan beobachtete. »Mach das bitte aus.«
»Dreißig Jahre lang am Steuer! Aber so vergeht die Zeit. Und ich fühle mich alt. Findest du mich alt?«
»Nein«, sagte Leni. »Ich finde, du siehst prächtig aus. Wie alt bist du, Papa?«
»Vierundfünfzig. Ich bin noch jung, meinst du nicht? Und du wirst heute zweiundzwanzig, stimmt's? Deshalb bin ich hier. Zum Wohl«, und er kippte den Rest des

Cognacs herunter. »Aber sag, spricht deine Mutter manchmal von mir?«
»Nein.«
»Niemals?«
»Nein.«
»Aber irgendwann muß sie dir doch was gesagt haben.«
»Nein.«
»Hat sie dir nie erzählt, daß ich fort mußte?«
»Papa, bitte!«
»Hat sie dir das nie erklärt?«
»Sie hat nie ein böses Wort über dich verloren.«
»Was könnte sie schon sagen? Denkst du, sie könnte etwas Böses über mich sagen? Ich dagegen ...«
»Darf ich?« fragte Leni und griff nach der Zigarettenschachtel.
»Ach natürlich. Die Schachtel ist für dich. Und nimm das auch«, meinte er und zog noch eine aus der Tasche. »Es sind amerikanische. Solche gibt es hier nicht.«
»Doch, es gibt sie, Papa.«
»Aber sie sind teuer.«
»Ja. Sie sind teuer.«
»Hör mal, haben dir meine Geschenke gefallen? Du hast es mit keinem Wort erwähnt. Solche Sachen findest du ganz bestimmt nicht hier.«
»Ja Papa, sie haben mir gefallen. Sehr sogar.«
»Ich weiß nicht, welche Größe du hast. Aber ich vermute, daß die Sachen dir passen.«
»Ja, Papa, es ist meine Größe. Sie passen sehr gut.«
Der Kellner brachte die Suppentassen. Der Mann bestellte eine Scheibe Brot, noch einen Cognac und ein Bier. Als der Kellner mit der Bestellung zurückkam, war der Mann damit beschäftigt, Brotbrocken in die Tasse zu werfen.
»So ist das Leben«, sagte er und nahm einen Schluck.

»Alles hat seine Nachteile. Du darfst nicht essen, und ich muß mein Leben auf den Straßen zubringen. Diese Reise nach Berlin war eine Gelegenheit. Ich fahre viel nach Amsterdam und Brüssel. Aber man hat mir nie erlaubt, nach Berlin zu kommen. Da kannst du dir wohl vorstellen, wie sehr ich mich gefreut habe, als sie mir das Visum gaben. Vor einer Woche habe ich deine Mutter angerufen und sie um deine Adresse gebeten. Sie hat sie mir gegeben und gleich wieder aufgelegt. *Alte Ziege*! Und sag mal, wie ist das, na ja ...? Lebt sie allein?«
»Nein.«
»Sie lebt also mit einem Mann.«
»Sie lebt mit ihrem Ehemann. Schon seit sieben Jahren.«
Der Mann sagte nichts. Er war ganz auf seine Suppe konzentriert, in die er mit vielsagender Miene immer noch Brotbrocken warf. Er sah Leni nicht an, und er tat es auch noch nicht, als er den Löffel auf den Teller gelegt hatte und sich eine Zigarette anzündete.
»Und du?« wollte Leni neugierig wissen. »Lebst du allein?«
»Ja und nein. Ich habe nicht geheiratet. Man könnte sagen, ich lebe allein. Bei dieser Arbeit bleibt man immer ein wenig allein.« Er leerte den Cognac. »Seltsam, wie die Dinge so kommen. *Ich* bin allein, *du* bist allein, aber die *alte Ziege* hat sich jemanden geangelt. Heirate bloß nicht, Leni. Wenn du einen guten Rat von einem gutmeinenden Vater willst: Heirate bloß nicht«, sagte er pathetisch und fügte hinzu: »Oder heirate zumindest jetzt noch nicht. Hast du einen Freund?«
»Nein.«
»Gut so. Arbeite. Schaff Geld heran. Schaff soviel Geld heran, wie du kannst, so wird man es dir gegenüber nie an Respekt fehlen lassen. Hör mal, willst du wirklich nichts essen?« fragte er, als der Kellner kam, um die

Suppentassen abzuräumen. »Möchtest du nicht einen Nachtisch? Ein Stück Kuchen?«
»Ich möchte einen Kaffee«, sagte Leni, während sie sich noch eine Zigarette anzündete.
Der Mann rief den Kellner herbei und bestellte einen Kaffee und noch einen Cognac.
»Du brauchst nicht zu denken, daß ich immer trinke. Wenn ich arbeite, kann ich's nicht. *Wenn Sie fahren, trinken Sie nicht. Wenn Sie trinken, fahren Sie nicht.* Hast du dieses Schild auf den Landstraßen gesehen?«
»Ja, Papa.«
»Sag mal, bist du traurig?«
»Nein, Papa. Warum?«
»Ich weiß nicht. Ich finde, du machst ein ziemlich trauriges Gesicht. Vielleicht verderbe ich dir deinen Geburtstag. Vielleicht hattest du ja was anderes vor. Wir können einen Spaziergang machen, wenn du willst.«
»Ich kann nicht.« Leni sah auf die Uhr. »Um vier habe ich Probe.«
»Und um wieviel Uhr bist du fertig?«
»Um elf.«
»Um elf!« Er stieß wieder einen Pfiff aus.
»Wir haben Vorstellung um halb acht. Ich hatte gedacht, wenn du Lust hast mitzukommen ...«
»Natürlich. Aber sag, du tanzt dort, stimmt's?«
»Ja, deshalb möchte ich dich ja einladen.«
»Ich würde schon gerne. Wirklich, ich würde gerne. Aber ich weiß nicht, ob ich so ... Ich glaube zu solchen Anlässen gehen die Leute in Gala, mit langem Kleid. Na ja, dieses Jackett ist neu.«
Leni mußte lachen. Die Reaktion ihres Vaters erheiterte sie. Ungeniert musterte sie nun sein großkariertes Jackett, das grüne Hemd, den schwarzen Schlips mit gelben Punkten. Es amüsierte sie, und sie konnte alles offen

in Augenschein nehmen, weil alles so völlig anders war, als sie es sich vorgestellt hatte.
»Wenn du meinst, daß es geht, kaufe ich mir eine Eintrittskarte und sehe zu, wie du tanzt. Das ist das letzte, was ich erwartet hätte!«
Leni nahm ihre Tasche von der Rückenlehne des Stuhls und holte das Portemonnaie heraus, und aus dem Portemonnaie zog sie eine Eintrittskarte für die Oper. Der Mann nahm sie, sah Leni fragend an, las mit lauter Stimme den Namen des Balletts vor, als sei es ein neues Wort, und steckte die Karte ein. Als er das Portemonnaie in die Innentasche seines Jacketts stecken wollte, hielt er in der Bewegung inne und meinte: »Aber die Karte möchte ich dir bezahlen.«
»Papa!«
Der Mann nahm hundert Westmark aus dem Portemonnaie und legte sie auf den Tisch.
»Steck das wieder ein«, sagte Leni nervös. »Sie schauen schon alle her.«
»Nimm«, meinte der Vater. »Steck du es ein. Es gehört dir. Du kannst dir alles Mögliche davon kaufen.«
Leni nahm ihre Geldbörse, die noch auf dem Tisch lag, vermied es aber, auf den Schein zu sehen. Flüsternd, aber in energischem Ton sagte sie: »Papa, bitte, nimm diesen Schein. Die Leute schauen schon her. Weißt du denn nicht, was geschehen kann?«
Der Mann lachte und streckte den Arm aus, um Lenis Hand festzuhalten. Dann nahm er die Geldbörse, die das Mädchen in der Tasche verstauen wollte, und steckte den Schein hinein. Dabei entdeckte er einige Fotos, die Leni darin aufbewahrte.
»*Die alte Ziege*«, meinte er, als er ein Foto von der Mutter auf den Tisch legte.
Dann nahm er noch eins heraus, auf dem Leni mit sechs

Jahren und Zöpfen abgebildet war. Sie spielte mit einer Porzellanpuppe.
»Dieses Foto habe ich aufgenommen. Es ist das letzte, das ich von dir gemacht habe. Weißt du noch?«
»Ich weiß. Danach bist du fortgegangen.«
Der Mann nahm ein drittes Foto heraus und sah es sich lange an, ohne ein Wort zu sagen. Dann nahm er einen Schluck Cognac, zündete sich eine Zigarette an, schaute wieder auf das Foto und meinte: »Um ehrlich zu sein, ich bin auch ganz schön alt geworden.«

In der Garderobe zeigte Leni Anna den Hundertmarkschein. Sie erzählte ihr, daß ihr Vater ihn ihr geschenkt hatte, und daß er abends zur Aufführung kommen würde. In der fünften Reihe im Mitteltrakt. Sie hatte ihm gesagt, daß sie nichts Außergewöhnliches machte, daß sie im Chor tanzte und nur einmal auftreten würde. Am Ende des zweiten Aktes, wenn eine Gruppe in weißen Trikots hereinkäme, würde sie die vierte von rechts sein. Er würde ihr Gesicht nicht sehen können, da die Tänzer in dieser Szene Hasenmasken trügen. Aber wenn er gleich, wenn sie herauskämen, von rechts zählte, würde sie die vierte sein, und dann könnte er sie verfolgen und sie drei Minuten lang tanzen sehen. Danach, wenn die Tänzer still im Hintergrund der Szene blieben und die Posen von Statuen einnähmen, würde sie die zweite, diesmal von links sein.
Außerdem hatten sie abgemacht, daß sie nach der Vorstellung gemeinsam essen gehen wollten, und sie hatte versprochen, daß sie diesmal richtig essen würde, wie es sich gehörte, und mit ihm Cognac trinken würde, zumindest einen. Der Vater hatte herausgefunden, daß das teuerste Restaurant in Ostberlin das *Ermelerhaus* am östlichen Spreeufer war, und beschlossen, daß sie dorthin gehen sollten. Außerdem hatte er beschlossen, daß sie,

falls es eine Band geben sollte, bis zum Morgengrauen tanzen wollten, bis er seinen Lastwagen besteigen und nach Frankfurt zurückfahren müßte.

Aber Leni wollte ganz andere Dinge. Sie hätte ihren Geburtstag lieber in ihrem Zimmer gefeiert, ihre Freundin und ihre engsten Bekannten eingeladen und sich schon von morgens an darauf gefreut, daß ihr Vater den Abend mit ihnen verbringen würde.

Während sie sich für ihren Auftritt fertig machte, fragte ihre Freundin sie, warum sie so nervös sei. Leni zuckte nur mit den Achseln, obwohl sie wußte, daß es nicht das übliche Lampenfieber war, sondern eine seltsame Angst, ein unangenehmes Gefühl der Unsicherheit und auch ein eigenartiger Schmerz, als sei eine alte Wunde in ihr aufgebrochen. Als sie sich zu Ende geschminkt hatte, merkte sie, daß ihre Handflächen feucht waren, und sie mußte an die ihres Vaters denken, die unempfindlich gegen Feuer waren. Und erneut überkam sie diese seltsame Traurigkeit, die sie schon verspürt hatte, als sie darüber strich, und der Schauder, den sie kaum unterdrücken konnte, als sie merkte, wie die Hand ihres Vaters ihr über die Schulter fuhr.

Davon erzählte sie ihrer Freundin kein Wort. Beim Warten auf ihren Auftritt rauchten sie amerikanische Zigaretten und verabredeten, die Geburtstagsfeier auf den nächsten Abend zu verschieben. Nach der Vorstellung würde Leni tun, was sie versprochen hatte. Und da der Vater schon am frühen Morgen abreisen mußte, würde in wenigen Stunden alles wieder sein wie zuvor.

Doch in Wirklichkeit wußte sie, daß sie fortan mit dem Verlust ihres Vaters weiterleben, daß sie dieses fatale Zusammentreffen überleben mußte.

Kapitel III

Die Tage nach Marios Abschied waren für Lorena Tage der Einsamkeit und des Fastens. Sie konnte nichts essen. Sie atmete kaum noch; sie hatte das Gefühl, sie müsse schier ersticken, und aus Luftmangel würde ihr das Herz stehenbleiben. Und doch konnte sie keinen Augenblick stillsitzen. Tag und Nacht lief sie durch die Wohnung und zündete sich dabei eine Zigarette nach der anderen an; als sie selbst ihr ständiges Wandern von einem Ende der Wohnung zum anderen – wo ein heilloses Durcheinander von Kleidung und Kinderspielzeug herrschte – nicht mehr ertrug, sperrte sie sich im Elternschlafzimmer ein, entschlossen, es nicht mehr zu verlassen, bis jemand käme, sich um sie kümmerte und ihr Leben in die Hand nähme, falls es am Ende ihrer Klausur noch ein Leben gab. Ohne Nahrung, den gesamten Körper der Tyrannei des Schmerzes hingegeben, ließ sie den Tränen freien Lauf, während sie sich immer wieder die gleichen Fragen stellte: »Warum ich? Warum wir? Waren wir denn nicht glücklich?« Ganz in dieser seltsamen Befriedigung aufgehend, die der Schmerz jenseits des Erträglichen bereitet, lag sie Tag und Nacht ausgestreckt auf dem jetzt viel zu breiten Bett, ohne aufzuschauen, ohne den Blick vom Boden zu heben. Ihre Freundinnen im *Ghetto* hatten sich der Kinder angenommen, die unentwegt sich – und ihr – dieselbe Frage stellten: »Wo ist Papa? Wird Papa nicht kommen? Weinst du, weil Papa fort ist?« Das war der

einzige Vorteil dieser Enge, die manch einer im *Ghetto* als Gemeinschaftsleben verstand. Da man alles teilte, hatte sie aus ähnlichen Gründen auch schon andere Kinder ins Haus genommen, die dieselbe Frage gestellt hatten: »Warum ist Papa fortgegangen?« Als sie eines Abends ihre Stimmen, ihr Weinen nicht mehr jenseits der Schlafzimmertür hörte, nahm sie daher an, daß sie versorgt waren, und konnte sich ganz ihrem Schmerz hingeben, dieser seltsamen Lust, die man verspürt, wenn der Schmerz an seine Grenzen stößt, immer wieder mit der Frage: »Warum ich? Warum?«
Reglos und wie versteinert hörte sie, wie ihre Nachbarinnen sie durch die Tür einfache Dinge fragten:
»Möchtest du nicht etwas essen?«
»Würde dir eine Suppe nicht guttun?«
»Willst du den Kindern nicht einen Kuß geben?«
Und drehte sie sich mal im Bett um, legte die Wange auf eine andere, kühlere Stelle des Kopfkissens, versiegten nicht etwa die Tränen, sondern der Schmerz wurde aus neuem Anlaß, mit neuen Klagen nur noch größer. Dann mußte sie über ihren geliebten Vater weinen, wenn sie an die Heimat, an ihr Zuhause dachte. Wenn sie daran dachte, daß sie das alles verlassen hatte, um dem Mann nachzufolgen, der nun sie verlassen hatte! Wie gerne wäre sie jetzt bei ihrer Familie! Doch sie waren so fern!
Mit der Vorstellung, alles wäre besser zu ertragen, befände sie sich nicht allein in der Fremde, faßte sie am Ende den Entschluß, unverzüglich mit den Kindern nach Chile heimzureisen, und nicht erst abzuwarten, daß Mario ihre Entscheidung wieder in Frage stellte. So zeigte sich nach endlosen Tagen voller Tränen und Vorwürfen ein klarer Wunsch, was zu tun sei, und dieser Wunsch weckte den Impuls, der sie aus dem Schlafzimmer zu einem ausgiebigen warmen Bad trieb, wo sie an

die Sonntage ihrer Kindheit denken mußte, an die Sonnenwärme des Wassers, des aufsteigenden Dampfes und die zärtlichen – zwar fernen, doch in der Erinnerung so nahen – Hände ihrer Mutter, die ihr einen wohlriechenden Schaum ins Haar rieben. Ermutigt durch den Gedanken an diese frühere Zärtlichkeit, fühlte sie sich nun weniger einsam und fand die Kraft, die Wohnung zu verlassen, mit den Freundinnen zu sprechen und ihre Kinder heimzuholen.

Freilich brauchte sie noch einige Zeit, bevor sie wieder zur Arbeit ging. Nicht weil sie die Arbeit im Verlag nicht gerne getan hätte oder die Begrüßung ihrer Kollegen in der Glinkastraße nicht herzlich gewesen wäre. Es war einfach etwas anderes, es dort zu erzählen. Ja, es war etwas ganz anderes. Dort mußte sie alles genau erklären, sich über die Vorgeschichte auslassen, berichten, was im *Ghetto* unausgesprochen blieb, weil es allgemein bekannt war. Beim *zweiten Frühstück* mußte man bei einer Tasse Kaffee warten, daß Frau Corbach, die zwar die Entschuldigung kannte, aber nicht die Gründe im einzelnen, alarmiert durch ihr leiderfülltes Gesicht, unter irgendeinem Vorwand nahezu alle Katastrophen des Tages zur Sprache brachte, um den Grund zu erfahren, der Sache auf die Spur zu kommen und sich dann auf die offene Wunde zu stürzen. Zwar war sie über Lorenas Privatleben nicht im Bilde, doch sichtlich darauf erpicht, von ihr ins Vertrauen gezogen zu werden. Am Ende gestand Lorena alles – im Glauben, damit sei alles gesagt – in einem knappen Satz, der härter klang als alle Erklärungen der letzten Tage, denn zum ersten Mal benutzte Lorena die Worte, die sie am treffendsten fand: Ihr Mann hatte eine andere Frau kennengelernt und sie um die Trennung gebeten, um mit der anderen zusammenzuleben.

»*Ist sie Chilenin?*« wollte Frau Corbach wissen.
Lorena hatte das Gefühl, sie müsse am Kaffee ersticken; obwohl sie nicht wußte, ob es wirklich am Kaffee oder eher an der Frage lag, aber wahrscheinlich war es die Antwort, die sie nicht geben wollte, denn jetzt wurde ihr klar, daß die Solidarität ihrer Freundinnen in der Elli-Voigt-Straße damit zu tun hatte, daß sie alle in der gleichen Lage waren. Bei den aus der Heimat Verstoßenen, viele von ihnen ebenfalls verlassen, und alle potentielle Medeas, lautete das einhellige Urteil: Der Mann einer Exilierten hatte eine Landestochter vorgezogen. Mit Frau Corbach war es anders. Mehr noch: Lorena hatte das Gefühl, die erste Frage sei nur erfolgt, um zu sehen, wie weit sie in ihrer Indiskretion gehen konnte.
»*Nein, nein*«, meinte Lorena, als sie spürte, daß ihre Kehle nicht mehr von diesem warmen, bitteren Schluck verstopft war. Nach einer erneuten, wenn auch kürzeren Pause, die sie mit der Suche nach einem Taschentuch in ihrer Handtasche überspielte, fuhr sie fort: »*Sie ist Deutsche*«.
»*Mensch! Das macht's natürlich schwieriger!*«
Bei dieser Bemerkung hielt Lorena den Blick starr auf den kalten Kaffee gerichtet, diesen tiefen Brunnen auf dem Tassenboden. Sie brauchte nicht aufzuschauen, um zu wissen, daß *das*, was sie auf ihrem Haar, auf der Stirn, auf den angespannten Schläfen und ihren brennenden Wangen spürte, dieses Spinnennetz, das sie wie eine feuchte, unerwünschte Liebkosung umfing, Frau Corbachs unverwandter, mitleidiger Blick war. Und dieses Gefühl, in einem schmierigen Spinnennetz gefangen zu sein, war ihr noch unangenehmer als das Mitleid.
»Ich weiß, daß es schwierig ist«, sagte Lorena jetzt in ihrer Sprache.
Von Frau Corbachs Mitgefühl in die Enge getrieben, griff

Lorena zu bewährten Mitteln der Verteidigung. Eines davon war die Flucht in die vertraute Sprache, womit sie dem Gespräch ein abruptes Ende setzte. Selbst wenn man weiter beim Thema blieb, zog man damit Zugbrücken ein, woraufhin fast augenblicklich das Spinnennetz verschwand. Nun erst blickte Lorena auf, die Augen beider Frauen trafen sich, und die Unterhaltung setzte sich auf einer weniger mitleidig herablassenden Ebene fort, was wiederum das Interesse an einem gleichberechtigten Dialog aufkommen ließ. Und am Ende war Frau Corbach auch noch dankbar für das, was auf den ersten Blick wie eine Abfuhr wirkte. Ihre ersten Sätze auf Spanisch kamen noch unsicher, doch dann sprach sie immer flüssiger, half sich weniger mit den üblichen Füllseln aus und bat Lorena schon nach wenigen Minuten, sie möge sie doch immer, mindestens für eine Stunde täglich, dazu bringen, *castellano* zu sprechen – sie sagte *Spanisch* –, diese Sprache, die seit 1973 im Leben der Berliner Romanisten wichtig wurde, speziell für Frau Corbach, seit sie nämlich im Verlag *Volk und Welt*, im alten Haus in der Glinkastraße, eine Stelle als Lektorin für lateinamerikanische Literatur angetreten hatte, in einem dieser architektonischen Altertümer, die, in gefährlicher Nähe der Mauer, zunächst evakuiert und später den Ministerien und der Volkspolizei zur Verfügung gestellt worden waren.

Lorena konnte sich noch daran erinnern, daß sie den selben Blick – dieses feine Spinnennetz – bereits am ersten Tag gespürt hatte, als sie sich vor Jahren in diesem Büro kennenlernten. Sie wußte sogar noch, daß diese mitleidige Herablassung sich bei Frau Corbach damals nicht nur in der gleichen Form gezeigt hatte – so wie später noch oft –, sondern daß es auch in einer *Pause* geschehen war – es gab so viele Pausen! – und, wie in Pausen üblich, bei einer Tasse Kaffee, wo der Rest schließlich kalt geworden war, wie ein Brunnen am Tassenboden. Als einen Sturz in einen bodenlosen Brunnen empfand Lorena auch ihren Kummer während der Pause, so unvermeidlich, wie Frau Corbachs Spinnennetz auf ihrem Gesicht und ihr starrer Blick in den kalten, dunklen Bodensatz der Tasse.

Damals – an ihrem ersten Tag im Verlag – war Frau Corbachs Mitleid in einen langen, vielsagenden Blick umgeschlagen, als Lorena ihr erzählte, daß sie in Chile Schauspielerin gewesen war, und trotz ihrer Jugend sogar recht erfolgreich, und daß sie ihren Wunschtraum, natürlich auch in Deutschland aufzutreten, schließlich ein für alle Mal hatte begraben müssen. Ja, zwar hatte sie eine Art Stipendium für das *Schauspielhaus* in Leipzig erhalten, wo sie in acht Monaten so viel gelernt hatte wie nie zuvor in ihrem Leben, unglaublich; alle hatten gemeint, sie habe ihre Technik ungeheuer verbessert ... Doch trotz des Intensivkurses in Deutsch, hätte sie auf der Bühne akzentfrei deutsch sprechen müssen ... Na ja ... Das war dann schon was anderes!

Seit dem ersten Treffen verabscheute Lorena dieses Mitleid. Deshalb hatte sie versucht, ihre niedergeschlagene Kollegin aufzuheitern, indem sie ihr versicherte, für sie sei es die beste Lösung, daß sie für einen Verlag eingeteilt sei. Sie hatte ihr erklärt, sie liebe die Literatur – wahrscheinlich hatte sie mehr lateinamerikanische Literatur gelesen als alle Lektoren des Ersten Arbeiter- und Bauernstaates auf deutschem Boden zusammen –, und schließlich gemeint, für eine gewisse Zeit auf das Theater zu verzichten, sei nicht das Schlimmste, was ihr in den letzten Jahren widerfahren sei.

»Nach allem, was wir erlebt haben, ist mir jetzt meine Familie am wichtigsten.«

Sie mußte wohl überzeugend gewirkt haben, denn an den folgenden Tagen hatte Frau Corbach statt des mitleidigen Gesichts zufrieden dreingeblickt, mit geröteten Wangen; so als wollte sie förmlich herausschreien: Siehst du, wie gut du es in diesem Paradies hier hast; aus ihr sprach eine tiefe Genugtuung. Da hatte man ja die unwiderlegbare Realität, die definitive Bestätigung für die Überlegenheit eines Systems, das sich selten erlaubte, schamlos mit seinen Vorzügen zu prahlen. Hier war der untrügliche Beweis, der den Glauben festigte. Jetzt konnte sie noch überzeugter, mit mehr Gewißheit und mehr Enthusiasmus, an das glauben, woran sie schon immer, wenn auch eher bang und voller Zweifel, geglaubt hatte. Woran sie geglaubt hatte, weil sie es so gelernt hatte. Diese so glatten, perfekten Ideen, wie die rote Farbschicht auf den Handbüchern, jenen Abrissen der Universalgeschichte, wo alle Kategorien funktionierten wie das Räderwerk einer Uhr, alle Zeitalter der Menschheit und alle Menschen der Geschichte umfassend, ohne daß dem in der Realität auch nur eine einzige Zelle eines Menschen aus Fleisch und Blut entspräche ... Na ja, das würde sich noch ändern! Das war ja das Wunder! Deshalb war die Heilige Lorena Sanctissima erschienen, zwar ohne Heiligenschein, aber mit einem Glanz aus Schmerz und Kummer, der ihre ganze Erscheinung umgab, nur um die Vorzüge des Systems zu beleuchten, das sie so großzügig aufnahm. Und damit die seligmachende Präsenz der Heiligen Lorena auch zu etwas gut war, beharrte Frau Corbach gern auf schon bekannten Fragen, besonders zur Kaffeezeit, im Beisein anderer Bedürftigen dieses Glaubens und Segens.

»Und hätten deine Kinder in Chile studieren können?«

»Ja.«

»Aber auch umsonst, wie hier?«

»Früher ja. Auch umsonst.«
»Natürlich dank des Sozialismus. Aber ihr hattet nur drei Jahre Sozialismus. Ich nehme an, vorher hättest du bezahlen müssen ...«
»Wir hatten keine drei Jahre Sozialismus, Gerda. Wir hatten nicht mal einen Tag Sozialismus, wenn du unter Sozialismus das verstehst, was du hier in der *Parteischule* gelernt hast. Aber vor Allende hätten meine Kinder auch studieren können. Sogar umsonst.«
Gerda Corbach schlürfte ihren Kaffee, ohne sich daran zu stören, daß der Dampf ihre dicken Brillengläser beschlug. Reglos starrte sie ihrerseits nachdenklich in den schwarzen Brunnen am Boden ihrer Tasse. Nach einem raschen Versuch, den Katechismus der *Parteischule* in Einklang zu bringen mit dieser Information über ein seltsames Paradies, aus dem man Lorena geworfen hatte, tat sie einen tiefen Seufzer und zog dann ihrerseits ihre Zugbrücke hoch, wobei sie wie zu sich selbst meinte: *»Ich verstehe gar nichts ...«*
Genau. Du verstehst rein gar nichts, hätte Lorena am liebsten gesagt. Doch sie schwieg und wechselte das Thema, es hatte keinen Zweck, sich noch weitere Mühe zu machen, damit Gerda verstand. Die einzigen Momente, in denen sie eine Verständigung oder Nähe empfand, waren die wenigen Male, wo ihre Angaben über Chile mit dem Kapitel IV des *Handbuchs der Parteischule für Funktionäre von Staatsbetrieben* übereinstimmten, das Ländern der sogenannten Dritten Welt gewidmet war, und besonders mit Teil XIV des Kapitels, einer Studie, die sich speziell auf Chile bezog, etwas mehr als drei Seiten.
Zum Glück mußte Lorena diese Verständigungsschwierigkeiten mit Frau Corbach nicht lange ertragen.
Wenige Monate nach ihrer Anstellung bei *Volk und Welt*

– dem für fremdsprachige Literatur zuständigen staatlichen Verlag – entdeckte sie, daß sie die Arbeit, die sie tagtäglich an ihrem mit Stapeln von Büchern vollgeladenen Schreibtisch tat, bequemer und effektiver in ihrer Wohnung in der Elli-Voigt-Straße erledigen konnte. Was schließlich die Vernunft siegen ließ, war die Ankunft eines jungen Uruguayers, eines angehenden Dichters, frisch von der Karl-Marx-Universität in Leipzig, der allen Ernstes Humboldt Carrasco hieß und für sein erforderliches Praktikum in einem Staatsbetrieb sein Erscheinen am Arbeitsplatz nachweisen mußte. Man versuchte mit fragwürdigem Erfolg, für ihn einen weiteren Schreibtisch, eher ein winziges Pult, neben denen der Frauen unterzubringen, bis ihnen Frau Corbach – die auf den Uruguayer extrem launisch reagierte, mal zornig, mal zerknirscht – nach einer Woche eröffnete, die Verlagsdirektion habe entschieden, Lorena solle hauptsächlich zu Hause arbeiten und nur montags morgens mit ihren Gutachten im Büro erscheinen.
Fortan verbrachte Lorena nur die vier vorgeschriebenen Wochenstunden im Verlag. Der uruguayische Dichter hatte ihren Schreibtisch geerbt, und sie benutzte das inzwischen ans Regal geschobene Pult, ein Regal, das aus allen windschiefen Brettern und Ritzen Bücher und Mappen spie. Sie gab die während der Woche ausgearbeiteten Berichte ab – vier bis sechs Seiten pro Buch, nie mehr als zwei Bücher –, und sie nahmen die Rückgabe völlig ruhigen Gewissens hin, denn die Anwesenheit einer dritten Person in dem winzigen Büro hätte eine geregelte Arbeit unmöglich gemacht. Die *Pause* für das *Zweite Frühstück* zog sich dann bis zum Mittag hin, wenn man auch fast ausschließlich über die Bücher redete, die man die Woche über begutachtet hatte, was Frau Corbach im übrigen dazu verhalf, in ihren Berichten an den Direktor

Kommentare anzubringen, die von einer breiten Kenntnis der lateinamerikanischen Literatur zeugten. Mittags nahm Lorena dann von Gerda den Auftrag für die zwei oder drei neuen Lektüren entgegen und verließ, nachdem man die Bücher, die sie mitnahm, in einem Heft registriert hatte, den Verlag noch vor dem Mittagessen. Sie nahm lieber rasch etwas im Café auf der Friedrichstraße zu sich, unter lauter Theaterstudenten, Schauspielern und Musikern von der *Staatsoper*, Leuten, die sie niemals woanders zu sehen bekam. Auch Jugendliche mit bunten Haarsträhnen und schwarzen, von furchterregenden Ketten durchbohrten Lederjacken, verkehrten dort und lasen friedlich den Kulturteil des *Neuen Deutschland*. Kurzum mit Leuten ohne die Steifheit der Funktionäre, die normalerweise in die Verlagskantine oder in die Restaurants Unter den Linden essen gingen.
Nach der Regelung, die seit 1825 galt, als Wilhelm Friedrich Hegel seine *Vorlesungen über die Geschichte der Philosophie* hielt, endete die letzte Vormittagsstunde in der Universität um 12 Uhr 50. Aus diesem zwingenden Grunde beendete Mario – der zufällig auch noch den Hörsaal belegt hatte, in dem der Philosoph damals lehrte –, seine Vorlesung, die letzte am Vormittag, pünktlich um 12 Uhr 50. Sieben Minuten brauchte er, um die Kursmappe abzugeben und wie üblich das Wichtigste mit den Kollegen in der Sektion Romanistik zu besprechen; dann eilte er auf die Straße, überquerte Unter den Linden, immer wenn der 57er Bus die Haltestelle an der *Staatsoper* erreichte – um 12 Uhr 59, in pedantischer Erfüllung des an der Haltestelle hängenden Fahrplans –, rannte weiter bis zur Friedrichstraße und kam, immer noch im Laufschritt, pünktlich um 13 Uhr am Eingang des Cafés an. Mario wußte, daß Lorena seit exakt 13 Minuten auf ihn wartete (das Mittagessen in der Verlagskantine, dem sie

sich entzog, wurde ab 12 Uhr 45 ausgegeben), weshalb sie fast immer schon einen Tisch gefunden und ihre Tasche obendrauf gepflanzt hatte, bevor er eintraf. Dieses Eckchen im Café, Lorenas Lächeln und die Bücher, die ihn in der Tasche seiner Frau erwarteten, bescherten Mario pünktlich jeden Montag einen Augenblick des Glücks.

»Ist etwas Gutes dabei?« fragte er, nachdem er sie geküßt hatte.

Dann nahm Lorena zur Steigerung der Spannung betont langsam die Bücher aus der Tasche und legte sie eins nach dem anderen neben den Teller mit Essiggurken. Sie wußte, daß der Reiz dieser Zusammenkünfte für Mario nichts mit der Gulaschsuppe oder den Gurkencanapés zu tun hatte, eine wenig appetitliche Spezialität des Cafés, sondern mit den Büchern, die sie jede Woche aus dem Verlag mitbrachte. Und da sie häufig etwas wirklich Interessantes für ihn in der Tasche hatte, bereitete Marios Begeisterung, die Lorena am Leuchten seiner Augen erkannte, auch ihr jeden Montag wieder große Freude.

In jener Zeit deutete nichts auf die bevorstehende Katastrophe hin.

Schon seit zwölf Jahren lebte Lorena in Berlin; das letzte Jahr allein, ohne Mario. Augenblicklich waren die Beziehungen im *Ghetto* sehr gespannt. Bei manchen hatte die Nähe zu einer brüderlichen Herzlichkeit geführt. Andere hatten sich nicht nur weiter auseinandergelebt, sondern auch offene Antipathien entwickelt. Und da man leidenschaftlicher haßt als liebt, nahmen die Aversionen inzwischen überhand, während man im Vertrauen mit den Freunden seine Antipathien rechtfertigte, die so noch geschürt und folglich größer wurden. Was es am Ende in der Elli-Voigt-Straße nicht gab, war Neutralität oder To-

leranz. Auf diese Weise hatten wir ein neues Exil innerhalb des Exils geschaffen.
Wo ein Klima steter Vertrautheit untereinander herrschte, waren gemeinsame Ferien, Ausplaudern von Intimitäten und der Austausch von Post aus dem verbotenen Land an der Tagesordnung. Mehrere Tage lang lag ein Brief von Lorenas Eltern auf dem Nachttisch ihrer Freundin Cecilia, und die Kassette von Cecilias Bruder mit Nachricht vom letzten Protestmarsch blieb lange tief in Lorenas Tasche vergraben. Daher wunderte es niemanden, als Lorena eines Morgens das Telegramm ihrer Freundin Patricia ans schwarze Brett im Erdgeschoß des Gebäudes neben den Fahrstühlen heftete, sozusagen um allen die langersehnte Neuigkeit mitzuteilen.
An jenem Morgen, als sie die Kinder in die Schule brachte – ›an jenem Morgen‹, so sagt man, obwohl es Dezember war und daher noch Nacht –, entdeckte Lorena den roten Kreis, der an ihrem Blechbriefkasten klebte und auf ein Telegramm verwies. In dem Moment wußte sie instinktiv, daß dieser kleine Kreis endlich eine Veränderung in ihr Leben bringen würde. Beim Öffnen des Telegramms fiel ihr Augenmerk sogleich auf zwei Wörter: Mexiko und Patricia. Es war gerade so, als seien sie unterstrichen, in dem gleichen leuchtenden Rot wie der Kreis, der das Telegramm anzeigte.
Die Nachricht, die ihr Leben von Grund auf verändern sollte, hatte auch mit »dem Visaproblem« zu tun – in der steifen Beamtensprache der Behörde – oder mit diesen »Scheißvisa«, wie Lorena in Zusammenhang mit den mexikanischen Einreisevisa zu sagen pflegte, die ihr jahrelang verwehrt worden waren und ihr somit den wichtigsten Teil ihrer selbst verwehrten. Denn man verschloß ihr den Rückzug in ihren ureigenen Traum – wie der Meereswelle in ihr Element – den Traum davon, erneut

auf die Bühne zu gehen, ein Traum, der sie während ihres Lebens in Berlin ständig begleitet hatte: Darin sah sie sich hinter den Kulissen stehen, mit Blick auf die Bühne, auf die sie gleich hinaus sollte; dieser bevorstehende Augenblick war ihr wie ein Sprung ins Leere, wie ein seltsamer Taumel, bevor sie sich im warmen Licht der Scheinwerfer und der Worte wiederfand. Ja, der Worte. Lorena betrat die Bühne, und dann faßten die Schauspieler sich im Traum bei den Händen und begannen den Lorca-Text zu singen:

Rosita, einen Blick nur
auf die Spitzen deiner Füße,
wenn sie mich ließen,
würden wir sehen.

Und diese einfachen Worte klangen, als hätten sie niemals außerhalb dieses Liedes bestanden, als hätte das Lied niemals außerhalb des Lebens existiert, das Leben und das Lied waren sie selbst und ihre Worte. Diese Worte, die sie aussprach, als schmeckte sie im Mund eine Frucht.

Die Nachricht von der Freundin übertraf ihre lange gehegten Hoffnungen. Das Visaproblem für sie und die Kinder war gelöst. Auch ihre Beschäftigung im Theater El Galpón, der uruguayischen Truppe, die ihr jetzt die Hand entgegenstreckte, war arrangiert. Selbst das Problem der Reise war mit Hilfe einer internationalen Flüchtlingsorganisation geregelt. Ein nachfolgender Brief mit allen Einzelheiten wurde angekündigt.

Sie rannte auf dem Weg zur Schule und zog dabei ihre Kinder auf dem Schlitten über den ersten Schnee in diesem Winter. Dabei war es erst Anfang Dezember. Wenn alles lief wie geplant, würde sie vielleicht in ein paar Wochen ihr Ausreisevisum und die Tickets haben. Was für eine internationale Organisation mochte das wohl sein? ACNUR, FASIC, WUS. Jetzt erhielten die Worte, die sie so häufig bei den gemeinsamen Abenden im *Ghetto* vernommen hatte, einen anderen Klang, denn sie galten ihr. In irgendeiner Stadt der Welt erwarteten sie drei Tickets auf dem Schreibtisch irgendeines Büros. Womöglich stand ihr Name und der ihrer beiden Kinder auf einer Liste, so daß sie sich noch vor Jahresende auf dem Flug nach Mexiko befinden könnten und das neue Jahr wirklich neu und ohne Schnee sein würde, ein wahrgewordener Traum ohne Parteibüro. Es wäre ein ganz neues Leben ..., auch ohne Mario.

Sie näherte sich dem weißen, rechteckigen Schulgebäude mit der gehißten Fahne, nur ein letztes Stück fehlte noch, quer über das weite Gelände des Spielplatzes, auf dem ein schneidender Wind wehte, und eine eisige Feuchtigkeit fuhr ihr ins Gesicht, ein Sausen, das an diesem Vormittag in ihren Jubel einzustimmen schien ... Doch plötzlich mußte sie beim Pfeifen des Windes an das warnende Zischen einer Schlange denken. Wenn Mario nun nicht wollte, daß sie mit den Kindern fortging? Was sagte das Gesetz? Was würde das Parteibüro sagen? Sie selbst hatte alles getan, was in ihrer Macht stand, um den Beschluß über eine Scheidung möglichst lange zu verzögern. So würde sie Zeit gewinnen, hatte sie sich gesagt, auf eine völlig übertriebene Hoffnung bauend. Und wenn er doch noch zurückkehrte? Und wenn wir eines Tages alle aus diesem Alptraum aufwachten? Hatte sie nun eigentlich Zeit gewonnen oder verloren?

Sie ließ die Kinder bei *Tante* Gudrun und verstaute ihre Sachen ungeordnet in den Fächern. Sie brauchte unbedingt frische Luft. Sie wollte wieder auf die Straße, wollte allein sein. Allein? Sie verspürte einen unbändigen

Drang, in diesem Augenblick genau das Richtige zu tun, wußte aber nicht, was das Richtige war. In die Wohnung wollte sie nicht zurück. Sie mußte mit jemandem reden, ja, das wäre das beste, aber mit wem? Nein, nein, das war zu gewagt. Jetzt durfte sie keinen Fehler begehen. Ein blitzartiger Gedanke ließ sie den Schritt beschleunigen. Jetzt wußte sie, was zu tun war. Als erstes mußte sie verhindern, daß die Nachricht im *Ghetto* die Runde machte. Wenn sie mit den Kindern fort wollte, war es überaus wichtig, die Dinge in Ruhe zu überdenken und zu verhindern, daß ihre Pläne zu früh bekannt wurden. Wieder überquerte sie das Gelände, das die Schule von den Häuserblocks jenseits der Leninallee trennte. Jetzt erst begann es, hell zu werden. Der Schnee, der auf dem Pflaster lag, verlor allmählich die gelben Lichtreflexe und erhielt einen hellblauen Schimmer. Es war die Spiegelung eines Himmels, der schon seit dem Morgengrauen klar zu werden versprach; er warf seine Farbe auf das Weiß und verlor sich in den gelblich schimmernden Pfützen. Wiederholt war Lorena mit den Stiefeln hineingetappt, denn beim Rennen auf der Suche nach dem Haus achtete sie nicht darauf, ihnen auszuweichen. Sie mußte rechtzeitig dort sein. Jetzt war ihr klar, daß es eine Frage auf Leben und Tod war. Ja, so war es. Denn das Lesen des Telegramms hatte genügt, und schon hatte sie mit einem glatten Schnitt das, was die Bezeichnung Leben verdiente, von dem getrennt, was nur einer langsamen Agonie glich, dem Tod inmitten der Betonblocks, der unzähligen kleinen Fensterchen und Balkone, die sie nichts angingen. Sie erklomm die Stufen zu ihrem Haus. Das hier ging sie sehr wohl etwas an. Hier hatte sie zwölf Jahre lang gelebt und hoffte jetzt, daß ihr nicht mehr als zwei Wochen blieben. Ja, dort war das Leben zu finden. In den Worten, im Lied ihrer Träume;

im rührenden Bemühen ihrer langjährigen Freundin; in der Sonne, die sie ihr so oft in den Briefen beschrieben hatte: in dieser Wärme, die die Menschen seit jeher als ihr ureigenstes Element empfunden hatten. Unterwegs begegnete ihr Frau Schulze, in Kunstleder und Pelzmütze gehüllt. Sie begrüßten sich mit der gleichen Geste wie jeden Morgen, und schon war sie an den Fahrstühlen, nahm das Telegramm vom Korkbrett, fuhr nach oben, saß auf dem Bett, das Telefon in der Hand, auf der Suche nach einer Lösung, nach einem Namen und einer Ziffer im *Telefonbuch*, um den Neubeginn einzuleiten.

Vom Café aus blickte Lorena auf das Gewimmel von Fußgängern auf der Friedrichstraße.
Sie spürte, daß sie nach der Hast der letzten zwei Wochen einmal Atem schöpfen mußte. Auf dem Tisch, neben der Tasche und den Zigaretten, lag das Telex vom Reisebüro mit der Bestätigung für die drei Flugtickets, die sie bei Interflug abholen sollte. Heute morgen war sie bei Interflug gewesen, wo sie ihr bestätigten, daß diese drei Tickets auf ihren Namen und den ihrer Kinder registriert waren. Jetzt fehlten nur noch die Ausreisevisa. Deshalb war sie, sobald sie diese Auskunft erhalten hatte, die ihr nichts Neues sagte – alle kannten wir die Ausreisebedingungen –, zum *Amt für Ausländerangelegenheiten* geeilt, obwohl sie auch hier schon wußte, daß vorher ein anderer Behördengang fehlte, was sie jedoch zu ignorieren versuchte, als könnte sie so den Irrtum oder die Ausnahme erzwingen. Es scheint, daß wir alle so reagierten, es allen erging wie Lorena. Wir hoben ab wie der Vogel, der hoch in den Himmel hinauf will, und prallten ein ums andere Mal gegen die Fensterfront. Genauso prallte Lorena ab, von Interflug zur Volkspolizei und von der Volkspolizei zum Innenministerium und vom Innen-

ministerium zu Chile Antifascista und von Chile Antifascista schließlich zum Parteibüro.

Ja. Alle Flüge der Phantasie endeten mit einem Aufprall an der gleichen Fensterfront: dem Parteibüro. Ohne Genehmigung des Parteibüros gab es keine Erlaubnis beim Ministerium; ohne die Zustimmung des Ministeriums kein grünes Licht bei der Volkspolizei, und ohne dieses grüne Licht bekam das ersehnte Ausreisevisum aus der DDR – von genauso grünlicher Färbung – niemals das Wasserzeichen und die unverzichtbare Marke von der Visumabteilung. Der Eifer, mit dem wir immer wieder im Warteraum des Parteibüros landeten, mußte genau dort seinen Ausgang nehmen. Das Parteibüro war Ausgangspunkt und Anfang, Richter, oberste Gewalt, Schiedsrichter in letzter Instanz und die zwingende Voraussetzung jeglicher Existenzmöglichkeit. Alle hatten wir den Eindruck, einer Welt anzugehören, in der das Parteibüro das Fundament, die Substanz, kurzum das war, worauf jede Art von Lebensäußerung und jede Lebensform basierte. Das Parteibüro ist das Sein – beharrten zu Recht die Anwohner, die bereits ihren Doktor in Philosophie gemacht hatten – und bei den hochtrabendsten Tischgeprächen beschränkte sich die Polemik bisweilen darauf, herauszufinden, ob die gegenteilige Behauptung – das Sein ist das Parteibüro – ersterer widersprach oder aus ihr folgte oder sie auch ergänzte. Was meinst du, Lorena?

Lorena trank ihren Kaffee im Café und beobachtete jetzt den Sonnenstrahl, der auf das Telegramm fiel. Sie schöpfte Mut; man mußte die Angst beiseiteschieben. Was am schwierigsten zu erreichen schien, hatte sie bereits in der Hand, das konnte man ihr schon nicht mehr nehmen: das mexikanische Visum, den Vertrag mit El Galapón und die drei im Telegramm angekündigten Flug-

tickets, die sie eben heute morgen erhalten hatte, bevor ihr eigener Irrweg im Untergeschoß des Ministeriums endete.
Ja. Sie hatte beschlossen, dieses Mal sollte das Parteibüro nicht am Ende ihres Leidensweges stehen. Ihr Entschluß stand fest: In Mexiko würde sie wieder in einer Welt ihrer Sprache leben und zum Theater zurückkehren. Sie würde mit ihren Kindern fortgehen. Auf Marios Entscheidungen hatte sie keinerlei Einfluß mehr. Im übrigen würde sie alles nach eigenem Gutdünken tun, denn sie beraubte ja niemanden seiner Freiheit. Deshalb wollte sie ihren letzten Antrag dort stellen, wo dieser Staat es für jeden Bürger vorsah, und diese Stelle war das Innenministerium. Mit einem Mal wurde ihr klar, daß man mit dem Parteibüro auch alle Konsequenzen akzeptiert hatte, diesen Status als Person zweiter Klasse mit der Pflicht, sich gleich zwei Reglements, zwei Gesetzen und zwei Gewalten zu unterwerfen. Man hatte auch das *Ghetto* akzeptiert und damit den Weg bereitet, daß allmählich ein Doppelstatus, ein neues Machtgefüge innerhalb eines anderen Machtsystems, letztendlich ein Exil im Exil entstehen konnte. Aber warum sah sie all das erst jetzt so klar? Warum war es ihr nicht früher aufgefallen, als sie – schon vor so vielen Jahren – klaglos akzeptiert hatten, daß ein Parteibüro eingerichtet wurde, wo all ihre Entscheidungen, selbst die persönlichsten, diskutiert werden mußten? In Wahrheit war das Parteibüro weder Anfang noch Ende aller Dinge. Für gar nichts bedeutete es Anfang oder Ende. Unser Unglück hat damals begonnen, als sie das Parteibüro akzeptierten. Das war unser erster entscheidender Fehler, die Errichtung des Parteibüros, dachte Lorena, und legte dabei die Hand auf den gelben Umschlag mit dem Telegramm ihrer Freundin, mit dem Vertrag mit El Galapón und dem Bescheid über die Be-

willigung des mexikanischen Visums sowie dem Telegramm vom World University Service mit der Bestätigung der Flugtickets. Sie strich über den Umschlag und fühlte sich sicher. Sicher? Besser gesagt, sie war zufrieden, aufgeregt, euphorisch. Fühlte sie sich auch frei? Ja, vielleicht. Aber Lorena war sich nicht mehr so sicher. Was empfindet man überhaupt, wenn man frei ist? Etwa das, was sie an diesem Nachmittag im Café empfand? Diese Sympathie, ja Zuneigung für die Leute hier, die, mit ihren eigenen Dingen beschäftigt, sie nicht einmal wahrnahmen, die sich schreiend oder flüsternd unterhielten, die diskutierten und lachten? Ja, diese kleine Welt, in der sie sich so viele Jahre lang bewegt hatte, ohne jemanden dort zu kennen, wirkte heute echter, gemütlicher, intimer auf sie. Sicherlich kam das daher, daß sie sich frei fühlte, dachte sie beim Anblick all dieser Leute, die ihr nicht die geringste Beachtung schenkten.

Kapitel IV

Drei Tage später erhielt Lorena ein zweites Telegramm. Am Abend zuvor hatte sie, nachdem sie die Kinder ins Bett gebracht hatte, am Eßzimmertisch Platz genommen und eine Flasche süßen Wein geöffnet, dazu eine Zigarettenschachtel und den Block mit feinem Briefpapier, den sie am Nachmittag in der *Kaufhalle* besorgt hatte – sowie eine lange verschlossene Schleuse tief im Inneren –, um einen Brief ans Innenministerium aufzusetzen. Sie wollte ihn auch dem Generalsekretär der Sozialistischen Einheitspartei Deutschlands und dem Leiter der Behörde schicken: Es ging um den Antrag für ein Ausreisevisum nach Mexiko. Dabei verbat sie sich auch mit deutlichen Worten, daß diese Angelegenheit – die sie im Brief als »streng persönlich« bezeichnete, »so persönlich wie die Beziehung zu meinem Mann und meinen Kindern, so persönlich wie die Entscheidung, welche Bücher ich lesen und welchen Wein ich trinken möchte« –, von den Funktionären des Parteibüros auch nur diskutiert wurde. Das Schreiben des Briefes und der Weißwein – die Flasche war inzwischen fast leer – machte sie seltsam euphorisch, ein Gefühl, das sie schon lange nicht mehr gehabt hatte. Als sie den Entwurf noch mehrmals durchlas, lief sie in der Wohnung auf und ab, wie ein Tier im Käfig. Sie wollte nicht hier sein. Oder vielleicht wollte sie auch nicht allein sein. Eigentlich wollte sie bereits in Mexiko sein, Patricia fest in die Arme schließen und die

Proben mit El Galapón beginnen. Sie hatte zuviel geraucht; sie erhob sich vom Tisch, wo die Zigaretten lagen. Als sie am Fenster stehenblieb, sah sie in Cecilias Schlafzimmer noch Licht und beschloß, sie anzurufen, um sie ins Vertrauen zu ziehen, ihr den Brief vorzulesen und mit ihr den Wein zu leeren.

So kam es, daß Lorena und Cecilia eine Stunde später, nachdem sie den Brief noch einmal durchgelesen hatten, von der zweiten Flasche süßen Weins angeheitert, miteinander grübelten, phantasierten und schließlich in Gelächter verfielen. Ihre Bemerkungen reichten vom natürlichen Interesse, das ein so außergewöhnliches Ereignis wecken würde, bis zu ernsteren Erwägungen, die Zweifel in Hinblick auf die Erfolgsaussichten eines solchen Unterfangens aufkommen ließen. Und dann wieder schallendes Gelächter beim bloßen Gedanken an Don Carlos' Gesicht, wenn er den Antrag lesen würde, oder an die verzerrte Miene des Sekretärs vom Minister, wenn er erführe, daß *eine chilenische Patriotin* die Ansicht vertrat, die DDR zu verlassen, sei eine ebenso persönliche Entscheidung wie die Wahl des Weines. Ihr Gelächter schwoll an, als sie sich vorstellten, wie der Sekretär dem Stasibeamten den Brief brachte, nur zwischen Zeigefinger und Daumen gefaßt und möglichst weit vom Körper entfernt, mit einem Blick, als hielte er zwischen den Fingern einen Frosch, eine Kröte oder eine Kanalratte.

Und da es Gemütszustände gibt, die leicht ansteckend wirken, verfielen sie vom Gelächter in eine ruhigere und etwas trübseligere Atempause, in der die Furcht aufkam, all das könne doch komplizierter werden, als es schien. Schließlich schwankte die Stimmung zwischen Euphorie und Trübsal, zwischen tiefster Zufriedenheit und schrecklicher Beklemmung, so wie Lorena sie vor

ihrem Anruf bei Cecilia verspürt hatte. Verständlicherweise fühlten sich am Ende beide eingeschüchtert.
Zigaretten und Wein waren ausgegangen. Da schlug Cecilia vor, sich warm anzuziehen, um noch etwas zu besorgen und ihre kleine Feier, die sich aus der Lektüre des Briefes entwickelt hatte, noch ein wenig zu verlängern. Kurze Zeit später kam ihnen in Cecilias Wohnung – sie lebte ebenfalls allein, vielmehr nur mit einem Kind – die Idee, noch etwas zu unternehmen. Während Cecilia in ihren in Moskau gekauften Pelzmantel und eine schneeweiße *Schapka* schlüpfte, die das Leuchten ihrer wunderbaren dunklen Augen hervorhob, beschloß sie, sie sollten tanzen gehen.
»Ich finde, du hast Grund zum Feiern, meinst du nicht?«
Ja, das stimmte. Sie hatte Grund zum Feiern, und doch war von dem Moment an, als sie das Telegramm erhalten hatte, bis zu diesem unbeschwerten, lustigen Abend mit Cecilia alles ein unseliges Hin und Her gewesen, mit der Sorge um Genehmigungen und Anträge, Fragen nach Papieren und Zertifikaten, mit dem Gelaufe vom Verlag zur Volkspolizei, von der Polizei zum Ministerium und vom Ministerium wieder zum Verlag, weil auf der Genehmigung eine bestimmte Angabe fehlte, die Gesundheitszeugnisse aus der Schule fehlten ebenfalls und ihre eigenen Befunde von der *Charité*; und zwischendurch zur Schule hetzen, um die Kinder hinzubringen und abzuholen, zur Glinkastraße eilen, um die Gutachten abzugeben, und dann noch die Hausarbeit. Doch erst jetzt, kurz vor Mitternacht, drei Tage nach Erhalt der Nachricht, spürte sie, daß diese völlige Euphorie, diese immer wieder von Ängsten begleitete Nervenanspannung (da zeigten sich dunkle Vorzeichen an ihrem Firmament, aber das erwähnte sie vor Cecilia nicht) endlich aufhören mußte, sie brauchte etwas Ruhe, wenn schon nicht Frie-

den, und ein wenig Fröhlichkeit, wenn schon nicht Überschwang.
Cecilia wußte aus Erfahrung, daß die Hotels in Berlin, der *Hauptstadt der DDR*, über Tanzlokale verfügten, die ab Mitternacht zu hektischem, lärmendem Leben erwachten, dann nämlich, wenn die Gastarbeiter, die in Westberlin lebten, die Grenze passierten und hier erschienen. Durch den Schwarzmarkt mit der Mark konnten sie hier üppig zu Abend essen, ihre zufällige Tanzpartnerin zu mehreren Flaschen Champagner einladen, und hatten, wenn sie im Morgengrauen in den anderen Teil der Stadt zurückkehrten, nicht mehr ausgegeben, als sie im Westteil eine Pizza und ein Bier gekostet hätten, um die fünfzehn Mark. Nachdem sie mehrere Möglichkeiten erwogen hatten, beschlossen sie, in die *Tanzbar* des Hotels Unter den Linden zu gehen. Cecilia war vor ein paar Monaten am Ende eines Journalistenkongresses schon einmal dort gewesen.
Sie riefen ein Funktaxi, und im weichen Polster der Rücksitze eng aneinander gekuschelt, tuscheln sie nun die ganze Fahrt über. Lorena riecht gerne Cecilias Parfüm, mag es, wenn ihre Lippen flüchtig ihre Wangen streifen, wobei sie mit dem Atem den Weingeruch wahrnimmt. Bist du auch sicher, daß Frauen allein hingehen? will sie wissen. Wir gehen doch nicht allein, diesmal ein Scherz von Cecilia, ihr Parfüm, ihr Lachen. Ich meine ohne Männer, nun flüstert Lorena ihr ins Ohr, falls der Chauffeur zuhört, und Cecilia muß noch heftiger lachen, natürlich gehen Frauen ohne Männer dorthin. Aber ich meine nicht zum Essen, sondern zum Tanzen, gibt Cecilia zurück, und um ihr Kichern zu unterdrücken, halten sie die behandschuhten Hände vor den Mund. Die Scheinwerfer des Taxis strahlen die sanft wirbelnden Schneeflocken an, die die Spuren anderer Autos auf der breiten Karl-

Marx-Allee, in dieser Nacht so weiß wie Cecilias *Schapka*, wieder zudeckten. Im Rückspiegel sehen sie das Lächeln des Taxifahrers und seine Augen, diese Frauen musternd, die auf Abenteuer aus sind; wenn sie einen Rat wollen, zum Tanzen ist das Café Moskau besser; es bietet mehr als das Unter den Linden, das sagt er in wissendem Ton. Und warum ist es besser? Na ja, es hat ein besseres Orchester, ist weniger förmlich und das andere, na Sie wissen schon. Was ist das andere? fragt Cecilia, und das Lachen verstummt. Na ja, die Jungs von der Stasi. Im Café Moskau gibt es weniger Überwachung. Denn da sind nicht so viele Ausländer, erklärt der Taxifahrer und dreht seinen kahlen Kopf zu den Freundinnen um. Es freut mich, das zu wissen, aber wir wollen in das Unter den Linden. Man erwartet uns dort.
Das Taxi überquert den Alexanderplatz und folgt der Karl-Liebknecht-Straße bis Unter den Linden und hält schließlich an der Friedrichstraße. Lorena entdeckt, daß sie sich genau an der Ecke befinden, an der sie schon unzählige Male auf dem Weg zum Verlag vorbeigekommen ist, und dennoch hat sie noch nie diese Musik gehört, die jetzt auf die Straße dringt. Sie blickt hoch zum zweiten Stock, denn von dort kommt der gleichmäßige Rhythmus der Band; aber es gibt nicht viel zu sehen, da die Fenster, von dunklen Vorhängen verhüllt, den Blick auf das kaum durchscheinende Spiel von Licht und Schatten verwehren. Niemals hätte ich vermutet, daß es auf den langweiligen Unter den Linden ein nächtliches Bacchanal gibt, meint sie im Waschraum zu Cecilia, während sie ihre Abendschuhe aus den Plastiktaschen nehmen, die von Lorena hochhackig und silberfarben, Cecilias flach und goldschimmernd; in den Plastiktüten verstauen sie ihre lehmverschmierten Stiefel, werfen einen Blick in den großen Spiegel und den kleinen Spiegel in der Puderdose,

wischen sich, festlich herausgeputzt, noch einmal über die feuchten Lippen, über das Rouge. Plastiktüten und Mäntel geben sie in der Garderobe ab, verstauen die Garderobenmarken in der Handtasche und sind nach dem Kauf der Eintrittskarten bereit, in die Dunkelheit einzutauchen, die hinter den schweren Vorhängen im Vorraum lauert, in diesem schummrigen Raum, wo Rauch und Musik in der Luft schweben, ebenso wie die Drohung an ungeliebte Gäste, im Handumdrehen von den wendigen Kellnern rausgeworfen zu werden.

Einer der Tische scheint ihnen ideal gelegen. Etwas abseits, jedoch nicht in eine Ecke abgedrängt und unerreicht vom Licht, das die Tanzfläche beleuchtet. Im dezenten Schutz dieses Halbschattens tuscheln sie weiter miteinander, bemerken, daß der Kellner phantastisch sei, wenn sie ihn auch zu distanziert finden, formell wie seine Kleidung, wie die eines Funktionärs. Sie bestellen eine Flasche Grauer Mönch, einen eher trockenen ungarischen Weißwein, der den süßen Nachgeschmack des anderen beseitigen soll, um schließlich einen kritischen, doch erwartungsvollen Blick auf das Publikum zu werfen.

Zu dieser Stunde – es ist schon nach ein Uhr morgens – ist nicht zu übersehen, daß der Alkohol am Gelächter schuld ist, das überall um sie herum erschallt; im Augenblick, während einer der Orchesterpausen, scheint im übrigen alles in gebannter Erwartung. Tolle Frauen gehen von den Tischen zu den schweren Vorhängen, die die Toiletten vom Tanzsaal trennen, während die Männer die Gelegenheit nutzen, um sich auf der Suche nach der Begleiterin, die sie in der vorangegangenen Runde nicht gefunden haben, an die Bar zu begeben. Aufrecht und feierlich betonen die Kellner ihr rasches, professionelles Kommen und Gehen, als bedeute die Musikpause den Höhepunkt eines Zeremoniells.

So ist es in der Tat. Cecilia und Lorena haben sich nicht etwa infolge einer plötzlichen, unbezähmbaren Tanzleidenschaft zur *Tanzbar* aufgemacht. Es gibt etwas Interessanteres, Geheimnisvolleres, wahrscheinlich auch Dunkleres an diesem Warten, das sich in Gelächter und Tuscheln äußert, in einer Nervosität, die einem den Schweiß auf die Haut treibt, und in einem wohligen Bangen, das sie die Augen niederschlagen läßt, als ein Mann, der entschlossen zur Bar geht, auf seinem Weg vor ihnen Halt macht, sie lächelnd grüßt und sie zu einem Drink einlädt, woraufhin sie nein, und erneutes Getuschel, du wirst wohl nicht ja sagen, Dummkopf, ich sterbe, und der Mann, der die Zutraulichkeit falsch versteht, erklärt, daß er nicht allein ist, daß sein Freund schon an der Bar steht und sie erwartet.

Ja. Da ist etwas, das man sucht und doch zurückweist. Schon sind sie entflammt, ohne es wahrhaben zu wollen. Denn nach der Abfuhr schauen sie immer noch zur Bar, wo sich die Menschen gegen das Licht drängen, das aus den Flaschen zu strahlen scheint, so daß man erst mal genau hinsehen muß. Und der andere, wie ist der? Hast du ihn gesehen? Ja, Dummkopf, scheint ein toller Typ zu sein; sieh nur, er schaut hierher.

»Sieh nicht hin.«

»Mach dich nicht lächerlich.«

»Überleg mal, was die von uns halten werden.«

»Er schaut dich an.«

»Hör auf, sag ich dir.«

»Er schaut dich an, Lorena.«

»Wie merkst du das denn?«

»Weil ich es sehen kann.«

»Interessiert mich nicht.«

»Sei kein Dummkopf, er ist toll. Sie kommen her.«

»Ich geh, Cecilia.«

»Das wäre lächerlich. Nachdem wir sie begrüßt haben, können wir ihnen ja sagen, daß wir gehen. Sei kein Trottel.«
»Gehen wir dann wirklich?«
»Wirklich. Und jetzt lach sie an, sie sind nett.«
»*Schönen guten Abend.*«
»*Guten Abend.*«
»*Wollen wir zusammen etwas trinken?*«
»*Nein, danke. Es ist schon spät. Wir gehen gleich.*«
Und schon sitzen sie mit am Tisch. Die Frauen enger zusammengerückt, die Männer lächelnd, freundlich, nett, schirmen die Außenseiten ab.
Er ist *Maschinenbauingenieur* und heißt Klaus. Er lebt in Karl-Marx-Stadt und hält sich vorübergehend in Berlin auf, besucht einen Kurs der Parteischule. Allerdings ist er ganz anders als Frau Corbach. Er will wissen, wie die Dinge wirklich gelaufen sind. Er will wissen, welche Fehler begangen wurden und ob die Situation in Chile vor dem Putsch ähnlich wie in der DDR war. Können die Chilenen das Land verlassen? Ist es erlaubt, öffentliche Kritik zu üben? Fühlen sie sich hier wohl? Erleben sie noch Spuren von Rassismus?
Ja, sie sind anders. Die Hand, die ihr den Rücken wärmt, ist angenehm, und der Atem an ihrem Ohr, wenn er schweigt, um sich auf den Tanz zu konzentrieren, zärtlich.
Als sie ihm erzählt, daß sie getrennt lebt und zwei Kinder hat, fragt Klaus sie nach den Namen der Kinder, und als sie Pablo sagt, reagiert er begeistert, und dann sagt er auf Deutsch einen Text von Neruda auf.
»Nein, ich weiß nicht viel über Neruda. Es ist nur ein Vers, den ich irgendwann mal gelesen habe und den ich so wunderbar fand, daß ich ihn neben den Kalender an meinem Schreibtisch geklebt habe. Aber was mir heute

nacht widerfährt, ist noch wunderbarer«, und dann fragt er – im Spaß, doch ehrlich fasziniert: »*Bist du wirklich Chilenin?*«

»*Ja, wirklich.*«

Da schiebt er sie etwas brüsk von sich, um sie anzusehen, und hört plötzlich auf zu tanzen. Er nimmt sie fest bei der Hand und führt sie zurück zum Tisch, wo Cecilia und sein Freund sich unterhalten.

»Das muß gefeiert werden«, sagt er und macht den Kellnern Zeichen, um noch eine Flasche Sekt zu bestellen. »Es ist eine besondere Nacht, Mathias, sie sind Chileninnen!«

Und als sie anstoßen, holt er seine Brieftasche heraus und aus der Brieftasche einen Block, der aussieht wie ein Scheckheft, und legt ihn auf den Tisch. »*Mein Solidaritätsbeitrag.*«

Dann zeigt er, daß er jeden Monat einen Betrag aus Solidarität mit Chile zahlt. Lorena muß an Frau Corbach denken, wie sie ihr gesagt hat, daß dieser erzwungene Solidaritätsbeitrag mit Mengenrabatt Widerwillen erzeuge. Doch bei diesem Mann kann sie keinen Widerwillen feststellen, nur eine naive Form von Stolz aufgrund der zehn Mark, die er jeden Monat auf das *Solidaritätskonto* zahlt. Wieder diese vorbehaltlose Begeisterung, wo Gutmütigkeit und Einfältigkeit so nahe beieinanderliegen, doch jetzt verspürt Lorena keine Abneigung, sondern eher Mitleid, so als gesellte sich zu einer tiefen Traurigkeit – vielleicht auch einer Art Bedauern – ein Gefühl der Dankbarkeit. Hinter dem lustigen Scheckheft, das er mit dem Stolz eines Bankiers vorzeigt – eines recht außergewöhnlichen, der sich freut, ärmer zu werden –, spricht Aufrichtigkeit aus den Freudenbezeugungen. Er glaubt, es sei eine ganz besondere Nacht, denn jahrelang hat er seinen Beitrag geleistet, und jetzt unterhält er sich zum ersten Mal mit einer Chilenin.

»*Auf eure Freiheit*«, sagt er feierlich und nähert sein Glas, um es mit Lorenas und Cecilias zum Klingen zu bringen.
»Auf unsere Freiheit«, wiederholt Cecilia, und sie stoßen erneut mit den Gläsern an.
Bestimmt muß er keine Anträge bei den Ministerien stellen, denkt Lorena. Doch dann, während die anderen sich unterhalten und sie dem freundlichen Interesse von Klaus erliegt, stellt sie sich vor, wie er andere Anträge stellt, um dem vorgeschriebenen Plan für sein Leben zu entsprechen – oder um ihn abzuändern. Sie stellt sich vor, die Freude dieser Nacht komme durch seine Berlinreise; das Leben in Karl-Marx-Stadt sei noch weitaus spießiger, und für diesen liebenswürdigen, spendablen Mann gebe es keine andere Möglichkeit, die Welt kennenzulernen, als diese Reisen nach Berlin oder Cottbus; und da er mit diesem Leben zufrieden sei, könne er schwerlich mehr über sich selbst erfahren – geschweige denn von der Welt –; und doch – oder vielleicht gerade deshalb – überhäuft er diese einsamen Frauen, die so fern von hier ihre Freiheit verloren haben, so großzügig mit seiner Warmherzigkeit.
»Ich glaube, ich kann dir vertrauen«, sagt er später mitten auf der Tanzfläche zu ihr. Und Lorena empfindet es als ein Bekenntnis, das tief aus seinem Herzen spricht und aus dieser Umarmung, in der sie sich jenseits der Musik verlieren.
»Du kannst Vertrauen haben«, sagt Lorena ihm ins Ohr.
Da vernimmt sie sein Geständnis, das ernst und einfach klingt, kaum daß die Pause zu Ende ist: »Wir haben es auch nicht leicht.«
»Ich weiß.«
»Es liegt an der Welt, in der wir leben müssen. Es scheint, daß nichts perfekt ist.«
»Ja.«

»Aber es war noch nie so unvollkommen wie jetzt. Dort, hier, überall.«
Und nach einer Weile, die sie sich fast ganz dem Tanz und der wärmenden Nähe ihrer Körper hingeben, sagt er ihr sanft ins Ohr: »Meine Gefühle sind aufrichtig. Wenn du eines Tages nach Chile zurückkehren darfst, kann ich vielleicht eines Tages hier raus. Nicht etwa, um wegzugehen. Einfach nur, um rauszukommen. Ich würde ja wohl gar nicht fortgehen. Ich will nur wissen, daß ich fortgehen kann.«
Seit einiger Zeit schon ist die Musik verstummt, und sie befinden sich als einzige noch auf der Tanzfläche, umarmt, sich Dinge sagend, die aufrichtig klingen, wenn man sie sich verstohlen ins Ohr raunt. Es ist eine andere Musik, eine sanfte Weise, eingehüllt in den nahen Atem. Und auch dieser Körper ist nah und echt, der sie unaufdringlich wärmt, der sich fest an ihren schmiegt wie eine Liebkosung, die Lorena zulassen kann und in der sie noch lange Zeit hätte verweilen mögen.
Da sie nun nicht mehr tanzen, empfindet Lorena die Nähe der Körper anders, dieses zärtliche, lustvolle Aneinanderschmiegen, und sie hätte niemals geglaubt, daß auch dies so natürlich, so schnell kommen könnte. Sie gibt dem Mann unerwartet einen Kuß, und der Mann faßt sie bei der Hand, um sie zum Tisch zurückzuführen. Dort bietet er ihr noch ein Glas an und fragt, ob ihre Kinder das Planetarium kennen.
»Nein, ich glaube nicht. Ich weiß nicht, ob sie in der Schule ...«
Und als Klaus beginnt, ihr die phantastischen Visionen des Planetariums zu erklären, entdeckt Lorena in seinen Augen den sehnsuchtsvoll staunenden Blick eines Kindes, das trotz allem nicht in ihm gestorben ist. Als er von den Sternen und Planeten spricht, lodert es in seinen

Augen auf, und mit heftigen Gesten beschreibt er das Wunder, erzählt, teilt sich mit, und entfacht mit seiner Glut auch seine erloschenen Sehnsüchte.
Er will es noch einmal besichtigen, bevor er nach Karl-Marx-Stadt zurückkehrt, und lädt sie dazu ein. Wenn sie mit den Kindern käme, könnten sie danach eine Rundfahrt mit der Weißen Flotte machen. Falls ihnen das Museum nicht gefiele, würden sie wenigstens die Fahrt auf dem Fluß genießen.
Lorena weiß, daß es nicht geht.
»Es ist schon sehr spät«, meint sie zu Cecilia, als diese mit einem Blick ihre Unterhaltung mit dem Freund unterbricht.
»Warte noch ein wenig«, erwidert Cecilia abwinkend.
»Die Kinder sind allein.«
Doch Cecilia würdigt sie keines Blickes mehr. Sie sprechen über die Situation in Südafrika, wo Cecilia gewesen ist, um einige Reportagen für Radio Berlin International zu machen, und da ihr Begleiter ganz gebannt ist, besteht keine Hoffnung, bald aufzubrechen. Doch eigentlich will auch sie noch nicht gehen, und so ist Südafrika ein guter Vorwand.
Auf dem Tisch steht schon eine neue, gerade erst geöffnete Sektflasche und eine fast leere mit Wein. Sie wechseln vom Sekt zum guten Wein und von den ineinander verschränkten Fingern zum Küssen und vom Küssen zu den noch heißeren Händen von Klaus, die Lorenas Bluse aufknöpfen, und nun spürt sie, wie die Zunge des Mannes nach ihrer sucht, sie liebkost und ihr seinen Speichel schenkt, indes das feste, laue Gefühl, das sich ihrer Brüste bemächtigt hat, sich allmählich auf die Spitzen, auf die Brustwarzen konzentriert, und sie spürt, daß seine Finger so geschickt zu streicheln verstehen, daß die Brustwarzen steif werden. In dem Augenblick, als ihr

Mund frei wird auf der Suche nach noch mehr Zunge, noch mehr Speichel, nach dem, was sie nun feucht an einer ihrer Brustwarzen spürt, sie zärtlich umkreisend, immer wieder um die steife Brustwarze, bevor sich die Lippen schließen, um daran zu saugen, sie gleichzeitig zart zu beknabbern, als sie die Hand dort unten spürt, den Slip sanft vom feuchten Flaum trennend, und sie stellt ihn sich salzig vor für den Mund, der dort bald sein letztes Ziel und den ersehnten Hafen suchen wird.
In dem Augenblick, durch Urinstinkte ausgelöst, die stets im prachtvollen Gestrüpp erwachen, sobald man es streichelt und etwas in ihr nachzugeben droht, meldet sich das *Tabu*. Lorena fährt zusammen, holt blitzschnell die Segel ein, verkrampft sich, weist die Hand energisch zurück, schließt die Schenkel, richtet sich auf und kneift die Augen zu. Sie will nichts sehen und nichts hören, verschließt sich vor jedem Laut, erhebt sich, um zu gehen. Dabei nimmt sie alles nur verschwommen wahr, aber bedrohlich nahe; sie will um keinen Preis bleiben, will nicht dort sein, will am liebsten überhaupt nicht sein.
Anders als die behutsam fortschreitenden Liebkosungen und die allmählich wachsende Lust, ist das *Tabu* urplötzlich und aus heiterem Himmel da. Wie der Machetenhieb im Zuckerrohr, das Messer im Hals des Lamms, ein verkehrter Blitz, der alles ins Dunkel taucht. Diesmal, als sie die Hand an ihrer feuchten Scham spürt, tappt sie in die Falle, die Falle schnappt auf, und sie stürzt in einen tiefen Schacht, fällt in panikartigem Taumel. Beides, Panik und Sturz, von unglaublichen Ahnungen und Visionen begleitet. Ganz nah vor sich sieht sie Marios Gesicht, neben dem von Klaus; anstelle des anderen. Sie sieht ihn die Tanzbar betreten und hört sogar, wie seine Stimme nach ihr ruft. Das genügt, um alles Übrige auszulösen, die tausenderlei Gesichter des *Tabus*, die im Dunkeln auf-

flackern; alle Stimmen, die nach ihr rufen, sie beschuldigen und die mit Strafe drohen; alle Feuer, die ihren Körper entflammt haben, konzentrieren sich nun auf ihr Herz, um es zu verbrennen. Sie sieht ihren Vater, der ihr lauthals Dinge androht, die sie nicht hören kann, da die vernichtenden Gesten ohne Worte sind. Sie sieht ihre Mutter, die mit beschämter und strafender Miene den Kopf senkt. Sie sieht, wie die Kinder an ihrer Schlafzimmertür weinen und gleichzeitig in der ganzen Wohnung nach ihr suchen. Und sie hört ihre Stimmen, die jetzt aus der Barküche dringen, wo die aus- und eingehenden Kellner ihre Bemerkungen über den Vorfall machen. Sie sieht Don Carlos am Nebentisch sitzen, in einem vergilbten Exemplar von *El Siglo* lesend, und sie ist sich sicher, daß er, ohne von der Zeitung aufzuschauen, alles mitangesehen hat.

Plötzlich spürt sie, wie sie sich in den Vorhängen zwischen Bar und Diele verfängt; sie hat zu viel getrunken, nie wieder. Es sind schwere, schwarze Vorhänge, die nach Tabak und Staub riechen. Eine Männerhand teilt sie, so daß sie etwas mehr Licht sehen kann und die Uniform mit Silbertressen des Empfangschefs, während sie gleichzeitig die Hand von Klaus auf ihrer Schulter spürt und hört, wie Cecilias Stimme nach ihr ruft. Sobald sie merkt, daß sie sich auf Klaus stützen kann, versagen ihr die Beine. Man bringt sie zur Treppe. Eine Spirale, die zu einem noch heftigeren Schwindel hinabführt, und als sich der Magen zusammenzieht und sie zu erbrechen droht, rafft sie sich auf, schiebt die stützenden Arme fort und versucht, aufrecht auf eigenen Beinen zu stehen. Doch plötzlich kommt die Spirale über sie; die Treppe beginnt, sich immer schneller zu drehen, wird größer, bis es irgendwo einen dumpfen Schlag tut, und dann weiß sie nichts mehr.

Sie spürte eine bekannte Wärme und einen sanftfeuchten Kuß auf der Wange. Gerade erst war sie aus dem dunklen Schacht wieder aufgetaucht, gelangte mit diesem Kuß schließlich ans Licht, doch während sie an die Oberfläche kam, mußte sie, als würde sie in eine Welt hineingeboren, die sich ihr verwehrte, den ersten Schrei ausstoßen. Ja, da war etwas, das sich sträubte, das sie hinderte, die Augen zu öffnen, obwohl sie das bange Streicheln ihrer Kinder spürte. Beide waren da, waren aufs Bett gestiegen und streichelten sie, küßten sie auf die Stirn, auf die Wangen und sagten zärtlich leise, besorgte Worte im Glauben, sie sei krank. Lorena antwortete ihnen mit einem anhaltenden Seufzer wie eine Liebkosung. Sie wollte nicht sprechen. Sie wollte den Mund nicht öffnen, der sich trocken anfühlte, mit einem bitteren Geschmack. Sie wollte nicht, daß sie den Essiggeruch des Katers bemerkten. Sie wollte sie auch nicht sehen, nicht gesehen werden. Sie kniff die Augen noch fester zu und tat wieder einen leisen, langen Seufzer, eine Antwort, die sie schon ein wenig beruhigte, sie wollte nicht sprechen, nicht sehen. Sie wollte nur wissen. Wer hatte sie in ihr Bett gelegt? Was war ihre letzte Erinnerung? ... Klaus ... Wer war Klaus? Mit geschlossenen Augen spürte sie, wie sie wieder in einem Tunnel versank. Sie schämte sich. Nicht so sehr für das, was sie getan hatte. Angst und Scham bereitete ihr das, woran sie sich nicht mehr erinnern konnte. Als sie sich leicht bewegte, um den Mund vom sanften Atem ihrer Kinder abzuwenden, fühlte sie einen pochenden Schmerz im Kopf und einen Schwindel, der sie zwang, sich völlig ruhig zu halten. Sie erinnerte sich an die Tanzfläche und an ein Planetarium. Waren sie im Planetarium? Sie erinnerte sich an den roten Kreis, der an ihrem Briefkasten klebte und ein Telegramm anzeigte. Aber das war vorher, schon vor mehre-

ren Tagen, die gute Nachricht von Patricia, der Grund für die Feier. Jetzt mußte sie sich aber einen Ruck geben, aufstehen, mit Cecilia reden. Und plötzlich, blitzartig wieder das *Tabu* und die Vorstellung, wie Cecilia sie tadelt, den Kopf schüttelt, ihre Wohnungstür vor ihr schließt, um sie nicht mehr hineinzulassen. Und noch eine Vision: *Tante* Gudruns strenges Gesicht in der Schule, *arme Kinder*, die Kinder müssen es ausbaden, wenn sie nicht in die Schule gebracht werden, was soll das, sie zu Hause zu behalten, was sind das für Sitten, hat man hier nicht alles für sie getan. Ja, dachte Lorena, arme Kinder. Sie würde den ganzen Tag bei ihnen bleiben. Nachdem sie mit Cecilia gesprochen hätte, würde sie nichts weiter tun, als mit ihnen spielen, den Armen. Wie spät mochte es wohl sein? Kein Gedanke daran, nach der Uhr zu greifen, falls sie überhaupt auf dem Nachttisch lag. Sie sah zum Fenster. Es war sonnig. Dieser strahlende Sonnenschein, der auf Schneefälle folgte. Und die Sonne stand hoch. Sie schätzte, es war Mittag.
Eine ausgiebige Dusche und ein Glas kalte Milch, was die Übelkeit verschlimmerte – weshalb sie ins Bad rannte, um sich zu erleichtern –, brachten ihr schließlich Besserung, auch wenn der Kopf weiterhin schmerzte. Sie beschäftigte die Kinder vor dem Fernseher und begann, die Wohnung nach Spuren der letzten Nacht zu durchsuchen. Doch alles war noch so, wie sie es zurückgelassen hatte, der Brief vom Innenministerium auf dem großen Tisch, leere Zigarettenpackungen, zwei Weinflaschen – dieser verfluchte süßliche Geschmack, der nicht aus dem Mund ging! – und neben den Flaschen ein noch verschlossenes Telegramm, das wieder kurz die Erinnerung an den roten Kreis auf ihrem Briefkasten aufflackern ließ, dann eine Szene frühmorgens am Fahrstuhl und Stimmen und Lachen von Cecilia und von Männern.

Da bekam sie Angst. Dieses Telegramm war in der Nacht gekommen, und Cecilia hatte es dort hingelegt, damit sie es beim Frühstück fand. Jetzt mußte sie es öffnen, trotz der Angst. War es vielleicht aus Mexiko? Hatten sich die Konditionen geändert? Ihr Herz schlug rascher, aber mit dem Kater ging es jetzt besser. Sie griff nach dem Telegramm mit der Absicht, nur den Absender zu lesen. In einer Ecke stand zwischen Zahlen und Chiffren *CHIL*. Nicht nur, daß es sie beruhigte. Es war eine freudige Überraschung, als sie das Telegramm mit dem Datum in Verbindung brachte – zwölf Jahre lang hatte sie vor Weihnachten diese Telegramme erhalten –, aber vor allem war sie froh, daß ihre Mexikopläne bestehen blieben und es nur von ihr abhing – und natürlich vom Ministerium, vielleicht auch vom Parteibüro –, ob diese Pläne wahr wurden.

Erleichtert öffnete Lorena das Telegramm, doch bei der Lektüre wurde ihr wieder bang. Sie erhob sich, um sich eine Zigarette zu holen, irgendwo mußte es eine geben, sie mußte rauchen, und auf der Suche beschleunigte sie ihren Gang durch die Wohnung, denn in der Nähe des Telegramms wollte sie nicht bleiben. Mit der Freude war es nun aus und das, was sie jetzt einholte, war ebenso gräßlich wie ihr Kater.

Das Telegramm enthielt nicht nur die üblichen Grüße zum Jahreswechsel. Ihre Eltern kündigten ihren Besuch an: Ankunft am 22. in Berlin PUNKT Lufthansaflug PUNKT glücklich, Enkel kennenzulernen PUNKT Grüße an Mario und die Schätzchen PUNKT.

Die Nachricht gab ihr den Rest, und in keiner der Ecken, in denen sie wühlte, fand sie Zigaretten. Da beschloß sie, Cecilia um welche zu bitten und sie bei der Gelegenheit über den letzten Abend zu befragen. Das war ein weiterer Vorteil des *Ghettos*; sie brauchte weder einen Mantel

noch Schuhe oder eine Pelzmütze überzuziehen und wegen jeder Kleinigkeit bis zur *Kaufhalle* zu laufen. Das Gebäude war ja geheizt, und man konnte bequem von einer Wohnung zur anderen gehen, um nach Zigaretten oder der Zeitung zu fragen, um ein Stück ofenfrischen Kuchen anzubieten; am nächsten Tag machte man den Weg natürlich noch einmal, um die Zigaretten oder die Zeitung – zwar frisch aus Santiago eingetroffen, doch immer schon überholt – zurückzubringen. Oder man bekam aus heiterem Himmel köstliche warme Empanadas oder ein Pfeffergericht auf chilenische Art angeboten.
»Ich sehe, daß du noch lebst«, meinte Cecilia, nachdem sie die Tür geöffnet hatte und in die Wohnung vorausgegangen war, damit Lorena ihr folgte. Nur mit einem Bademantel bekleidet, mit ungekämmten Haaren und ungeschminktem, aschfahlem Gesicht ging Lorena ihr nach.
»Ich bin tot.«
»Setz dich. Im Sitzen stirbt's sich bequemer.«
»Ich brauche eine Zigarette, dringend.«
»Es wird dir zwar gräßlich schlecht bekommen, aber wenn du willst ...«, und sie reichte ihr eine Packung, die auf dem Tisch lag.
»Erzähl erst mal von dem Telegramm.«
»Also gut, als wir heimkamen, hast du den Kreis auf deinem Briefkasten entdeckt und wolltest ihn leeren. Wir haben mit dem Schlüssel aufgeschlossen, den wir aus deiner Handtasche genommen hatten, um ins Haus zu kommen. Da fingst du an zu weinen. Du hast gesagt: Alles ist aus. Es ist aus.«
»Ich dachte, es käme aus Mexiko.«
»Woher ist es denn?«
»Aus Chile. Es ist von meinen Eltern.«
»Geht es ihnen gut?«
»Sehr gut. Sie kommen am nächsten Sonnabend.«

»Wie bitte?«
»Lies selbst ...«
Cecilia las das Telegramm, und als erstes verspürte sie Lust loszulachen. Es ist nicht nur ganz normal, ein solches Telegramm zu erhalten, sondern auch ein Grund zur Freude. Im Herrschaftsbereich des Parteibüros wirkte es lächerlich, wenn Regeln so kraß verletzt wurden.
»Also das hier ist ja wohl ein besonderer Fall, oder? Ich meine die Visa.«
»Daran ist nichts Besonderes. So oder so braucht man vierzehn Tage für diese Scheißvisa.«
»Sprich mit Don Carlos, sag ihm, daß sie schon aus Chile abgereist sind.«
»Das Parteibüro will ich um gar nichts bitten.«
»Na großartig! Dann warten deine alten Herrschaften eben an der Mauer, bis du vernünftig geworden bist.«
»Bist du allein?«
»Warum fragst du?«
»Weil du irgendwie ungehalten wirkst. Bist du allein, Cecilia? Wenn du willst, gehe ich.«
»Du mußt an die Visa kommen. Darum geht es doch, oder?«
»Nein. Na gut ... Ja, ich muß die Visa besorgen, aber ich habe noch ein schlimmeres Problem. Meine Alten wissen nicht, daß wir getrennt sind.«
»Du machst dir das Leben aber ganz schön schwer!«
Es klang genau so, als hätte es Frau Corbach gesagt: *»Das macht's natürlich schwieriger!«*
»Was soll ich denn tun, Cecilia?«
»Ihnen die Wahrheit sagen.«
»Das bringt sie um!«
»Und wenn du ihnen sagst, daß Mario nicht in Berlin ist?«
»Nein. Aus irgendeinem Grund würden sie es merken. Die Kinder würden etwas sagen, was weiß ich!«

»Dann bitte doch Mario, daß er ein paar Tage bei dir bleibt. Letzten Endes habt ihr sie doch gemeinsam belogen, oder nicht?«
»Ich habe sie belogen. Nicht er.«
»Also wußte er nichts davon?«
»Doch, er wußte es schon.«
»Na also ...«
Lorena nahm sich noch eine Zigarette und dachte beim Anzünden, daß es eigentlich keinen Sinn hatte, mit Cecilia weiter darüber zu reden. Sie kannte ihre Eltern nicht, sie kannte ja schon Mario kaum, sie verstand nichts, und außerdem war sie heute nachmittag – denn es war schon Nachmittag nach der durchzechten Nacht – ungenießbar und verrückter denn je.
»Was war gestern nacht los?« fragte sie nach einer Pause, um den Themawechsel nicht so brüsk wirken zu lassen.
»Von wo an muß ich dir erzählen?«
»Das letzte, woran ich mich erinnere, ist, daß wir alle vier am Tisch saßen.«
»Na gut ... Alle vier ist nur so gesagt, nehme ich an.«
»Sag mir bitte, was passiert ist!«
»Du bist plötzlich aufgesprungen und rausgerannt. Wir dachten, du wolltest ins Bad. Wir hörten dich schreien und liefen los, um zu sehen, was passiert war. Du hattest dich im Vorhang am Ausgang verfangen.«
»War es sehr auffällig?«
»Es war niemand mehr da. Wir sind mit dir am Ausgang geblieben, und Klaus ging zurück, um die Rechnung zu zahlen. Dann haben wir ein Taxi genommen.«
»Hast du mich hingelegt?«
»Na klar. Wer sonst?«
»Wir waren allein?«
»Na sicher.«
»Und sie?«

»Sie haben unten auf mich gewartet.«
»Was hat Klaus gesagt?«
»Er wollte, daß ich bei dir blieb und mich um dich kümmerte.«
»Ist er nicht hochgekommen?«
»Nein, natürlich nicht.«
»Und hat er sonst nichts gesagt?«
»Er sagte, du solltest ihn anrufen. Er hat mir diese Karte gegeben«, sie ging, um sie von der Anrichte zu holen, und gab sie ihr.
»Bist du sehr böse auf mich?«
»Ich bin genauso müde wie du, Lorena. Ich bin nicht böse. Es ist dir passiert, weil du nicht daran gewöhnt bist. Im übrigen verstehe ich nicht, warum du dich beklagst. Klaus ist sehr nett und möchte dich wiedersehen.«
»Das glaub ich nicht.«
»Er weiß, daß das jedem passieren kann.«
»Ich gehe.«
»Ruf Klaus an.«
»Ich weiß nicht. Ich glaube nicht, daß ich ihn anrufe.«
»Das ist deine Sache.«
»Und Marcelito?«
»Im Kindergarten. Ich habe ihn hingebracht und mich dann schlafen gelegt.«
Und schon wieder das *Tabu, Tante* Gudrun, die den Kindern beim Spielen zusieht, und ihre Kinder gelangweilt mitten in der Unordnung; allein, wie bislang jeden Tag; auf sie wartend, wie sie wahrscheinlich die ganze Nacht auf sie gewartet hatten.
Sie mußte sofort los, um nach ihnen zu sehen, sie hastete zur Tür, fragte aber noch, bevor sie ging: »Meinst du wirklich, was du gesagt hast?«
»Worüber?«

»Daß Mario ein paar Tage bei uns bleiben kann. Glaubst du, er wird einverstanden sein?«
»Bestimmt.«
»Du bist völlig verrückt. Ich geh jetzt zu den Kindern.«

Manchmal haben wir spontan gelogen, und manchmal haben wir auch Lügen gesät, die wuchsen, Lügen, die sich mit der Zeit zu wahren Kathedralen auswuchsen. Die, die von Tag zu Tag schwerer wogen, waren aus purem Mitleid entstanden – um die schmerzlichen Folgen der Wahrheit zu vermeiden –, doch wenn sie aufflögen, hätten wir nicht die Entschuldigung, es sei ungewollt geschehen.
Lorena wollte nicht lügen, als sie – bereits vor einem Jahr – ihren Eltern im Brief verheimlichte, daß Mario mitleidlos gewesen war, als er ihr seinen Entschluß eröffnete: Er habe sich in eine andere Frau verliebt und beschlossen, mit ihr zu leben. In diesem Brief hatte sie ihnen von glücklichen Ferien im Erzgebirge geschrieben – was zutraf –, wie gut die Kinder gediehen, jetzt könnten beide den Großeltern schon schreiben – was ebenfalls zutraf –, und von den Grüßen, die Mario ihnen wie immer schickte, was auch der Wahrheit entsprach. Was sie nicht sagte, war, daß sie schon allein war und den Brief auf der Heimfahrt vom Urlaub schrieb; daß sie ihnen schrieb, um die Schlaflosigkeit zu ertragen, und daß Mario seit einer Woche bei Eva wohnte. Die Wochen in den Bergen und das Glück jener Tage schienen ihr, so geballt im Brief, eine greifbare Realität, so nah wie die Düfte des Waldes, Marios Gesten, das Lachen ihrer Kinder und die zahllosen Kleinigkeiten, an die sie beim Schreiben denken mußte. Der schwere Hieb, der Schlag, der sie am vorletzten Tag umwarf, schien ihr etwas schrecklich Schlimmes, aber kaum wahr. Die Liebe im Bett oder im

Bad – noch drei Tage vor dem Geständnis –, die Spaziergänge durch den verschneiten Wald, das Herumtollen mit den Kindern oder ihre Nähe im Dorfkino waren so wirklich, daß man es hätte filmen können, und es wäre das Zeugnis eines glücklichen Paares gewesen, das die Ferien genießt. Worüber sie, nachdem sie vom Kino heimgekehrt und eine Flasche Wein entkorkt hatten, die ganze Nacht lang sprachen, waren schlimme Worte, aber immerhin waren es Worte. Und wenn es Entscheidungen waren, so doch voller Unsicherheit, durch Zweifel gemildert; es war die Androhung von Maßnahmen, die erst später erfolgen sollten und noch verhindert, oder wenn sie doch wahr würden, noch verändert werden konnten. Wie sollte sie ihren Eltern erzählen, was sie selbst noch kaum fassen konnte? Und in welcher Form sollte sie es erzählen? Als sie nach Berlin zurückgekehrt waren, packte er überstürzt seine Koffer, kaum daß sie sich noch einmal hinsetzten, um schweigend ihre letzte Zigarette zu rauchen. Die Nicht-Worte waren das Nicht-Sein dieses Gespenstes, das sich wortlos davonstahl, nur noch ein Schatten des Mannes, der mit seiner Sprache geglänzt hatte. War das etwa die Wahrheit? War dieser wortlose Mario wirklich, der mit dem Koffer in der Hand auf den Fahrstuhl wartete? Wie sollte sie diesen Schatten in einem Brief beschreiben, den ihre Eltern erst Tage später in Santiago erhalten würden? Und was wäre, wenn Mario schon viel eher wieder zurückkäme? Als nach Ablauf eines Monats die Antwort der Eltern eintraf und sie die üblichen Grüße an Mario und die Schätzchen las – und einen Absatz, in dem sie Mario von den Leiden seiner Tante Lydia erzählten –, war Lorena nicht etwa verbittert, sondern nahm es eher als eine willkommene Bestätigung, daß der Mann ihr gehörte, daß er ein Teil dieses Heims war, genau wie die Schätzchen, die darin umher-

tollten, und daß er auf immer mit der auseinandergerissenen Familie verbunden blieb, mit den Eltern drüben, vielleicht auch mit Tante Lydia im Krankenhaus – was für eine Ende! –, den Schwestern mit all ihren Schwierigkeiten, und schließlich auch unlösbar verbunden mit sich selbst und seinem schlechten Gewissen.
Es erleichterte sie, gleich zu antworten, Marios Fragen zu Tante Lydias Gesundheit zu erfinden, postwendend genauere Informationen zu erbitten, ihnen den Sonntagsspaziergang am Köpenicker See zu schildern, mit den Kindern und Mario – aber das traf nicht mehr zu – oder ihnen von der letzten Aufführung der Komischen Oper zu erzählen, diese wunderbare Version von *Ritter Blaubart*, bei der Mario Tränen gelacht habe – und das traf auch nicht mehr zu. Sie blieb lange auf, dachte sich, rauchend, den Brief aus. Und je weiter der Abend vorrückte, desto besser kam sie voran mit der Rekonstruktion, die Trümmer, die vom Schiffbruch übriggebliebenen Planken, fügten sich wieder zusammen, und sein Hiersein, seine Rückkehr schien wieder denkbar. So weit wagte sie sich auf diesem Weg vor, daß sie Mario am Ende wirklich lachend neben sich in der Komischen Oper zu sehen glaubte – und da wollte sie wieder so lachen –, oder, schon spät in der Nacht, hatte sie, in den Brief und ihren Wahn vertieft, schließlich das Gefühl, daß er tatsächlich in seinem Bett lag und schlief, im Bett, das für sie auf schmerzlichste Weise Marios Bett blieb; und dann erwartete sie, wenn sie den Umschlag zugeklebt und ihre letzte Zigarette geraucht hätte, weniger einsam ins Schlafzimmer zurückzukehren.
Das fortwährende Erfinden für die Briefe brachte Wärme in ihren Winter. Lorena hatte das Gefühl, diese frommen Lügen könnten ihr einen echten Mario wiederbringen. Daher wurden ihr die Briefe von Tag zu Tag unentbehr-

licher. Sie erwartete sie schon und schrieb umgehend zurück, und selbst wenn der Antwortbrief sich verzögerte, ergossen sich Abend für Abend neue Bilder von Mario aufs Papier, machten die Dunkelheit erträglicher, ließen die Eisschicht schmelzen, fügten Teile der verlorenen Wahrheit wieder zusammen und bargen, was nach dem Schiffbruch noch zu retten war.
Am Abend, bevor sie den Beschwerdebrief ans Ministerium aufsetzte, hatte sie den letzten Brief an ihre Eltern verfaßt. Sie hatte ihnen von den Festvorbereitungen zum Jahreswechsel, von den Weihnachtsgeschenken, von der Silversternacht mit dem Feuerwerk in beiden Teilen Berlins und vom bevorstehenden Winterurlaub in den Bergen erzählt.
Vor einem Jahr – am Ende der letzten Ferien – hatte sie mit den Lügen begonnen. Heute brauchte sie nur noch daran anzuknüpfen. Sie erwähnte das Geschenk für Mario und für die Schätzchen, und am Schluß in markanten Großbuchstaben eine Umarmung für sie und die Beteuerung: *Wie gerne würden wir die Feiertage mit Euch verbringen.*

Lorena wollte den letzten Abend völlig vergessen, die Nacht überspringen, sie auslöschen, sie verschlafen haben. Den peinlichen Rausch vergessen, Klaus vergessen, die Feier in der Tanzbar Unter den Linden vergessen und das, was jetzt am Anfang aller *Tabus* jener Nacht zu stehen schien: der provozierende Brief ans Ministerium. Auf eine Art war das Telegramm der Eltern eine willkommene Warnung, der drohende Zeigefinger, ein Zeichen, das sie aus der Ferne vor dem *Tabu* warnte.
Jetzt kam noch das Problem mit den Visa hinzu, und wenn sie daran interessiert war, noch welche zu bekommen, war der Brief ans Ministerium das größte Hinder-

nis. Eine Hürde, die sich von allen anderen unterschied, eine Hürde, die sie sich selbst geschaffen hatte. Ein gefährlicher und dummer Luxus.

Zum Glück lag der Brief noch dort auf der Anrichte – der gleichen Anrichte wie Cecilias, beide schon vor langer Zeit an einem Vormittag mit einem Kredit vom Innenministerium im Centrum-Warenhaus erstanden. Ja, jetzt bat sie um eine Ausnahme, eine barmherzige Geste, was einer offenen Verletzung der Vorschriften gleichkam. Wie weitreichend waren wohl die Folgen, wenn man Prinzipienfragen wieder aufrollte? Und würde überhaupt jemand diesen Brief lesen? Vielleicht irgendeine an größere Beschwerden gewöhnte Sekretärin? Oder irgendein Funktionär, der ermächtigt war, äußerste Maßnahmen zu ergreifen? Und wer würde dieser ›Jemand‹ sein? Auf keinen Fall der Minister. Wer dann? Wem hatte sie nun eigentlich geschrieben? Offensichtlich niemandem. Ja; wenn man es genau bedachte, hatte sie wohl niemandem geschrieben. Also würde es niemand lesen, denn wer auch immer den Brief öffnen würde, war im Grunde genommen *niemand*. Jetzt kam es vor allem darauf an, die Visa zu besorgen, die Eltern wiederzusehen, die Tragödie vor ihnen zu verbergen. Und wenn sie wirklich hoffte, daß Mario auf ihren Vorschlag einging, war der Brief ans Ministerium ebenfalls ein Hindernis. Irgendwann würde Mario von dem Brief erfahren – wahrscheinlich sogar als erster, womöglich noch vor dem Parteibüro, selbst vor Don Carlos –, und er würde darin wieder eine unverantwortliche und besorgniserregende Gefühlsreaktion sehen, mit dem einzigen Ziel, seine neue Beziehung zu stören.

Plötzlich fiel Lorena ihre Familie ein. Ihre Eltern befanden sich praktisch schon auf dem Flug hierher, ohne die leiseste Ahnung, was sie hier erwartete, einschließlich der Tatsache, daß sie die Grenze nicht passieren durften. Die Kinder, die ihr den ganzen Nachmittag hinterhergelaufen waren, sie am Bademantel gezupft und nach dem Warum gefragt hatten. »Warum?« und dann all die Fragen der Schätzchen: »Warum warst du gestern abend weg? Warum kommt Papa nicht? Warum rauchst du so viel? Warum sprichst du nicht mit uns?« Jetzt endlich stellten sie keine Fragen mehr, denn sie schliefen. Und war das die ganze Familie? Was tat Mario in diesem Augenblick? Mario, derselbe Mario – so sah es Lorena –, nur jetzt eben jenseits der Grenze, fernab vom *Ghetto* auf der Seite der Macht.

Ja. Auf der Seite der Macht. Mit Zugriff auf Sicherheit, Respekt, die *Datschen* der hohen Funktionäre am See, die er in seinen scheinheiligen Briefen beschrieb. Auf der Seite des Verrats, auf seiten derer, die einem den Rücken zukehrten. Auf seiten der Macht. Auf seiten des großen Parteibüros und des kleinen Parteibüros, nur daran interessiert, die Genehmigung für die Scheidung zu erhalten. Auf Marios Seite war alles möglich, auf ihrer Seite nichts. Höchstens die Hoffnung auf Nachsicht, darauf, Anträge stellen, Formulare ausfüllen, Petitionen unterschreiben zu dürfen.

In der Wohnung herrschte vollkommene Stille.

Die Kinder schliefen. Was für ein Tag! Morgen Tante Gudruns strafender Blick. Lorena lief auf und ab, während sie den Brief noch einmal las. Würde der Minister ihn lesen? Und wenn er in seine Hände gelangte? Und wenn er las, was eine Privilegierte dachte, eine Frau, die dank der Solidarität des *Bezirksrats* und des Ministers persönlich ihre Wohnung im *Ghetto* hatte einrichten können?

Ahnte der Minister überhaupt, daß der Brand bei der Feuerwehr ausbrechen wird?

Und wenn sie gerade jetzt, wo sie am meisten auf die Zentrale angewiesen war, eine Geste wagte, die selbst für den hartgesottensten Funktionär einen Skandal bedeutete?
Und wenn sie gerade jetzt, wo sie es am nötigsten brauchte, sie selbst zu sein, das Wagnis einging, tatsächlich sie selbst zu sein?
Lorena lief mit dem Brief auf und ab, hatte ihn hundertmal gelesen, Absätze eingefügt, und zum ersten Mal öffnete sich etwas in ihr, etwas das schon abgestorben schien, öffnete sich zu ihrer eigenen Verwunderung, zu ihrem eigenen Schrecken: Trau dich einmal, Dummkopf! Es öffnete sich mit diesen heiklen, heftigen Worten des Briefes, die wie ein Katarakt aus ihr herausgesprudelt waren; es öffnete sich immer mehr, jetzt, da sie diesen Katarakt in den Umschlag steckte, ihn zuklebte und zum Briefkasten an der Ecke lief, damit sie es sich nicht noch einmal anders überlegte.

Kapitel V

Der Senator war unmißverständlich. Obwohl er sich weder im Kongreßsaal noch in seinem Büro in der Heinrich-Mann-Straße oder in seiner engen Schreibstube im Parteibüro befand (und er wußte, daß er sterben mußte), war er nicht weniger unverblümt: »So eine Dreistigkeit ist mir noch nicht vorgekommen.«

In der Küche pfiff der Teekessel, kaum auszuhalten im kleinen Raum, der ohne die schmucken Pakete in Geschenkpapier noch kahler und abweisender wirkte. Mit drei großen Schritten war er vom Bett zum Balkon gegangen, den sie durch die zugefrorenen Fenster nicht sehen konnten, auch weil sie nachdenklich und verstimmt den Kopf hängen ließen.

»Dieser Brief ist völlig inakzeptabel. Er unterstellt, wir seien hier versklavt. Sie und wir alle sollten uns wegen dieser unglaublichen Frechheit schämen«, rief der Senator aus der Küche, wo er die Teetassen fertigmachte.

»Ich glaube kaum, daß man das darin lesen kann«, entgegnete Mario, während er erneut nach dem Brief griff, den er schon mehrmals wieder auf den Tisch gelegt hatte.

»Er deutet an, wir hätten für nichts Freiheit. Aber die Wahrheit ist doch, daß hier niemandem verboten wird zu tun, was vernünftig ist«, ereiferte sich der Senator und erhob dabei vor Erregung unwillkürlich die Stimme, obwohl er schon von der Küche zurückgekehrt war. Gedankenverloren rührte er das Saccharin in den Tee, ohne sich am lästigen Klirren des Löffels in der Tasse zu stören, den Blick dabei von Mario abgewandt, denn seine Worte waren an die eigentliche Schuldige gerichtet, die nicht anwesend war.

»Ich glaube nicht, daß sie das beabsichtigt hat. Sie sagt lediglich, sie wolle gewisse Dinge frei entscheiden ...«

»Frei ... Sehen Sie? Dieses ›frei‹ birgt implizit eine Anschuldigung. Eine furchtbar ungerechte Anschuldigung.«

»Lorena will doch nur die Visa unabhängig vom Parteibüro beantragen«, erklärte Mario halbherzig. Doch dieser schwache Einwand brachte, als hätte er Benzin ins Feuer gegossen, das erhitzte Gemüt des Senators endgültig zum Explodieren. Unwillkürlich hatte Mario den Finger genau in die Wunde gelegt: Lorena hatte nämlich, indem sie sich ans Ministerium wandte, dem Parteibüro die Existenzberechtigung abgesprochen. Das war entscheidend und wurde gerade deshalb mit keinem Wort erwähnt. Beim ersten Mal, als er den Brief las, war Mario aufgefallen, daß Lorena durchaus bereit war, die Regeln des Sozialismus zu respektieren. Wogegen sie sich wehrte, war, daß sie sich einem doppelten Gesetz beugen sollte. Die Situation wäre uns allen weitaus erträglicher gewesen, hätte man uns nur als Ausländer behandelt. Das Parteibüro war das Organ, das uns zu normalen Staatsbürgern machte und uns in der Praxis einem doppelten Zwang unterwarf. Diese Beschränkungen waren für uns jeden Tag ärgerlicher.

»Mit diesem Visaantrag für ihre Eltern hält sie sich nicht einmal an die Frist«, erklärte Don Carlos und konnte den sich überstürzenden Wortschwall kaum bändigen, »und nimmt keinerlei Rücksicht auf das Parteibüro. Sie stellt den Antrag nicht etwa statt der Mindestfrist von vierzehn Tagen nur zehn oder zwölf Tage vorher. Nein! Natürlich nicht! Sie scheut sich nicht, die Visa nur *drei Tage* vorher zu beantragen! Nur drei Tage! Oder übertreibe ich? Sagen Sie, übertreibe ich vielleicht?«

Mario erwiderte nichts. Er wollte Lorena verteidigen, doch unter diesen Umständen hatte selbst das Vernünftigste keinen Sinn. Besser gab er nach und sammelte so ein paar Punkte in der Achtung des Senators. Denn morgen würde der Alte das entscheidende Wort über Lorenas und auch sein Leben sprechen: Das Parteibüro mußte ein Urteil über diesen empörenden Brief und die Einreisevisa für Lorenas Eltern fällen; außerdem bestimmte es sowohl über Lorenas Ausreise mit den Kindern als auch über die nicht weniger heikle Frage seiner Scheidung.

Marios Schweigen ermunterte Don Carlos zu weiteren Vorwürfen. »Sie nimmt sich heraus, einen befreundeten Staat zu beschuldigen, was unserem Status wohl kaum gebührt ...«

»Und welcher ist unser Status?« warf Mario ein.

Der Alte aber duldete keine Unterbrechungen, und in diesem Fall war allein schon die Frage anmaßend. Trotz seiner Aufregung merkte er, daß Mario ihn provozieren wollte. Rot vor Zorn geriet er auf der Suche nach dem Wort, das ihm partout nicht einfallen wollte, wiederholt ins Stottern. Doch dann brachte er, zweimal stockend und von einem explodierenden Speichelregen begleitet, heraus: »Gä-hä-ste!«

Da Mario noch immer schwieg, versteifte sich Don Carlos darauf, im Vertrauen, daß dieses Wort haargenau unserem Status als Asylempfänger entsprach.

»Wie können wir mehr verlangen, als unsere Gastgeber selbst haben! Für sie ist es praktisch undenkbar, hier rauszukommen. Bei uns wird eine vernünftige Ausnahme gemacht und eine Norm festgesetzt. Nicht nur daß sie

sich gegen diese Norm auflehnt! Sie fordert auch noch Rechte, die hier niemand genießt!«
Als er merkte, daß dieses Argument stichhaltiger war, faßte der Alte sich wieder ein wenig. Dieses Argument war keineswegs neu und basierte auf dem Vergleich von Mißständen: Der Gast darf sich nicht mehr Rechte herausnehmen als die Bewohner des Gastlandes. Deshalb wiederholte Don Carlos, unentwegt zwischen Bett und Fenster hin- und herlaufend, immer wieder den gleichen Satz in abwechselndem Ton zwischen lauter, offener Anklage wie: »*Sie fordert Rechte, die hier niemand genießt*!« und der ruhigen, verhaltenen, fast väterlichen Erkenntnis: »*Sie – fordert – Rechte, – die – hier – fast – niemand – genießt.*«
Mario spürte, daß der Alte nach diesem Ausbruch ruhiger war. Sein Zorn hatte nicht nur mit dem Verweis aus dem Großen Parteibüro – wie es damals bei uns hieß – zu tun, sondern er zeugte auch von der Unsicherheit, die unser einhelliges Urteil in der Gemeinschaft bei ihm erweckte, so einhellig, daß wir nicht einmal mehr darüber diskutierten. Wir alle waren überzeugt, daß unser Leben von dem Tag an leichter werden würde, wenn das Parteibüro sich auflöste. In ihrer Unfähigkeit, das Ausmaß unserer Hoffnungen zu verstehen, wollten die Funktionäre das freilich nicht wahrhaben: Wir wären *alle* glücklicher gewesen, hätte man das Parteibüro abgeschafft, am allerglücklichsten die Funktionäre selbst.
Was sollte er dem Alten entgegnen? Mario hätte ihm gerne gesagt, daß die allgemeine Misere niemanden vom Wunsch befreit, glücklich zu sein, und daß eine Regelung ihre Rechtfertigung durch ihre Aussage erhält, nicht durch die Menge der Personen, für die sie gilt.
»Der Ausnahmezustand ist noch nicht dadurch gerechtfertigt, daß er alle betrifft. Wenn er überhaupt begründet

werden kann, dann durch seinen Zweck«, wandte Mario ein, wohl wissend, daß er einen erneuten Wutausbruch provozieren würde.

Obwohl er auf seiner Meinung beharrte, gelang es dem Senator aber, seinen Zorn zu bezähmen. Er sah Mario nur lange an, verzichtete jedoch darauf, einen neuen Streit heraufzubeschwören, in dem er womöglich unlogisch argumentieren würde. Mario kannte die Grenzen seiner Kühnheit, denen er schon gefährlich nahe war.

»Würden alle wie sie«, und der Senator sagte *sie* in unverhohlen verächtlichem Ton, »Rechte fordern, die hier niemand genießt, müßten genau die, die uns zuerst die Hand gereicht haben, uns am Ende hassen. Einigen sind wir jetzt schon wegen unserer Reisen und Visa ein Dorn im Auge. Verständlicherweise ereifern sich diese Menschen, wenn wir überall hinreisen dürfen, während sie nicht einmal über die Grenze kommen, um ihre Verwandten zu sehen! Was maßen wir uns da an! *Was für einen Eindruck hinterlassen wir denn*!«

»Die Ausländer haben hier ein Dauerausreisevisum«, entgegnete Mario ganz objektiv.

»Wer?«

»Die ausländischen Korrespondenten, die Gastdozenten, die Beamten anderer Länder, die Diplomaten ...«

»Erwarten Sie etwa, daß man die fünftausend Exilchilenen hier wie Diplomaten behandelt?«

»Nein. Ich erwarte lediglich, daß sie dieselben Grundrechte genießen wie *alle* Fremden hier. Die Erlaubnis dieses Land zu verlassen und einzureisen wie etwa jeder beliebige Kollege meiner Fakultät.«

»Ich glaube kaum, daß das so einfach ist. Ich glaube auch nicht, daß die sowjetischen Genossen hier ein- und ausreisen können, wie es ihnen beliebt! Und was Sie als Grundrecht bezeichnen, das genießt hier niemand!«

»Und finden Sie das etwa gut?«
»Was ich finde, tut hier nichts zur Sache. Und wenn es gar kein Grundrecht wäre, wie Sie meinen? Wenn es noch ein elementareres Recht gäbe, zum Beispiel, daß alle essen, sich kleiden, eine Ausbildung erhalten können, selbst auf die Gefahr hin, daß eine Minderheit nicht ihre Sommerferien in Italien verbringen kann?«
»Das meine ich ja gar nicht, obwohl mir nicht einleuchtet, warum es ein Verbrechen sein soll, im Sommer nach Italien zu reisen. Ich denke dabei an Lorena, die ihre Eltern abholen muß. Nicht in Italien, Don Carlos; nur im anderen Teil Berlins. Zehn Blocks von hier und nur für wenige Stunden. Ihre Eltern, die sie seit fünfzehn Jahren nicht mehr gesehen hat! Ich denke auch an meine Kollegen, die mich im vergangenen Jahr, als ich nach Paris fuhr, und nicht etwa in die Sommerfrische, sondern zu einem Literaturkongreß, darum baten, ihnen Bücher mitzubringen. Es ging nicht um politische Bücher, nur um Texte für die Universität, Forschungsarbeiten. Doktor Wagemann, eben der Doktor Wagemann, von dem jetzt Ihre Gesundheit abhängt, Don Carlos, hat mir eine Liste mit fünf Titeln mitgegeben. Schon seit Jahren hat er auf eine Gelegenheit gewartet, um diese Bücher zu bestellen. Als ich sie ihm mitbrachte, brach der Mann in Tränen aus und fiel mir aus Dankbarkeit um den Hals. Hier gilt er als Koryphäe und sollte erst jetzt erfahren, worüber seine Kollegen in anderen Teilen der Welt forschen. Und es geht um rein medizinische Forschungen, Senator. Was man in der Medizin erforscht, betrifft letztendlich Menschenleben. Es ist ein Verbrechen zu verbieten, daß ein Arzt sich fortbildet! Und es ist reine Dummheit zu verhindern, daß eine Frau die Mauer passiert, um ihre Eltern zu begrüßen!«
Marios Ärger wuchs mit der Aufzählung der Fakten.

Doch der Senator hielt Lorenas Brief weiterhin für eine Unverschämtheit. Mario, kurz davor, die Nerven zu verlieren, und Don Carlos, der jetzt besser die Fassung wahrte, waren direkt auf dem Weg zu einer heftigen Konfrontation. Einmal in diese Falle geraten, vergaßen beide am Ende, warum Don Carlos Mario überhaupt hergebeten hatte, und Mario dachte nicht mehr an seine Aufregung, als er die Aufforderung bekommen hatte, beim Senator zu erscheinen.

Als Don Carlos aus dem U-Bahnschacht auf die Straße trat, fühlte er sich völlig verloren. Das einzige, was sich vor seinen Augen ausbreitete, war eine Schneedecke, die mit dem ebenso weißen Himmel verschmolz. Er brauchte eine Weile, um Einzelheiten der vertrauten Umgebung wiederzuerkennen: In der Mitte dessen, was wohl der Platz war, meinte er den Brunnen zu erkennen, ebenfalls verschneit. Weiter entfernt entdeckte er, verschwommen im Nebel, die leuchtenden Ziffern der U-Bahnstation, und fast am Horizont, am Ende der Schneefläche, die kaum auszumachende Häuserfront. Wie sollte er einen Ort ohne Orientierungspunkte wiedererkennen?
Er war nicht K., nur Don Carlos. Kein Landvermesser hütete das Schloß; er war nur der Senator auf der Suche nach dem chilenischen Konsulat auf dem Westberliner Friedrich-Wilhelm-Platz, der an diesem Morgen unter Schneemassen begraben lag. Älter als K., wenn auch mit mehr falschen Hoffnungen; krank, aber nicht minder entschlossen, setzte Don Carlos noch einmal alle Hebel in Bewegung, um an ein Visum zu kommen, das ihm die Rückkehr ermöglichen sollte. Alle wußten wir, daß der Alte noch ein letztes Mal vor seinem Tod seine Heimat sehen wollte.

Am Morgen nach Lorenas Besuch hatte Don Carlos sich nur noch ein paar Minuten im Parteibüro aufgehalten. Er war früh gekommen, hatte einige Anträge durchgesehen und sie in den entsprechenden Mappen abgelegt. Der Stapel mit den Visaanträgen war beängstigend angewachsen, nicht ganz so die Anträge auf Ausbürgerung. Er schloß die Mappen in seinem Schreibtisch ein und drehte den Schlüssel zweimal herum; dann ging er zum Sekretariat – das sich im großen Schlafzimmer der Wohnung zusammendrängte –, um dort Bescheid zu geben, daß er heute vormittag nach Westberlin fahren und erneut einen Rückreiseantrag stellen wollte. Da die Tür aber geschlossen war, vermutete er, eine Sekretariatssitzung finde statt. Seit er erkrankt war, hatte man ihn von diesen Konferenzen befreit; er mußte nur teilnehmen, wenn über einen Antrag beraten wurde, der mit seinem Ressort zu tun hatte. Er legte eine Weile das Ohr an die Tür; drinnen vernahm er nur ein lautes Raunen; sie berieten wohl in gewohntem Eifer. Das da ist Suárez, wie immer rauchend . . ., zieht er alle mit seiner Redegewalt und seinem Qualm in seinen Bann; vor Suárez muß man auf der Hut sein. Aber da ist schon Campos, stets bedächtig . . . Ist diese heisere Stimme etwa Castrito? Man merkt dem Indio seine Grippe an, er sollte sich bei dieser Kälte nur vorsehen, daß er nicht noch tot umfällt . . . Und da endlich Saldañas Flüsterstimme, wenn er nicht gefragt wird, bekommt er den Mund kaum auf . . . Was bereden diese Gauner wohl? Sind neue Nachrichten aus Santiago eingetroffen? Stimmt vielleicht, was über die UdSSR gemunkelt wird? Don Carlos konnte die Worte kaum unterscheiden, er hörte nur dieses ihm so vertraute Raunen, für ihn das Lied des Lebens; dort hinter der verschlossenen Tür, ganz nah . . .

Nach einigen Minuten verstand er doch, was die Stimmen sagten: Diesmal drehte sich die Diskussion um die Einkäufe für ein Essen des Finanzausschusses. Er beschloß, Marta, der Sekretärin des Parteibüros, Bescheid zu sagen, daß er bis zum Nachmittag fort sein würde. Er hüllte sich in seinen Mantel und die Persianermütze – ein Geschenk, das ihn schon seit zehn Jahren, seit seiner letzten Moskaureise, begleitete – und rief ein Funktaxi, das ihn zum Bahnhof Friedrichstraße bringen sollte.

Jede Stadt hat einen Bahnhof, der sie verrät; einen Ort, der unerbittlich preisgibt, was die Stadt tunlichst zu verbergen sucht. Auf den Bahnhöfen verraten die Gesichter der Ankommenden und derer, die ihn verlassen, mehr als anderswo. Wer ankommt, zeigt offen und ohne Scham, was er sucht. Wer fortgeht, bekundet ebenso unverhüllt seinen Verdruß, seine Gleichgültigkeit oder seinen Abschiedsschmerz.

Der Bahnhof Friedrichstraße, das Tor nach Ostberlin, war in dieser Hinsicht besonders verräterisch. Hier, wo nicht nur zwei Großstädte – eigentlich eine, aber eine geteilte – aufeinanderprallten, sondern auch zwei Welten, trafen tagtäglich Tausende von Jugendlichen ein, die voller Staunen Museen und Theateraufführungen besuchten. Um in diese Stadt zu gelangen, harrten sie Stunden am Grenzübergang Friedrichstraße aus. Am gleichen Übergang warteten östlich der Mauer ebenfalls Tausende alter Leute genau so lange, um diesen Ort zu verlassen.

Der Grenzübergang in den Westen war den Rentnern als einzigen Ostberlinern gestattet. Nach einer Stunde Schlange stehen – noch meterweit vom Grenzposten entfernt – machte Don Carlos seinem Ärger über das Warten Luft, indem er die Gedanken auf die notorischen Antragsteller auf ein Visum lenkte. Es war ihm unverständlich, wie diese beharrlichen Bittsteller sich so eifrig bemühen, so lange drängen konnten, nur um dann das hier zu

erleben: fraglos eine unwürdige Erfahrung. Nur, um einen Freund zu besuchen, oder Schleuderware im Ausverkauf zu erstehen! Am schlimmsten war, daß es ihnen immer gelang, das Visum zu erhalten!
Der Senator lief gerne die Friedrichstraße entlang, von Unter den Linden in östlicher Richtung bis zur Charité. Jahrelang hatte er diesen Weg gemacht, ohne auch nur an Krankheit zu denken; seine Arzttermine und die unvermeidlichen Untersuchungen waren reine Routine gewesen. Im Café Metropol machte er eine Pause. Er mochte das Café, das unter der S-Bahnbrücke lag, wo man von einem weiß lackierten Tischchen aus den Bahnhof mit seinem Kommen und Gehen im Blick hatte. In dieser Ecke gab es so viel Leben, daß es auf sein Herz anregend wie ein zusätzlicher Blutkreislauf wirkte. Deshalb überraschte ihn auch die lange Schlange alter Leute nicht, die am Stand auf dem Bertold-Brecht-Platz auf ein Taxi warteten. Schon häufig hatte er die Rentner auf dem Heimweg von ihren Westberliner Verwandten beobachtet, bei einer Tasse Kaffee zugesehen, wie sie sich mit bleischweren Koffern und ungeheuren Waschpulverkartons abschleppten. Nur selten mußte der Senator selbst diese Warterei am Taxistand über sich ergehen lassen. Ebenso wie das andere, noch längere Anstehen der Heimkehrer im Bahnhof vor dem Schalter der Volkspolizei. All das ärgerte ihn, nicht etwa, weil das lange Warten ihn von etwas Dringendem abhielt, sondern weil ihn dort das gleiche Gehüstel, die gleiche trostlose Hinfälligkeit, die gleichen fahlen Gesichter erwarteten wie Tag für Tag am Fahrstuhl in der Volkradstraße 8. Es deprimierte ihn, dieser Gruppe so selbstverständlich anzugehören, besonders deshalb, weil es kein Zufall war. Zwar waren die Alten weder im Besitz eines Ausländerpasses noch eines Ausnahmevisums, das er jetzt fest in seiner Jackentasche

drückte, doch wie er genossen sie das Privileg des Alters, der einzige Grund, warum sie anstandslos, nur mit dieser durchaus zumutbaren leichten Verzögerung, die Mauer passieren durften. Ein Leben lang hatten sie darauf gewartet, endlich einen Platz in dieser Schlange belegen zu dürfen.

In einer Hinsicht erschien ihm seine Lage sogar schlimmer als die seiner Altersgenossen. Denn von ihnen konnte jeder mit seinem Sohn oder seiner Enkelin in eine Konditorei am Ku'damm gehen und einen Kaffee mit ihnen trinken, die Schauplätze seiner Jugendzeit wiederaufsuchen, abends beladen mit Sonderangeboten und Waschpulver in sein Kämmerchen – sicher ein Wohnheim für Witwer – heimkehren mit der Aussicht, dieses kleine Abenteuer zu wiederholen: eine Grenze zu überwinden und später, wenn es Zeit für die Rückkehr war, sich dort mit einer Umarmung wieder zu verabschieden.

Das aber war ihm nun verwehrt: die Rückkehr. Die Grenze, die er passieren mußte, hatte nichts gemeinsam mit dieser Mauer. Und die Mauer, die ihn an der Rückkehr hinderte, war unendlich höher als die, die jeden Morgen von den Alten hoffnungsvoll passiert wurde. Wenn er sich jetzt unter sie gemischt hatte, dann nur, um noch einmal ein Rückreisevisum im Konsulat zu beantragen. Wieviele Anträge hatte er schon gestellt? Wann hatte er den letzten eingereicht? Immer ungeduldiger in der nur schleppend vorankommenden Schlange – er meinte, sich schon eine Weile nicht mehr vom Fleck gerührt zu haben –, rief er sich jedes einzelne Gesuch wieder ins Gedächtnis. Wenn er sie alle erwähnte, dachte er, den Konsul vielleicht durch seine Beharrlichkeit zu rühren.

Auf dem Bahnhof Friedrichstraße, der Ostberliner Endstation, traf man zwei Arten von Reisenden an: solche, die kamen, um über die Grenze zu gehen, und solche, die kamen, um Alkohol, Zigaretten oder Schokolade zu unglaublichen, doch immer noch erschwinglicheren Preisen zu kaufen, als im Duty-free-Shop eines Flughafens. Wir, die wir über ein Ausnahmevisum verfügten, hoben uns immer ein wenig Geld für die Heimkehr auf, um dort etwas zu kaufen. Es war natürlich nicht so, daß ganze Busse voller Kinder eintrafen, die billig Schokolade kaufen wollten. Uns fiel eher das erbärmliche, heruntergekommene Äußere der Alkoholiker auf, immer damit beschäftigt, ihre Münzen abzuzählen und auszurechnen, ob sie noch für eine Flasche Korn oder Wodka reichten. Völlig verwahrloste Typen, unaufhörlich rauchend und ihren Auswurf ausspuckend. Aschfahle Gesichter, nach den schlaflosen Nächten blau angelaufen, Gesichter, denen sonst nur die eitrigen Blutkrusten Farbe verliehen; die Beine übersät mit Krätze unter Resten durchlöcherter, völlig verdreckter Jeans. Sie kamen schon früh zur Friedrichstraße, besorgten sich die dringend benötigte Ware, kehrten dann zurück, um sich in der Umgebung des Bahnhofs Zoo in der Gosse niederzulassen und dort ihre Flaschen zu leeren. Im Winter okkupierten sie dunkle Ecken dieser anderen Endstation, legten sich auf die Fliesen, inmitten von herumliegenden gebrauchten Spritzen, Spuren von Blut und Erbrochenem.

Beide Endstationen verband eine seltsame Eigenheit: die Schäbigkeit. Zwar war der Bahnhof Friedrichstraße in all seiner Erbärmlichkeit sauber und gepflegt, und doch wirkte er beängstigend brutal: Oben hielten die Posten von den Aussichtspunkten aus Wache und ließen von Zeit zu Zeit ihre scharfen Hunde kläffen. Der Bahnhof Zoo war offen und bombastisch, und da niemand am Elend der anderen Anstoß nahm, der ideale Ort für den Abschaum. Hier Soldaten, dort Müll; hier Wachhunde,

dort leere Flaschen, weggeworfene Spritzen in den Ecken. Während sich am Bahnhof Friedrichstraße das Elend der totalen Macht über ein Volk offenbarte, war es im Bahnhof Zoo das Elend der von den Mächtigen total Verlassenen.
Für die Fahrt zum Konsulat bevorzugte der Senator die S-Bahn. Er meinte, sein Sonderrecht dadurch wieder wettzumachen, daß er die wenigen *Pfennige* für die Fahrtkosten in der Schatzkammer des sozialistischen Finanzwesens ließ, und genoß die Aussicht auf ein erschreckendes Panorama: die alten, verbarrikadierten Gebäude in der Nähe der Mauer; dann die Fenster der Obergeschosse, ein flüchtiger Blick in die anonyme Intimsphäre; große, verschneite Parkanlagen; weniger graue Bauten, manche sogar in grellen Farben, und am Ende dieser schreckliche Bahnhof, der ihn auf jeder Reise wieder in seiner Überzeugung bestärkte: der Bahnhof Zoo.
In der S-Bahn konnte er die mitleiderregende Gegenwart der Betrunkenen noch ertragen und versuchte, sie zu ignorieren; er lehnte mit der Stirn am Fenster und besah sich starr die Gegend. Auf dem verruchten Bahnhof lief er dann hastig zum Ausgang, wobei er sich unzählige Male fragte: Wie können die unverbesserlichen Visaantragsteller das nur hinnehmen? Er hatte diese unangenehme Erfahrung schon siebenmal gemacht und hoffte nun, dies sei das letzte Mal.
Am Vorabend seiner voraussichtlich letzten Reise hatte er geträumt, der Konsul habe ihm ein Diplom mit der Befähigung zur Heimreise überreicht. Er war hochgeschreckt und hatte, als er richtig wach war, nicht mehr gewußt, ob ihn nun das feierliche Diplom aus dem Schlaf gerissen hatte oder das schmerzende Rumoren in seinen Eingeweiden. Angeregt durch diesen Traum, hatte er be-

schlossen, am Morgen das Parteibüro zu verlassen und all die Formalitäten noch einmal in Kauf zu nehmen, um erneut die Erlaubnis zu erhalten. Er wußte ja, was die Grenzformalitäten bedeuteten, und war bereit, sie zu ertragen. Freilich hatte er nicht ahnen können, daß der Schnee an diesem Vormittag die einzigen ihm bekannten Wegweiser zudecken würde. Das Konsulatsgebäude war das erste, worauf man stieß, sobald man aus dem U-Bahnschacht auf die Straße trat, vorausgesetzt, man hatte den richtigen Ausgang gewählt. Ein sicherer Anhaltspunkt waren immer der Obststand und der Blumenstand neben der hochherrschaftlichen Eingangstür des Gebäudes. Allerdings waren das sommerliche Wegweiser. Jetzt aber stand der Senator vor einer endlosen Schneedecke. Ein Stand mit Obst oder Blumen war unter diesen Schneemassen schier undenkbar, und die leuchtenden U-Bahnschilder waren ebenso unbrauchbar zur Orientierung wie das Ziffernblatt einer Uhr ohne Minutenzeiger.

An diesem Vormittag erinnerte ihn der Schnee an die Salinenfelder und die Sandstrände in Nordchile. Nur daß die endlose Weiße seiner Kindheit sonnig und hell war, am Meer mit seinem sanften Wellenschlag gelegen. Der Schnee ereilte ihn erst, als er schon älter war, eine frostige Stiefmutter, die sich im dunklen Morast verlor, auf betonierten Plätzen und in engen Gäßchen mit Kopfsteinpflaster. Ihm kam es gerade so vor, als seien es die Sandstrände aus seiner Kindheit nach der Niederlage; der Absturz seiner blütenweißen Wärme in die Kälte.

Wer, verdammt, hatte ihn nur an diesen Traum glauben lassen! Der Traum war eine Illusion gewesen, eine trügerische Versuchung, eine Falle. Dieser Platz war die Realität, die schmutzigen Schuhe, diese erfrorenen Füße, dieser heftig stechende Schmerz von der Kälte. Die noch

bevorstehende Realität war das Duftwasser des Konsuls, seine übertrieben herzlichen Worte, seine diplomatische Glätte. Im Vertrauen auf diesen dummen Traum hatte er sich heute morgen im Parteibüro freigenommen. Eigentlich für den ganzen Tag, denn jetzt war es bereits kurz vor zwölf, und er hatte sein Anliegen noch nicht einmal vorgetragen, vorausgesetzt, er käme überhaupt dazu. Denkbar war auch, daß der Konsul sich verspätete oder die Schlange am Grenzübergang länger wurde – je näher der Abend rückte, desto mehr wuchs sie an – mit den entsprechenden Schwierigkeiten, am Stand auf der Friedrichstraße ein Taxi zu ergattern. Diesmal würde er einer unter vielen in dieser Schlange sein, fast war ihm, als sähe er sich selbst von einem der lackierten Tischchen im Café Metropol aus zu. Einer von vielen, gegen Ende des Tages; und noch mehr Frost, noch mehr Schmerzen und mehr Schuld. Denn er hatte versprochen, am Nachmittag wieder im Parteibüro zu sein, und jetzt hatte er sich einfach in Luft aufgelöst, war verschwunden und blieb den ganzen Tag fort, während sich auf seinem Schreibtisch Berge von Anträgen stapelten. Und all das, weil er eine rein private Angelegenheit ungebührlich wichtig nahm. In welchem unseligen Augenblick hatte er sich nur von diesem Traum täuschen lassen! Schon wieder wollte er mit dem Kopf durch die Wand! Es gibt kein Visum! Es gibt kein Dekret! Es gibt kein Pardon! Das Ziel rückt immer ferner, und der Weg wird immer kürzer.
Nachdem er eine halbe Stunde lang durch Pfützen, Schnee und Eis umhergeirrt war, stieß er mit halberfrorener Nase und ebensolchen Ohren, trotz der *Schapka*, endlich an der vierten Ecke auf das Gebäude. Hinter der Glastür endlich diese wohltuende Wärme und der glänzende, trockene Marmorboden unter seinen Füßen. Er nahm die breite Treppe, um in den dritten Stock zu ge-

langen. Denn diesen alten, engen Fahrstühlen mißtraute er mit ihren schwer aufschiebbaren Gittern, stets ölverschwärzt, was das Rucken kaum besserte. Beim ersten Halt hörte er Geigenklänge hinter der Tür, und als er atemlos im zweiten Stock stehenblieb, vernahm er ein seltsames Stöhnen und eine Art leises Winseln. Als er endlich vor der Tür im dritten Stockwerk stand, war er fast am Ziel dieser beschwerlichen Reise angelangt; noch immer mit einem Gefühl der Schuld: Er hielt es eigentlich nicht für richtig, daß er diese Reise unternahm, die er so vielen anderen Bittstellern abschlagen mußte. Doch als er das Konsulat betrat, verließen ihn seine Gewissensbisse. Diese wohlige Wärme behagte ihm, ein schwacher Abklatsch dessen, was er verloren hatte: schrille Stimmen beim Telefonieren, vertraut klingende Laute, sonnige Landschaften, die die Wände zierten. Freundlich lächelnd führte ihn die Sekretärin direkt ins Büro des Konsuls. Als er drinnen in einem bequemen schwarzen Ledersessel Platz genommen hatte, war ihm, als versänke er auch in einem schrecklichen Gefühl der Zweifel, der Mutlosigkeit, und binnen weniger Minuten war ihm klar, daß es sinnlos war, weiter zu warten. Den Weg hatte er vergeblich gemacht. Das ersehnte Ende dieses letzten Versuchs war ein makabrer Irrtum, eine Illusion. Trotz der freundlichen Begrüßung durch den Konsul – der wie stets frisch der Dusche entstiegen wirkte –, war das, was dort geschah, eindeutig anders als im Traum der letzten Nacht.

Don Carlos fand, daß der Senator heute vormittag unerträglich nach Lavendel roch. Die Nähe einer parfümierten Frau hatte er stets für bedrohlich gehalten, um wieviel mehr den Parfümgeruch bei Männern. Ihm fiel ein, daß man diesen aufreizenden weiblichen Duft im Senat riechen konnte, wo manche ihre Duftmarke im Flur, im Lesesaal, in den Eßräumen und auch sonst überall hinterließen.

Schon früher hatte er diesen verräterischen Duft im Büro des Konsuls wahrgenommen. Er begann zu zittern. Wieder spürte er die Attacke seines alten Magengeschwürs. Löste vielleicht das Duftwasser des Konsuls diese Reizung aus? Oder waren es die Krallen des Krebses, der seine elendiglich schmerzenden Eingeweide verwüstete?

Der Konsul wollte sich nicht hinter seinem Schreibtisch verschanzen. Er schob einen Sessel neben Don Carlos und bemühte sich, ein freundschaftliches, möglichst unprotokollarisches Gespräch zu beginnen. Doch seine Nähe bedeutete auch die Nähe des Duftwassers, und so bot die Gegenwart dieses lächelnden – einen unerträglichen Duft verströmenden, aber unerträglich gesunden – Mannes, von dem sein letztes Gesuch abhing, Don Carlos einen willkommenen Anlaß für seine Verstimmung.

Lavendelduft belegte in der Werteskala des Senators einen festen Platz. Diese basierte auf einem Urbild in Form eines Dreiecks, an dessen Spitze nicht nur die platonische Idee des Guten thronte, sondern das ebenso unkorrumpierbare Bild des Weltproletariats. Dieses, in seinen Augen der höchste Ausdruck der Perfektion, wurde durch ein Symbol verkörpert, das ihn in seiner Kindheit während der Freitagabendvorstellung stark beeindruckt hatte.

Eines Abends nach einem Essen im Restaurant Budapest auf der Karl-Marx-Allee hatte uns Don Carlos beim Verdauungstrunk, von Geigenmusik angeregt, auf wer weiß was für Pfaden der Erinnerung, von einem Bild eines kreisenden Monuments erzählt, das auf der Kinoleinwand im Gewerkschaftshaus zu sehen war. Es war das Zeichen, das sowjetische Filme ankündigte. Anders als der Löwe mit der Mähne von Metro Goldwyn, aufrecht auf einem Sockel stehend, so imposant wie ein Eisberg, ragte ein schmiedeeisernes Paar empor: der Arbeiter und die Kolchosbäuerin. Sie waren die zentralen Figuren dieses Symbols; die Urbewohner des kommenden Paradieses, die schließlich mitten im Flug eingefangen und fest auf den Boden gestellt werden. »Der Bildhauer hatte sie in einer so übermenschlichen Größe dargestellt, daß sie einem schließlich die Existenz des Himmels suggerierten«, erklärte Rosales, der dieses Monument in Moskau gesehen hatte; aber nein, das war unvorstellbar, und daraus entwickelte sich eine Diskussion, die schließlich zu der Annahme führte, es sei doch vorstellbar, nur um welchen Himmel handelte es sich? Nach der Beschreibung von Don Carlos war der Arbeiter dieses Standbildes ein Adam mit ausladendem Brustkorb und starken Armen und sie eine Eva mit kräftigen Beinen, sich gegen den Wind behauptend, der am Saum ihres weiten Kleides zerrte. Beide hielten einen Arm erhoben; sie mit einer Sichel in der Hand, er mit einem Hammer, und hoch oben, an der Spitze der Dreiecksfigur kreuzten sich ihre Arme schließlich, um das Emblem der ewigen Glückseligkeit zu bilden. »Sie hatten einen unpersönlichen Ausdruck und einen verlorenen Blick«, bemerkten Lorena und Mario, die im Kino in Cartagena das gleiche aufsehenerregende Bild gesehen hatten. »Vielleicht weil das Monument so weit in die Höhe ragt, daß sie nichts Sichtbares mehr im Blick haben«, meinte einer. »Nichts Menschliches«, warfen wir ein. »Nichts, was den Blick auf sich ziehen könnte.« Doch der Senator beharrte: Diese gigantischen Wesen, die auf der Leinwand kreisten, waren das beste Bild vom neuen Menschen. Und dieser verlorene Blick ins Leere symbolisierte den Blick in die Zukunft. Aller Wahrscheinlichkeit nach kamen sie

Don Carlos so großartig vor, weil diese muskulös-metallische Struktur und die beiden mit dem starr ins Unendliche gerichteten Blick fern jeglicher Schmerzen wirkten. Wie anders der arme Rosales, immer aschfahl, bestenfalls grünlich, unfähig, die Zigarette aus der Hand zu legen. Die Vorstellung des Senators von einer neuen Gesellschaft entstand mit diesen Symbolen, die in Verbindung mit seinen alten Vorurteilen schließlich die Werte prägten, die er allem beimaß, was er zu kennen glaubte.
Kommen wir auf das Thema des Duftes zurück. Es ist offensichtlich, daß diese hedonistische und dekadente Neigung, der Kult des Ätherischen und Flüchtigen, unvereinbar war mit der Anbetung jener Halbgötter, die aus so hartem Eisen geschmiedet waren, daß es eine Garantie für die Ewigkeit war. Das herrliche Bild dieser Proletarierskulpturen assoziierte der Senator nicht nur mit Schmerzlosigkeit, sondern auch mit absoluter Geruchlosigkeit. Daher störte ihn der Duft, der sich im Büro verbreitete, sobald der Konsul es betreten hatte, um sein Amt auszuüben; frisch, gesund, wohlriechend und gerade geduscht. Und wenn er ihn auch für einen sympathischen Menschen hielt – immerhin war er Berufsdiplomat und spürte, daß die Wertschätzung auf Gegenseitigkeit beruhte –, entschied der Senator an jenem Vormittag, daß er dem Konsul nicht trauen durfte. Trotz der Eingaben, die der Konsul zugunsten der Exilierten gemacht hatte, konnte Don Carlos sich bei diesem starken Homosexuellengeruch des Gedankens nicht erwehren, das Warten an der Grenze sei völlig umsonst gewesen.
»Wollen Sie, daß ich einen Kaffee kommen lasse, Don Carlos?«
»Nein, danke.«
»Wenn ich Ihnen irgendwie behilflich sein kann . . .«
»In der Sache, bei der Sie mir bislang nicht helfen konn-

ten. Ich bin todkrank und würde gerne zu Hause sterben. Ich glaube, so weit waren wir.«

»Sind Sie krank?«

»Schwer krank.«

In Windeseile rekapitulierte der Konsul die sieben vorangegangenen Anträge des Ex-Senators, und in diesen Sekunden kam er auch zu dem Schluß, die Krankheit sei nur eine Taktik.

»Ach, das tut mir leid«, meinte er in einem ziemlich unpersönlichen Ton. »Ich nehme an, Sie wollen einen neuen Antrag stellen.«

Da er mittags an einem Empfang teilnehmen mußte, warf der Konsul einen verstohlenen Blick auf seine Uhr. Aber es war noch Zeit, weshalb er meinte, diesmal sei es besser, dem Senator klarzumachen, wie die Dinge in seiner Dienststelle liefen.

»Ich würde vorschlagen, genau zu bedenken, welche Schritte wir im einzelnen unternehmen wollen. Sie wissen, daß jede Unachtsamkeit in dieser Angelegenheit alles wieder zunichte machen kann. Ich muß Ihnen sagen, daß Ihr vorletztes Gesuch geprüft wurde, als die Genehmigung praktisch schon erteilt war, doch der Brief, den Sie beigefügt hatten, war keine Hilfe, sondern führte dazu, daß man die Angelegenheit noch einmal überdachte ...«

»Der Brief des Nobelpreisträgers in Physik?«

»Nein. Der Brief des Bischofs.«

»Dann war es nicht der vorletzte, sondern der fünfte Antrag. Der Brief des Physikers kam später, und beim letzten Gesuch war ein Brief von meiner Schwester, die noch in Parral lebt.«

»An der Sache mit Ihrer Schwester kann niemand Anstoß nehmen, und das mit dem Nobelpreisträger, Schwamm drüber; es reicht nicht, um es als politisches

Druckmittel aufzufassen. Doch wenn die Mitra eines Prälaten ins Spiel kommt . . .!«

»In diesem Fall kommt jetzt höchstens der Kittel eines Arztes ins Spiel.«

»Oder das Skalpell eines Chirurgen . . . das könnte die Sache allerdings erschweren. Daher würde ich zu Vorsicht und sachlicher Information raten. Da Vorsicht bei älteren Menschen normal ist, kann ich bei Ihnen ja damit rechnen, Don Carlos. Die Information werde ich persönlich weiterleiten.«

Als er zu Ende gesprochen hatte, erhob er sich, doch statt zum Schreibtisch zu gehen, beschloß er, zwischen der Tür und der breiten Fensterfront auf und ab zu gehen, während er seine Argumentation ausbreitete, so wie Don Carlos es im Parteibüro tat – oder in dem unvergleichlich kleineren Zimmer seines Witwerappartements –, wenn er einen komplexen Gedankengang entwickeln wollte und der Rhythmus seiner Schritte ihm half, eine Reihe überzeugender Argumente noch schlüssiger vorzubringen.

»Sie müssen wissen, daß man zur Zeit wohl kurz davor steht, ein Amnestiegesetz zu beschließen, das auch für im Exil Lebende gelten soll . . .«

Der Senator unterbrach ihn sogleich. Den Schmerz unterdrückend, der aus seinen Eingeweiden kam, und die Übelkeit, die der Duft bei ihm auslöste, sagte er nur einen Satz, doch den sagte er langsam, indem er jedem Wort ein eigenes Gewicht verlieh, damit im Bewußtsein des Konsuls das ungeheure Ausmaß der Ungerechtigkeit und der Beleidigung nachwirkte. »Dieses Gesetz kann mir wohl schlecht zugute kommen. Denn ich habe niemals eine Straftat begangen und wurde zu keiner Zeit verurteilt.«

»Das tut nichts zur Sache«, erwiderte der Konsul, ohne

zu bemerken, wie angestrengt Don Carlos sich bemühte, seine verletzte Ehre wiederherzustellen. »Wenn dieses Gesetz angenommen wird, fällt automatisch das Verbot weg, das für alle gilt, die das Land verlassen haben, und wir müssen endlich nicht mehr als Briefkasten für eine Unmenge von Schreiben und Gesuchen herhalten. Von dem Moment an würden wir nämlich Pässe vielleicht ohne L. O. ausstellen, und um Mühen und Kosten zu sparen, könnte eben dieses Gesetz dem L. eine andere Bedeutung geben, damit es nicht mehr *Limitiert* heißt, sondern *Legalisiert* oder *Legitimiert*. Das L. könnte auch für *Lizenz* stehen oder für *Lustrum*, also Fünfjahresfrist, da der Paß für fünf Jahre gültig ist. Ich nehme an, das Wichtigste für Sie ist, daß Sie zurück können, verehrter Herr Senator. Was macht es da schon, wenn Sie eine Formalität erfüllen müssen. Das Problem ist, daß es innerhalb der Regierung selbst Gegner der Amnestie gibt«, dabei kam er vielsagend mit seinem Duft näher heran. »Es sind die ewigen Hardliner. Sie argumentieren, eine Amnestie, die den Exilierten die Rückkehr ermöglicht, würde als Zeichen der Schwäche, ja der Niederlage ausgelegt werden. Ich habe, natürlich inoffiziell, die Information erhalten, daß die Befürworter der Amnestie eine spürbare Reduzierung der Anträge verlangen. Das würde ihnen ermöglichen, die Gesetzeseingabe zu machen, ohne das Ansehen des Staates zu gefährden.«

»Wollen Sie mich etwa davon überzeugen, es sei besser, dieses Mal keinen neuen Antrag zu stellen?«

»Nicht ganz. Ich möchte Sie nur darum bitten, daß wir beide die Angelegenheit gründlich überdenken.«

»Sie wollen mir weismachen, daß wir, je weniger Anträge es gibt, desto schneller die Rückreiseerlaubnis erhalten?«

»Nein. Ich will Ihnen gar nichts weismachen. Ich will Ihnen nur mit ein paar Ratschlägen und Informationen helfen. Je mehr sie den Eindruck bekommen, daß Druck ausgeübt wird, desto mehr wird sich die offizielle Position verhärten. Ist es denn überhaupt sinnvoll, daß Berge von Anträgen unsere Konsulate überschwemmen? Zwar bedeutet es eine gewisse Stärkung unserer eigentlichen Konsulatsgeschäfte, doch werden diese Gesuche in der Mehrzahl gar nicht dem Außenministerium weitergeleitet. Sie müssen verstehen, daß die Beamten des Auswärtigen Amtes auch manchmal ängstlich sind und die Anträge manchmal lieber nicht fortschicken.«

»Also werden die Anträge gar nicht weitergeleitet?« fragte der Senator mutlos.

»Ich sage ja nicht, daß es in allen Fällen so ist. Sie wissen doch, daß Ihre zügig weitergeleitet wurden. Aber bei ihren diplomatischen Aufgaben haben die Beamten einen persönlichen Entscheidungsspielraum, der es ihnen erlaubt, Dringlichkeitsfälle vorzuziehen, und in einem solchen Fall können die Anträge warten. Nicht daß man sagt: ›Die Anträge werden nicht weitergeleitet!‹ Nein. Aber sie bleiben einfach liegen. Zunächst im Schreibtisch des Konsuls und nach ein paar Tagen, wenn sie dort im Wege sind, kommen sie ins Büro des Sekretärs zu früheren Stapeln und Unterlagen, deren Bearbeitung aber nicht aufgeschoben werden kann; also macht die Sekretärin des Sekretärs Ordnung, beschleunigt, was dringend ist, und sucht einen Platz für das, was noch warten muß. In den meisten Fällen werden die Anträge dann in die Archivabteilung geschickt und landen im Kellergeschoß.«

»Demnach befinden sich unter meinen Füßen noch die Anträge all derer, die in Berlin ansässig sind?«

»Unter Ihren Füßen befindet sich der vornehmste Hundefriseur von Berlin, mein verehrter Freund. Hätten Ihre Füße Ohren, würden sie bei all dem Winseln der elegan-

testen Hunde der Stadt noch in Tränen ausbrechen. Sie wissen ja, daß ein Hund in Berlin noch bei weitem mehr verehrt wird als eine Kuh in Indien. Von edlen Hunden sprechen heißt hier von erhabenen Dingen sprechen. Nein, Don Carlos, wir haben hier gar keinen Keller. Im zweiten Stock die Hunde und im ersten ein privates Konservatorium. Gebell und Musik. Hier gibt es keinen Keller voller vergessener Anträge.«
»Was soll's«, bemerkte der Senator mehr zu sich, aber doch laut und deutlich. »Das Auswärtige Amt hat auch große Kellerräume. Was macht es schon, wenn unsere Gesuche auf das Urteil der Gerechten warten!« und dann blickte er dem Konsul fest in die Augen, als er mit der Frage herausplatzte: »Warum sollte man dieses Konsulat für eine Ausnahme halten?«
Der Konsul, der wieder neben Don Carlos Platz genommen hatte, schwieg einen kurzen Moment, bevor er antwortete, doch dieser Moment genügte, um zu verraten, daß er in seinem Stolz verletzt war.
»Weil der Konsul, der es Ihnen sagt, ein Ehrenmann ist«, erwiderte er, wobei er ebenfalls jedem Wort das nötige Gewicht verlieh. Und nachdem er festgestellt hatte, daß diese Antwort bei Don Carlos – der mit gesenktem Blick schwieg und dann die beschlagenen Fensterscheiben betrachtete –, gewirkt hatte, fügte er in verändertem Ton hinzu, als wolle er sein Geständnis herunterspielen:
»Im übrigen bin ich in Ungnade gefallen. Ich habe nichts mehr zu befürchten. Man hat mich nach Santiago gerufen, und ich weiß, daß sie mich nach Mozambique schicken wollen.«
»Tut mir leid«, stammelte Don Carlos.
Auf einmal kam es ihm lächerlich vor, daß er die Mauer passiert hatte und durch den Schnee geirrt war..., nur um am Ende den Konsul zu trösten. Er wollte dieses Ge-

fühl der Sinnlosigkeit abschütteln und sagte ganz leise, fast verschämt: »Glauben Sie mir, es tut mir sehr leid.«
Doch im gleichen Augenblick wurde ihm klar, daß dieser Satz und der Ton, den er ihm unfreiwillig verliehen hatte, den grotesken Charakter der Situation nur noch betonte. Da meinte er, auf die offiziellen Fotos weisend, die neben den kulinarischen Attraktionen des Landes hingen (riesengroße Langusten von Juan Fernández und Goldlachse, gegen irgendeinen Fluß im Südwesten anschwimmend), in scherzhaftem Ton: »Ich nehme an, daß alle Konsulate gleich sind. Auch in Mozambique werden Sie diese Langusten bewundern können.«
Der Konsul versuchte ein dankbares Lächeln, aber wollte nicht darauf verzichten, seine Situation zu erklären: »Vor zwanzig Jahren bin ich in dieses Konsulat gekommen. Meine Frau ist Berlinerin. Hier habe ich drei Söhne und vier Enkel. Wenn man mich an einen anderen Ort schickt, werde ich lieber abtreten. Vielleicht sollte ich das besser vorher tun, werden Sie nun denken ... Aber, na ja, alle haben wir vor irgendetwas Angst. Die Wahrheit ist, daß ich noch keinen Entschluß gefaßt habe.«
»Sie sind Berufskonsul, ich nehme an, Sie können Einspruch erheben.«
»Ja, das kann ich. Aber mein Einspruch würde den Weg aller Anträge gehen. Es gibt viele Formen, ein Gesuch abzulehnen, Don Carlos. Wenn man es recht bedenkt, geht die Ablehnung dem Gesuch immer schon voraus: sie ist bereits beschlossene Sache. Daher bin ich der Ansicht, daß Gesuche nutzlos sind. Auch mein Einspruch würde in irgendeinem Schreibtisch dahinvegetieren und dann in einem anderen und schließlich wie so viele in einem Archiv landen. Das bringt das Leben wohl so mit sich. Es gibt eben mehr Anträge als Möglichkeiten, ihnen stattzugeben. Jedem Antragsteller steht ein Beamter gegenüber,

der Karriere gemacht hat, indem er Anträge ablehnte. Man darf wohl annehmen, daß dieser Beamte mehr als einmal selbst ein Gesuch eingereicht hat, bei dem das Verfahren noch nicht abgeschlossen ist. Und immer gibt es eine Sekretärin, deren Aufgabe darin besteht, den Weg freizumachen und die Anträge in den Müll zu geben. Anscheinend gibt es nicht genügend Platz für alle; mit der Tatsache müssen wir uns abfinden, Don Carlos.«
»Sie sind reichlich pessimistisch. Das Leben ist nicht unbedingt eine Häufung von Ablehnungen. Zumindest entspricht das nicht meiner Erfahrung.«
»Ich habe Ihnen viele Male *nein* sagen müssen.«
»Nur siebenmal.«
»Sieben mal sieben, sagt die Bibel. Ich nehme wohl an, das ist nicht das erste Mal, daß man Ihnen siebenmal nein sagt.«
»Da haben Sie recht. Allerdings ... also ... meinen Sie nicht, ich wüßte Ihre Ratschläge nicht zu schätzen, aber, was halten Sie davon, wenn wir trotzdem ein neues Gesuch einreichen?«
»Wie Sie wollen. Aber Sie wissen ja, daß es nichts nützen wird.«
»Macht nichts. Unter diesen Umständen ist es nur noch, um sie zu ärgern. Was anderes bleibt uns ja kaum, meinen Sie nicht?«
»Jetzt sind Sie der Pessimist, Don Carlos. Sagen Sie, was kann ich also für Sie tun?«
Den ganzen Morgen hatte der Alte auf diese Frage gewartet. Aber jetzt hatte er Vertrauen. Er antwortete so hastig, als sei er in einem Fernsehquiz: »Drei Dinge.«
»Und was wäre das erste?«
»Dieses Gesuch jetzt weiterleiten.«
»Einverstanden, im Endeffekt ist es ja auch egal. Und das zweite?«

»Ein Glas Milch.«
»Wird sofort in Auftrag gegeben. Warm?«
»Besser lauwarm.«
»Und das dritte?«
Don Carlos räusperte sich, damit seine Stimme nicht zitterte.
»Dieses Herrenparfüm ... Verzeihung, erträgt man es besser mit diesem Duftwasser?«
»Etwas Angenehmes ist immer eine Hilfe. Für mich ist es wie für Sie Ihr Glas Milch. Wollen Sie wissen, wie man sich fühlt?«
Ohne die Antwort des Senators abzuwarten, verließ der Konsul das Büro, um das Glas Milch und die Flasche mit dem Eau de Cologne zu holen.

Es stank nach diesem elenden Zeug, als er die Treppe hinabstieg. Im ersten Zwischengeschoß war Hundegebell zu hören und im letzten Musik, die ihn an die erinnerte, auf die er jeden Abend mit dem Ohr an der Wand wartete. Was war nur in ihn gefahren, so neugierig zu sein? Jetzt würde er wie ein x-beliebiger Schwuler in La Batea gehen. Tatsache war, daß das Eau de Cologne ihm eigentlich gefiel, doch als er auf die Straße trat, war sein größter Wunsch, diesen Geruch wieder loszuwerden. Und da ihm bei den ersten Schritten im Schnee der Geruchssinn gefror, vermutete er, der Fehltritt würde auf immer ein Geheimnis zwischen ihm und dem Konsul bleiben. Von der Last des Wohlgeruchs befreit, kam ihm der Gedanke, der Diplomat sei bereit abzutreten, weil sein Eau de Cologne niemals in Mozambique geduldet würde. Er versuchte sich abzureagieren bei der Vorstellung, welchen Scherz er sich zum Abschied noch erlaubt hatte: »Wir haben ein großes Regionalkomitée in Mozambique. Sie können sich Luft verschaffen, in-

dem Sie das Auswärtige Amt mit Gesuchen bombardieren.«
La Batea war eine chilenische Bar, die wir im Exil Lebenden, wo wir noch einmal durch die Mauer getrennt waren, mit leidenschaftlicher Nostalgie frequentierten. Die von der anderen Seite konnten es sich jeden Abend dort an der Bar bequem machen; wir – eigentlich nur die wenigen, die ein Ausreisevisum hatten – schauten nur kurz dort vorbei, bevor wir den Heimweg in Richtung Mauer antraten. Der Wechselkurs erlaubte es uns nur, ein paar Gläschen zu trinken, aber es reichte nicht, um etwas zu essen; doch abends konnten wir auf die großzügige Hilfe zweier beflissener Gönner des Ersten Arbeiter- und Bauernstaates auf deutschem Boden rechnen: Douglas und die Chica Celsa. Das erste Glas war dann eine Aufmerksamkeit des Hauses, so daß uns genug übrigblieb, um zwischen einem Schwätzchen und dem nächsten das zweite Glas selbst zu zahlen. La Batea war für uns weitaus wichtiger als das chilenische Konsulat; dort wurden ohne größere Umstände Transaktionen durchgeführt, die vom Gebrauchtwagenkauf bis zur Versendung eines Briefes reichten, der unsere Familien gefährdet hätte. Dort tauschte man ›frisch aus der Heimat eingetroffene‹ Zeitschriften aus, die monatelang von Hand zu Hand gingen. Dort konnte es auch geschehen, daß man als Statist für einen in Berlin gedrehten, aber an irgendeinem exotischen, von Eingeborenen mit lehmstarrenden Haarsträhnen bevölkerten Schauplatz spielenden Film angeheuert wurde. In La Batea konnte man Musik hören, tanzen und sogar Romanzen beginnen, viele blonde Herzen entflammten für nostalgieverlorene Schwarzschöpfe. La Batea war der Hort ferner Erinnerungen. Statt der einfallslosen Langusten hingen hier Bilder an den Wänden, die uns nach all den Jahren immer noch verbanden, Porträts,

die mit ihrer seltsamen Faszination sogar von unseren Söhnen verehrt wurden: Neruda, Violeta, Víctor Jara. Ausgeblichene Fotos von der Pampa und den Schneegletschern, von den Bergen des Puerto und den Siedlungen in Santiago riefen bei diesem oder jenem jeweils unterschiedliche Gefühle wach und verkörperten zugleich unsere gemeinsamen Erinnerungen.

Don Carlos betrat La Batea so gegen zwei. Als man ihm ein Gericht auf Kosten des Hauses anbot, sagte er, er habe bereits gegessen, und zwar sehr gut. Seit geraumer Zeit nahm er zu dieser Stunde nichts mehr zu sich, um das Sodbrennen nicht zu verschlimmern, das am Nachmittag heftiger wurde. An der Bar sitzend, sprach er nach dem zweiten Schluck von einem bitteren Likör, der die angenehme Eigenschaft hatte, seine Schmerzen zu lindern, vorsichtig den Parteisekretär an, einen hochgewachsenen, bläßlichen jungen Mann, der ihm aufmerksam zuhörte, während er hinter der Theke Gläser abtrocknete.

»Ich möchte Sie um einen Gefallen bitten, Compañero.«

»Selbstverständlich, Don Carlos.«

»Doch diesmal muß es unter uns bleiben. Erledigen Sie es diskret, und sprechen Sie bitte nicht darüber.«

»*Natürlich*«, das Wort kam ihm spontan, notgedrungen sprach er die Sprache, die er beim Spielen und in der Schule gelernt hatte.

»Zwei Personen, die aus der Heimat kommen, müssen in Empfang genommen werden.«

»Ich verstehe«, meinte der junge Mann.

»Diesmal sind es aber keine Genossen.«

Der junge Mann ließ das Glas und das Handtuch auf der Theke, darauf gefaßt, etwas ganz Neues zu hören.

»Ich möchte, daß Sie mir im Namen einer Frau helfen, die nicht kommen kann, um ihre Eltern abzuholen.«

Während der Unterhaltung mit dem Konsul hatte Don Carlos in einem besonders traurigen Augenblick, vielleicht als der Staatsbeamte von den Stapeln sprach, die sich in den Kellerräumen des Ministeriums häufen, eine deutliche Vision gehabt, die ihn wie eine klaffende Wunde schmerzte: Lorenas Eltern früher auf einem Hochzeitsfest unter den Weinranken eines Hauses in Nuñoa. Er hatte einen silbernen Salzstreuer verschenkt, ein kleines Präsent, das er heimlich aus der Jackettasche gezogen hatte, als Lorena und Mario die Torte unter dem Applaus der Gäste anschnitten. Beim Tanz mit der Braut hatte er ihr den kleinen, glänzenden Gegenstand in die Hand gelegt und sie ihr dann zur Faust geschlossen mit den Worten, das, was sie da mit der Wärme ihrer Hände umfinge, sei das ewige Glück, denn so habe er es von Kind auf gehört, Sprüche und phantastische Geschichten in Zusammenhang mit dem Salz, der Liebe, der Zeit, die für die Liebenden kommen wird. Er stellte sich Lorenas Eltern vor, wie sie von der Scheidung erführen. Er sah sie so gekleidet wie am Hochzeitsabend, fein gemacht und voller Würde in all ihrer Einfachheit, aber jetzt nicht mehr unter den sommerlichen Ranken, sondern im Schnee versinkend, der sich am Grenzübergang Checkpoint Charlie anhäufte. Sie standen ganz allein an der Schranke der Volkspolizei, darauf wartend, daß man ihnen ein Visum aushändigte, ohne das es unmöglich war, diese Mauer zu überwinden.

Dieses Bild vor Augen, hatte er sich dem kalten Wind auf dem Platz ausgesetzt, war in das unterirdische Labyrinth der U-Bahn hinabgestiegen und dann an die Bar in La Batea gegangen, um den Parteisekretär zu bitten, die Angelegenheit möglichst diskret zu erledigen. Wenn er mit den Freunden aus der Heimat zum Grenzübergang Friedrichstraße käme, würde er ihn dort mit den Visa erwarten.

Das Bild hatte ihn auch noch nicht verlassen, als er am Nachmittag im Parteibüro vorbeisah und die Bombe platzte. Der Brief vom Ministerium war gegen vier eingetroffen, und aus dem Großen Parteibüro war schon angerufen worden, um eine außerplanmäßige Sitzung einzuberufen. Als er den Brief vom Ministerium ganz gelesen hatte und daraufhin die Kopie des Briefes, den Lorena geschrieben hatte, wich die quälende Vorstellung von den entsetzten Eltern einer noch pathetischeren, obwohl es sich nicht nur um eine Vorstellung handelte, sondern um den sehr greifbaren, konkreten Ausdruck der Niedergeschlagenheit, mit dem ihn die vier Direktionsmitglieder ansahen, voller Erwartung auf seine Aussage zu diesem Frevel.

»So eine Unverschämtheit ist mir in all den Jahren noch nicht untergekommen; ich weiß gar nicht, was ich dazu sagen soll«, wiederholte der Senator und lief wieder von der Küche zum Balkon, ein ums andere Mal die gleichen Worte, das gleiche Argument, die gleiche tiefsitzende Bitterkeit.
»Ich finde es ein vollkommen legitimes Anliegen, selbst wenn man ihren Standpunkt nicht teilt«, widersprach Mario und setzte die zweite Teetasse auf dem Tisch ab.
»Ihr Schwiegervater ist ganz und gar nicht dieser Ansicht, Compañero. Wollen Sie den Brief sehen, den der Minister uns geschickt hat?«
Mario spürte, daß der Ton, den Don Carlos anschlug, seinen Ärger über noch etwas anderes verriet. Nicht nur an Lorenas Brief nahm er Anstoß, sondern auch an dem Brief, den der Minister dem Parteibüro geschickt hatte.
»Halten wir die Dinge doch auseinander, Don Carlos. Wenn es eine offizielle Angelegenheit ist, hat mein Verhältnis mit Eva nichts damit zu tun. Und was ich denke,

ist genauso unabhängig von dieser offiziellen Meinung wie von meinen privaten Beziehungen. Eva darf in die Geschichte nicht mit hineingezogen werden. Bitte vergessen Sie das nicht.«

»Es scheint gerade so, als sei es Mode, von einer offiziellen Meinung zu reden und sich dann von ihr zu distanzieren.«

»Was habe ich denn damit zu tun, was das Ministerium sagt?«

»Eigentlich nichts. Ich wollte Sie nur daran erinnern.«

»Woran erinnern?«

»An mein Treffen mit dem Konsul von heute morgen. Der offizielle Vertreter steht nicht hinter der offiziellen Politik.«

»Wenn Sie dabei an den Minister denken, so bin ich nicht sein offizieller Vertreter. Ich bin lediglich der Freund seiner Tochter, und sie billigt diese Ungeheuerlichkeit, die dort geschieht, genauso wenig.«

»Ungeheuerlichkeit?«

»Ja. Lorena aus dem Land zu werfen. Das ist ein Schlag gegen die Oppositionellen.«

In seiner Erregung war Mario das verpönte Wort entschlüpft.

»Genau das ist der Punkt. Nach all den Jahren ein erneutes Aufflammen der Opposition.«

Der Senator bezog sich auf eine frühere Krise: den berühmten Streik, den wir in Leuna, der Kohlegrube, organisiert hatten, in die die Exilierten »bürgerlicher Herkunft« gesteckt worden waren, mehrere Dutzend Intellektuelle – vor allem Akademiker, Schauspieler, Journalisten und Ex-Diplomaten – mit der sehr noblen Absicht, uns zu proletarisieren.

»Unzufriedenen«, meinte Mario, wohl wissend, daß er verloren war.

»Sie sagten aber Oppositionelle«, beharrte der Senator, während er noch eine Tasse Tee servierte.

Kapitel VI

Jason: Wie hätte ich es als Verbannter besser treffen können, als mich mit der Königstochter zu vermählen.
Medea, Euripides

Wie sehr ich auch suche, ich finde nicht die passenden Worte, um Deine Bosheit und Deine Feigheit zu beschreiben. Denn anzudeuten, mein Schicksal hinge vom großzügigen Einschreiten der Person ab, die mir das schlimmste Leid meines Lebens zugefügt hat, ist nichts als die reinste Bosheit.
Wann habt Ihr denn beschlossen, sie solle bei ihrem Vater ein Wort für mich einlegen, bei der Person, die den Befehl zu meinem Landesverweis unterschrieben hat? Vor oder nach der Liebe? War es der Mond oder vielleicht Deine Liebkosungen oder der Wein, den Ihr, wie Du es ihr sicherlich beigebracht hast, gemeinsam im Bett genossen habt, was ihr Erbarmen geweckt hat?
Oder läßt Euch die neue Strafe, die Du mir angekündigt hast, etwa nicht mehr ruhig schlafen? Bin ich Euch zum unerträglichen Schreckgespenst geworden? Eint uns etwa die Schlaflosigkeit, wenn wir uns nachts unruhig in den Laken wälzen?
Du mußt mir jetzt zuhören.
Ich war Dir immer treu. Das wissen alle, die sich mit uns eingeschifft haben; alle, die auf diesem ziellos treibenden Schiff bei mir und bei Deinen Kindern geblieben sind.

Wie Du oft ganz richtig sagtest, war ich für Dich das rettende Licht. Aber das, was in mir für Dich geleuchtet hat, ist das Licht, das ich im Haus meiner Eltern stahl, die durch meine Schuld jetzt so allein im Dunkeln sind. Wenn Du wüßtest, wie sehr ich mich danach sehne, bei ihnen zu sein! Wie sehr ich mich danach sehne, bei meinen Schwestern zu sein, sie in die Arme zu schließen, sie mit Küssen zu überhäufen, auch jedes ihrer Kinder zu küssen, die ich nicht einmal kenne!

Wie gerne wäre ich jetzt im Haus meiner Eltern unter Weinranken beim sommerlichen Frühstück. Ich sehe mich am Tisch sitzen, zusammen mit allen, die mich vorbehaltlos lieben. Darunter auch die Ehemänner meiner Schwestern, die mich zwar nicht kennen, aber dennoch mehr achten, mehr lieben als Du und die sogar, dessen bin ich gewiß, bereit wären, Opfer für mich zu bringen, wie Du es nie getan hast. Wie gerne würde ich die Angetrauten meiner Schwestern kennen!

Tatsache ist doch: Ich habe meine Liebsten verlassen, um Dir zu folgen, denn als Ehefrau war das meine Pflicht, so wie es Deine war, mich nicht so fern den Meinen alleinzulassen. Für Dich habe ich immer alles getan, obwohl ich meiner Familie damit Kummer bereitete. Genauso wie Du. Treu zu der Frau haltend, die Dein Unglück mit Dir teilte, und zu den Kindern, die aus dieser Treue hervorgegangen sind.

Ich besehe meine rechte Hand, die so oft glücklich in Deiner lag, und mit der anderen streichle ich meine Knie, wie Du es zu tun pflegtest. Wie traurig ist doch das Verlangen meines Leibes. Und wie traurig ist auch mein Leib. Durch meine Adern fließt nicht nur Blut, sondern auch die Zeit.

War das der Grund für Deinen Wahnsinn? Erinnert die Verehrte Dich vielleicht an meinen Mädchenkörper? An

meine jugendlichen Knie, im Bett abgestützt Deine Hüften streichelnd? An meine festen Brüste?
Wie gut kann ich Dich verstehen! Gerade erst habe ich erfahren, was ich an der Seite eines jungen Mannes empfinden kann. Und doch würde ich dafür meine Kinder nicht verlassen. Auch Dich würde ich nicht verlassen, denn Du kannst ja nichts für Deine Jahre. Und auch mich selbst würde ich nicht verlassen, um gegen den Strom meiner Jahre zu schwimmen.
Deine unendliche Güte rührt mich zu Tränen: Daß Du zugestimmt hast, während des Besuchs meiner Eltern bei mir zu bleiben, wenn Du auch betonst, daß diese großzügige Bereitschaft nur für wenige Tage gilt. Ja, es geht nur um wenige Tage. Ist Dir denn nicht klar, Du Ausbund an Feingefühl, daß es für mich immer zu wenige sein werden? Kommt Dir nicht der Gedanke, daß es auch für Deine Kinder, die all die Zeit von Deiner Rückkehr geträumt haben, zu wenige sein werden? Oder erwartest Du etwa zu hören, daß es viele sind, damit Du Dich von Deiner Zusage entbunden fühlen kannst? Also gut: Ich kann auch sagen, es sind viele. Viele, wenn ich jede Stunde heucheln muß bis an die Grenze des Erträglichen; wenn ich so tun muß, als gehöre mir, was ich schon längst verloren habe; wenn ich mich über Deine Nähe freue, obwohl ich weiß, daß sie vorgetäuscht ist; wenn ich denen, die mir am nächsten stehen, eine Zufriedenheit vorspiele. Wenige oder viele? Je nachdem, was man noch lebendig fühlt; je nachdem wieviel Leben noch in Deinen Adern fließt.

Der Schlüssel im Schloß.
Gleich würde Mario die Wohnung in der Karl-Liebknecht-Straße betreten. Auf einmal mußte er an eine Geste oder einen Klang aus früheren Zeiten denken; im

Haus in Seminario mußte man den Schlüssel nur leicht nach rechts drehen, wenn er bis zum Anschlag im Schloß steckte, ihn dann ein bißchen herausziehen und nach oben drücken; wenn man das metallische Quietschen hörte, konnte man ihn mühelos umdrehen und die Haustür ging auf. Warum mußte er jetzt daran denken? Warum meinte er, das Quietschen der Tür zu hören und die Stimme seines Vaters, die zum wiederholten Mal sagt: »Nein, nein. Du mußt ihn wieder ein wenig herausziehen, wenn er ganz drin steckt, dann hebst du ihn an und fertig, siehst du?« Jahrelang behielt das Schloß diesen kleinen Makel, der zu so vielen anderen hinzukam, die sich hier und da zeigten, der zerbrochene Dachziegel, die drei gelockerten Fliesen unter der Markise, der Stein, der sich im Keller manchmal löste und herausfiel, obwohl einer ihn immer wieder aufhob und in das Loch steckte, aus dem schon der Zement herausgebröckelt war, wo er dann wieder ein paar Jahre blieb, als sei nichts geschehen. Wer wird sich jetzt wohl um diese kleinen Absonderlichkeiten kümmern? Wer würde aufs Dach steigen? Wer würde den alten Herrn in seinem Rollstuhl hinausfahren, damit er ein wenig in der Mittagssonne sitzen konnte? Plötzlich kam ihm etwas, woran er noch nie gedacht hatte: all die Jahre über hatte das Schloß diesen kleinen Fehler, doch niemals wurde der Schlosser gerufen. Die ganze Familie mußte den kleinen Handgriff lernen – denn es ist nur ein kleiner Handgriff, sagte der Alte –, und so lernten auch die Dienstmädchen nacheinander den Trick; desgleichen der Gärtner und, als dieser ausblieb, der Gärtnergehilfe; selbst Tante Lydia hatte er, wie Mario sich nun entsann, den Trick gezeigt, als sie kam, um Papa nach seinem Schlaganfall zu pflegen: »Sie müssen ihn wieder ein wenig herausziehen, wenn er bis zum Anschlag drinsteckt und dann sanft anheben, nicht daß

Ihnen der Schlüssel noch abbricht, Tante; so, sehen Sie, wie einfach das ist?« Auf die Art wurde das prekäre Gleichgewicht zwischen fortschreitendem Verschleiß des Schlosses und dem allseitigen Geschick, das man entwickelte, um den Defekt zu beheben, für Mario schließlich das sicherste Zeichen des Familienzusammenhalts. In den letzten Jahren waren sie aus verschiedenen Gründen allmählich auseinandergegangen. Mario hatte geheiratet und Abschied genommen von Seminario. In den drei nachfolgenden Jahren taten dies auch seine Brüder. Sie lebten in verschiedenen Häusern – mit anderen Türen und anderen Schlössern –, diskutierten von Mal zu Mal verbissener, so daß das Sonntagsmahl bei der Familie immer mehr zur Qual wurde. Er besuchte seine Eltern fortan lieber am Sonnabend. Gegen eins traf er mit Lorena ein. Das metallische Kreischen des Schlosses war der Prolog für eher langweilige Mahlzeiten. Diese lebenslängliche Strafe lastete auf ihnen; sie meinten, diese Mahlzeiten am Sonnabend würde es ewig geben. Da fiel ihm ein, daß er vor einigen Nächten geträumt hatte, er stünde endlich wieder vor der Tür. Den Koffer auf der einen Seite auf dem Boden, auf der anderen Seite lächelte der Alte ihn boshaft an, so als wolle er ihm eins auswischen, während er ihm den Schlüssel reichte: »Kannst du dich noch an den Trick erinnern?«
Plötzlich waren Tür und Lächeln verschwunden. Er war aufgewacht, schweißgebadet, vor Kälte zitternd und mit Kopfschmerzen. Er hatte zu Eva geblickt, die schlief. Dann hatte er sich vorgestellt, wie sie tief durch seinen Traum reiste, den er nicht mehr rekonstruieren konnte. Er hatte sich im Bett aufgesetzt. Gerade hatte er noch das metallische Quietschen im Schloß gehört. Dabei waren schon zwölf Jahre vergangen!
Warum mußte er nur jetzt daran denken? Warum hatte

er dies im folgenden Traum schon wieder vergessen? Jetzt hatte er den Schlüssel im Schloß und würde gleich sein Haus betreten. Aber das war gar nicht sein Haus: Es war Evas Wohnung in der Karl-Liebknecht-Straße 9, gegenüber vom Alexanderplatz. Dort war ihm vor zwei Wochen sein Zuhause im Alptraum erschienen.
Eva zahlte für die Wohnung hundertvierzehn Mark pro Monat, zehn Prozent ihres Gehalts an der Humboldt-Universität, so wie das Gesetz es vorschrieb. Es war eine gute Wohnung mit zwei Schlafzimmern, einem Wohn-Eßraum und einer ziemlich großen Terrasse. Eigentlich war es auch nicht Evas Wohnung, sondern der Platz, den der Staat Eva zugewiesen hatte, damit sie dort wohnen konnte, außer wenn sie den Staat durch ein schweres Vergehen dazu veranlassen würde, ihr dieses Privileg wieder zu entziehen.
Die Terrasse ging zur Steinfassade der Marienkirche, einer Kirche aus dem dreizehnten Jahrhundert, deren Umrisse so mitten im Schnee, der schon seit Tagen auf dem Alexanderplatz lag, schärfer hervortraten. Als Mario die Kirche zum ersten Mal dort sah – im letzten Winter, genau ein Jahr zuvor – war ihm ein Bild eingefallen, das er irgendwo einmal gesehen hatte. Es war Mitternacht, Christiane und Gunter waren nach der zweiten Flasche Wodka gegangen, und nun stand er zum ersten Mal mit Eva auf dieser Terrasse, Kälte und Wind trotzend, vor diesem Panorama, das sie ihm als das schönste zeigte, das sie je im Leben gesehen hatte, glücklich, daß dieses Wunder sich zufällig vor ihrer Terrasse ausbreitete. Bei dem Szenario, das Mario vor Augen hatte, und auf dem Bild, an das er sich vage erinnerte, hatte ihn vor allem der Kontrast zwischen dem Dunkel des Himmels und der salinenartigen Wirkung des Schnees beeindruckt, gedämpft durch das warme Laternenlicht, und im Gegensatz dazu

das bläuliche Vollmondlicht neben dem Glockenturm. Er hatte lange die weiße Fläche, den weißen Kreis am Himmel betrachtet, die Kirche und den goldenen Schimmer der Laternen, der sie so greifbar nahe, so präsent wirken ließ. All das war in jener unerwarteten Nacht Gegenstand eines Trinkspruchs gewesen. Von der Terrasse aus blickte Mario auf das Panorama. Er versuchte, sich wieder das Bild vorzustellen, das all das vorwegnahm, in der Ahnung, daß dieses Bild etwas vom Geheimnis dieser Nacht barg. Er spürte Eva an seiner Seite, vernahm den sanften Rhythmus ihres Atems, wandte das Gesicht nach ihr um und schaute sie an. Er sah, daß auch sie die Aussicht betrachtete, und wußte, daß sie dasselbe empfanden. Und er konnte sehen, wie aus Evas halbgeöffnetem Mund ihr Atem mit seinem in die geheimnisvolle Nacht entschwebte.

Mitte November – *Im traurigen November war's* – erhielt Mario eine Nachricht mit Folgen, die damals noch nicht abzusehen waren, ein weiterer Wandel zu den vielen Veränderungen, die er bereits erlebt hatte. Kein roter Kreis auf seinem Briefkasten kündigte sie an, denn sie erreichte ihn nicht in der üblichen Form des Telegramms. Es war ein einfacher Telefonanruf. Die mangelnde Dramatik wurde freilich durch die Ungeheuerlichkeit der Mitteilung wettgemacht. Er verstand die Neuigkeit – ein möglicher Vertrag für ein Filmskript – als leicht verspätete Anerkennung seines Könnens und als Chance, endlich seine momentane Lage zu verbessern. Obwohl im *Ghetto* seine Lage noch als eine der besten galt, wenn sie auch nicht optimal war; denn wir wußten, daß Mario zwar seinen Lebensunterhalt verdiente – was in unserer Gemeinschaft die Ausnahme war –, doch nicht im gewünschten Beruf. Uns war aber auch bekannt, daß Mario seit jeher versuchte, sich aus Situationen zu befreien, in die er sich

freiwillig begeben hatte. Noch nie war uns jemand begegnet, der mit solch verzweifelter Entschlossenheit versuchte, sich selbst zu entfliehen.
Der Anruf, der Mario zu Anfang des letzten Winters erreichte, kam von einer Übersetzerin, die er vor Jahren auf einer Solidaritätskundgebung für Neueingetroffene aus Chile kennengelernt hatte. Sie schlug ihm vor, ein Drehbuch für einen jungen Regisseur zu schreiben, der hellauf begeistert war von den Erzählungen, die jüngst erschienen waren. Dem jungen Regisseur – der bereits die Vierzig erreicht hatte – wurde endlich die Möglichkeit geboten, einen Spielfilm zu drehen, vorausgesetzt, er reichte ein interessantes Projekt ein. Er meinte, die Geschichte von Exilanten hätte die besten Chancen, bewilligt zu werden. Auch Mario war der Nutznießer des mit den Jahren wie von selbst erfolgenden Aufstiegs: Nach der lobenden Kritik für seinen ersten Erzählband war so etwas zu erwarten. So ging er, in seiner Selbstachtung gestärkt und schon mit dem Traum von der Premiere und dem damit verbundenen Rampenlicht zum ersten Treffen.
Er stellte sich ein Gespräch vor, in dem es um ihn ging, eine Würdigung seines Könnens und die anschließende Unterzeichnung eines Vertrags, der es ihm erlauben würde, sich ausschließlich dem Schreiben zu widmen. Der Unterschrift würden natürlich mehrere Gläser Sekt vorausgehen, und nach der Unterzeichnung würde er verkünden, einen Teil der Summe wolle er der Solidarität mit Chile spenden. Die Idee, daß es einen solchen Vertrag vielleicht gar nicht geben würde, kam ihm nicht. Denn es war lediglich ein Projekt, und wir alle kannten den langen Leidensweg solcher Projekte, der fast immer mit einer Dornenkrone und einer großen Enttäuschung endete. Doch das Treffen war wirklich zustandegekommen,

mit viel Sympathien, mit Sekt und der Wette auf ein glückliches Ende – obwohl Gunter sich mit glücklichen Ausgängen schwertat –, mit der Begeisterung des jungen Regisseurs und einer Überraschung: etwas, was Mario nicht hatte ahnen können, als er den Anruf erhielt; denn die Katze war dort aus dem Sack gesprungen, wo es am wenigsten zu erwarten war, und direkt auf den Platz neben Mario, als sei sie dazu da, stets um ihn herumzustreichen; zuerst auf dem Sofa, dann am Tisch auf dem Platz neben ihm und schließlich im Bett.
Bevor er eintrat, fragte Mario sich unentschlossen, ob er den Schlüssel umdrehen sollte oder nicht, was ihn schon den ganzen Nachmittag über beschäftigt hatte: Sollte er es ihr jetzt gleich sagen, oder wäre es besser, bis zum nächsten Tag zu warten? Es ihr jetzt zu sagen, konnte eine schlaflose Nacht bedeuten. Und wenn die Sache unangenehm würde, wenn sie ihn bäte, augenblicklich die Koffer zu packen und zu gehen ... wo sollte er dann hin? Er war nicht berechtigt, sich in ein Berliner Hotel einzumieten, denn in seinem *Ausweis* hieß es ausdrücklich, daß Berlin sein Wohnsitz war. Also müßte er bis nach Potsdam fahren, wie schon einmal, um dort für ein paar Tage zu bleiben, und morgens eineinhalb Stunden Fahrt in Kauf nehmen, ebenso nachmittags, was eigentlich nicht mal so schlimm war, zumal wenn einem keine andere Wahl blieb. Ja, Potsdam war der nächste Ort, in dem ein Berliner ein Hotelzimmer nehmen durfte ..., wenn man Glück hatte und eins frei war. Scheißleben. *Sollte er es ihr jetzt sagen*? Besser, er wartete noch bis morgen.

Marios und Evas Gewohnheiten paßten zueinander, und das war gut so. Noch besser, daß es ihnen gelungen war, sich in so kurzer Zeit aufeinander einzustellen. Eigentlich hatten sie schon von der ersten Nacht an zusammengepaßt. Wenn es dunkel wurde – im Berliner Winter freilich erst lange nach Beginn der Dämmerung – ging Eva wie ein Pfau ins Bad. Nicht daß Eva sich etwas eingebildet hätte. Sie mochte einfach das uneingeschränkte Alleinsein im Bad, die Wärme des Wassers, wenn die Badewanne einlief, die Auswahl an Badesalzen, das Eau de Toilette, das Zurechtmachen, womit sie ihr Erscheinen hinauszögerte, während Mario den Tisch bereits mit ungarischem Wein und Stör gedeckt hatte, der nach Evas Besuchen im Haus ihrer Eltern – besser gesagt an ihrem Kühlschrank – auftauchte. Pünktlich um sieben kam er von der Universität heim, nachdem er wie üblich einen Bummel über die Spreebrücken gemacht hatte. Um die Zeit befand sich Eva fast immer schon im Bad, und er machte sich daran, die Köstlichkeiten fürs Abendbrot fertigzumachen. Mit Sorgfalt widmete er sich den Kerzen, dem Käse – der wie der Wein die richtige Temperatur haben mußte – und der kulinarischen Überraschung des Abends, manchmal ein Stück eingelegter Fisch oder Zungenscheiben, die er vorzüglich in Mandelsauce anzurichten verstand. Sie stimmten auch in der Art der Verständigung überein. Mario betrat das dampferfüllte Badezimmer und hockte sich neben die Badewanne. Der Kuß war feuchtwarm und gleitend, einfach anders. Dann genoß er den Anblick von Evas Körper, betrachtete ihre in der Wärme des Wassers gerundeten Reize, erzählte in diesem friedlichen Beisammensein von den kleinen Ereignissen des Tages. Eva war zierlich und hübsch so im Wasser, wie ein Fisch in seinem natürlichen Element; und wenn sie sich umdrehte, um nach dem kalt beschlagenen Wodkaglas zu greifen, das Mario ihr in Reichweite hingestellt hatte – diesen Obolus, mit dem er sich den Zutritt zu diesem intimen Reich erkaufte –, wühlte sie mit den Beinen das Wasser auf, wobei ihre Brüste in den Kräuselwellen anzuschwellen schienen; dann hob sich ihr Arm, schüttelte das Wasser ab, ein Geschenk ihrer feuchtglitzernden Vollkommenheit, der Glanz der dem allabendlichen gemeinsamen Gläschen vorausging. Doch der Obolus, den Mario ersann, um in Evas intimes Reich vorzudringen, bestand nicht nur aus dem Wodka in einem eisgekühlten Glas. Darüber hinaus gab es noch den Brauch mit den Geschenken: Jeden Abend kam Mario mit einer Überraschung heim, wenngleich es immer schwieriger wurde, sie mit etwas Neuem zu beeindrucken. Ein alter Salzstreuer, ein neuerschienenes Buch, ein Stück Kuchen, eine Blume, ein winziges Gedicht, das er in der U-Bahn verfaßt hatte, Badesalz – bescheidene Geschenke, dargeboten in der feuchtwarmen Intimität des Bades.

Seit Eva an unseren Abenden teilnahm – wir lernten es, sie Efa zu nennen, die schöne Efa, Efa, die Sanftmut, Efa, der Traum, Efa, der Kummer und die quälende Eifersucht (derer, die sie nicht besitzen konnten) –, fügte sich durch ihre Erzählungen und die Bemerkungen der Männer, falls sie sich mal nur unter sich zu Barbesuchen trafen, allmählich die private Geschichte ihres Vaters, Hermann Grünberg, des Ministers, und die abenteuerliche Liebesgeschichte, um die sich die Legende von Hermann und Paula spann, zusammen. Alles spricht dafür, daß die dramatischen Ereignisse von damals die romantische Aura rechtfertigen, die diese Geschichten in den Herzen unserer flügellahmen Gemeinschaft schuf.
Als Hermann sich im Deutschland von 1934 für das Abenteuer entschied, brauchte man nur den ersten Schritt zu tun, um sich sogleich mitten im Geschehen zu befinden. Wahrscheinlich wußte er – oder ahnte zumindest –, als er diesen Schritt tat, daß er eine Kette von Er-

eignissen in Gang setzte, in die er sich fügen mußte. Dieser erste Schritt war, wie es scheint, viel weniger freiwillig – nach unserer Ansicht auch weniger unabhängig –, als Hermann meinte. Eines Abends gestand er Mario, welche er für die wichtigste Entscheidung seines Lebens hielt, die ihm auch am wenigsten schwer gefallen war: seine erste Frau am Tag nach der Hochzeit zu verlassen, um nach Spanien zu gehen und sich in den Dienst der Republik zu stellen. Natürlich hatte er vorher bereits Verluste erleben müssen und nicht minder schmerzliche Trennungen vollzogen. Im Jahr '33, als er in die Offiziersschule eintrat, war er noch ein deutscher Staatsbürger, der seine Bürgerpflicht tat. Ein Jahr später, als er verjagt wurde, war er ein Jude, noch dazu mit dem Makel, Kommunist zu sein. In Berlin verschärfte sich die Lage von Tag zu Tag, ebenso die Angriffe der Rollkommandos. Bei einem Zusammenstoß, der sich bis in die Umgebung des Reichstags abspielte, wurde Hermann festgenommen. Zum ersten Mal machte er Bekanntschaft mit dem Gefängnis, mit der Ungewißheit, der Angst und auch dem glücklichen Ausgang seiner Rettung. Eine Eingabe seines Vaters bei einem Freund des damaligen Innenministers (oder desjenigen, der die entsprechende Machtposition innehatte) ermöglichte es ihm, die Gefängnissprache in die des Exils umzuwandeln. Eines Abends erzählte der Minister Mario diese Episode aus seiner Vergangenheit – er, der es stets als überflüssig erachtete, irgendein Ereignis zu erwähnen, das nicht zum »schmerzlichen objektiven Prozeß des Kampfes zwischen feindlichen Klassen« gehörte, »aus denen die Weltgeschichte besteht«, wie Mario es, getreu der Definition der *Parteischule* viele Male aus seinem Munde vernommen hatte. Mario kam dabei zwangsläufig eine andere Erinnerung: das Gefängnis des jungen Berliner Kommunisten ließ ihn an das denken, das er selbst noch vor seinem achtzehnten Lebensjahr auf einem Polizeirevier in Santiago kennengelernt hatte; er verspürte wieder die gleiche Ungewißheit, die gleiche Angst. Er war im Kerker und rechnete damit, daß die Festnahme schlimm enden würde. Er mußte an Folterungen denken, die damals nur an fernen Schauplätzen geschahen. Um gegen seine Furcht anzugehen, klammerte er sich, wie ihm jetzt einfiel, an die Vorstellung von zeitlicher und seelischer Nähe. Er dachte an Lorena, die er am Abend vor dem Streik kennengelernt hatte, wo sie gemeinsam die Alameda bis Estado entlanggelaufen und dort dann festgenommen worden waren. Er dachte an ihren weißen Schal, der wie ein Banner oben an ihrem schlanken, in die blaue Schuluniform gehüllten Körper gehißt war. Er dachte auch daran, daß am Vorabend, als er mit dem Streikaufruf zum Indianápolis gekommen war, Lorena dort mit den Kollegen der Theatertruppe neben ihrer Freundin Patricia gesessen hatte. Diese neue Erscheinung in dem Café, dieses hübsche Mädchen, das ein Stück von García Lorca probte, das Sartre las, das auf dem Cafétisch ein Exemplar von *La Nausée* liegen hatte neben einer Baskenmütze und einigen Äpfeln, hatte ihn beeindruckt. Mario rief dieses Bild wieder wach, um die Angst zu verscheuchen, und erinnerte sich an Lorenas große Augen, als sie ihm während der Demonstration von der anderen Kundgebung erzählte, bei der sie sich an jenem nur leicht sonnigen Aprilmorgen kennenlernten. Vom Marsch der Kohlearbeiter von Lota nach Santiago zur Verteidigung ihrer Löhne und ihrer Arbeit. Er erinnerte sich an ihr mädchenhaftes Lächeln, als sie ihm von Tolstoi erzählte, sie hatte schon *Der lebende Leichnam* gelesen und wollte sich jetzt an *Der Tod des Iwan Iljitsch* machen. Sie sprachen über Bücher – kamen dabei einander näher wie zwei frisch entfachte Feuer, und von Büchern sprechen, hieß das Feuer schüren –, als die Carabineros eintrafen und einen allgemeinen Aufruhr in der Alameda auslösten. Er konnte noch sehen, daß sie auch Lorena festnahmen, und die ganze Nacht über, die er in der Zelle verbrachte, mußte er verzweifelt daran denken, daß Lorena zur gleichen Zeit litt, und doch war er auch überglücklich darüber, daß sie an zwei verschiedenen Orten das gleiche durchstanden. Am folgenden Abend, als der Senator kam, um ihn herauszuholen, erwartete Lorena ihn auf der Wache. Jetzt fiel ihm ein, wie jung der Senator damals noch war und daß Lorena ihn reizend fand, ja sogar attraktiv. Sie verließen das Polizeirevier beim Geräusch der zusammengeschlagenen Hacken, womit der Gendarm erneut der Autorität huldigte, und liefen in Richtung Alameda, bis sie das Indianápolis erreichten. Dort lud der Senator sie zu einem Kaffee ein und sie sprachen über den Aufmarsch, den Streik und eine Nachricht, die die Leute in jenen Tagen in Atem hielt: den Bau der Berliner Mauer. Lorena wollte die Meinung des Senators hören.

Mario erinnerte sich jetzt wieder, daß sie ihre Frage damals schroff, ja fast unhöflich stellte. Und beim Anblick der harten Gesichtszüge des Ministers mit dem empfindsamen Ausdruck der Augen fiel Mario auch ein, daß der Senator ihnen an jenem Nachmittag versicherte, die Kommunisten seien zum Kampf für eine Welt ohne Beschränkungen, ohne Grenzen und ohne Mauer bestimmt. Dann erzählte er ihnen von Gagarin, und Mario konnte förmlich noch die Stimme des Senators hören: »Der einzige Mensch, der die absolute Freiheit erfahren hat, ist einer aus der Sowjetunion. Er hat die Gesetze der Natur besiegt und es geschafft, vom Weltall auf die Erde herabzuschauen wie auf eine Kugel ohne Grenzen, die sich für alle in der gleichen Form dreht.« Doch eine Stunde später, als er Lorena nach Hause begleitete, sagte sie in der Nähe eines Baumes von La Cañada: »Solange man in der Luft ist. Sobald man aber wieder auf die Erde kommt, sind die Grenzen und Kontrollen wieder da. Der Mann, der die Erde vom Kosmos aus so klein gesehen hat, durfte niemals sein Land verlassen.« Da er sich auf eine solche Diskussion nicht einlassen wollte, bestürmte Mario Lorenas Körper damals mit seinem und drängte sie schließlich in den Schatten unter dem Baum. Als sie sich später an ihrer Haustür verabschiedeten, erzählte Lorena ihm, nachdem sie sich geküßt hatten, habe sie durch das Laubwerk einen Stern gesehen, der sich bewegte. Ja. Auch in seiner Geschichte gab es eine Gefängniszelle, eine erste Liebe und einen ersten Kuß.

Doch kommen wir wieder zur Geschichte des Ministers. Auf den Rat seiner treuesten Freunde hin, und infolge dessen, was man tagtäglich auf der Straße erlebte, tauschte der zukünftige Minister, damals noch ein junger, frisch aus der Offiziersschule entlassener Mann, die Gefängniszelle gegen das Exil. Noch vor seinem neunzehnten Lebensjahr mietete er ein Zimmer in einer Züricher Pension. Als Mario die Geschichte hörte, konnte er nicht umhin, Vergleiche zu ziehen, eine weitere Parallele: Am Vorabend seines neunundzwanzigsten Geburtstages war er im Hotel für Parteifunktionäre am Spreeufer eingetroffen. Hier hörten die Gemeinsamkeiten allerdings auf; Heinrichs Geschichte entwickelte sich definitiv in eine andere Richtung. Doch bei den Gesprächen im Garten des Ministers entdeckten sie im Schatten bei den Schaukeln, während sie die ersten Knospen und das ewig vollkommene Grün betrachteten, eine weitere Parallele: Beide waren sie als Emigranten über Zürich gekommen; Hermann im Jahr vierunddreißig und Mario vierundsiebzig; das Wichtigste aber war: Auch Lenin hatte die Fremde in Zürich erlitten. Sie waren gerührt vom Gedanken an die drei Emigranten, die sich auf endlosen Spaziergängen verzehrten, zu verschiedenen Zeiten den gleichen Traum träumend. Würden Zeit und Ort sie zusammenführen, könnten sie freilich einander nicht erkennen. Und selbst wenn, so wäre es doch unwahrscheinlich, daß sie sich verstünden, da ihre Sprachen verschieden waren. Zürich, in den allabendlich über dem Fluß aufsteigenden Nebel getaucht, ist ein winziges, friedliches Babel mit seinen konspirierenden Vaterlandslosen mit dem Wunsch, das Ihre zu retten oder auch nur schnellstmöglich fortzukommen. Tatsache ist, daß es auf Erden nichts Widersprüchlicheres in der Seele eines Revolutionärs gibt als das ordentliche, langweilige Zürich, und doch landeten sie alle irgendwie dort. Für uns war das mehr als ein Grund zum Staunen und für unsere Nähe, vielleicht auch für unser ausgelassenes Gelächter, wenn wir getrunken hatten. Zürich voller in Ungnade gefallener Revolutionäre: Dieses Paradox war lange das Lieblingsthema unserer Abende.

Der Minister schenkte ihnen schließlich seine offizielle Einladung für die Premiere von *Dantons Tod* im Deutschen Theater. Tagelang hatten Eva und Mario alles getan, damit der Alte sich entschloß, nicht selbst hinzugehen, und ihnen die Karten vermachte. Man könnte meinen, gerade ein Minister bekam für jede Art von Aufführung und speziell für eine Premiere so viele Karten, wie er wünschte. Das stimmte. Nur nicht im Fall von Evas Vater. Er hatte noch nie etwas in Anspruch genommen, was ihm nach den Vorschriften oder dem Protokoll nicht zustand, und um auch jetzt keine Ausnahme zu machen, plante er eine Reise nach Halle – der Grund oder

der Vorwand war ein internationaler Kongreß zu Händels Werk –, und er kündigte pflichtgemäß an, daß seine Tochter ihn auf der Premiere vertreten würde. Die Aufführung war exzellent und der Applaus so endlos, daß kaum ein Schauspieler sich entsinnen konnte, daß der Vorhang sich jemals so häufig gehoben und gesenkt hätte. Nach der üblichen Feier im Theaterrestaurant – die angesichts des Erfolgs besonders fröhlich und ausgelassen war – kehrten Eva und Mario heim, öffneten einen Moldavia-Branntwein und sprachen über das Stück bis zum frühen Morgen. Es war, als wollten sie unausgesprochen der ersten Nacht gedenken, mit dem schwierigsten Kuß und der Diskussion über Bücher, was sie endgültig zusammenbrachte. Im Morgengrauen zogen sie sich aus, und der vage Geschmack nach Moldavia wirkte in der verlängerten Intimität der Küsse nach. Sie liebten sich und schliefen noch lange genug, um bald wieder zu spüren, daß sie zusammengehörten. Und dann verschwand Eva unter der Dusche, danach zum Kaffeetrinken in der Küche und schließlich aus der Tür, die sie lautlos ins Schloß zog, um ihn nicht zu wecken. Doch kaum war die Tür geschlossen, sprang Mario aus dem Bett und folgte Evas Schritten auf dem Fuße: ins Bad mit ihren Spuren an der Seife und im Kamm; dann in die Küche mit der gleichen Tasse, die er wegen der knallroten Spur am Rand liebte. Evas Spur, durch die ihre Lippen ihm diesen verspäteten, einsamen Kuß aufdrückten, vermischt mit dem Geruch nach Brot und Kaffee.
Er dachte, an diesem Morgen – den er dem Schreiben widmen wollte, denn am Donnerstag brauchte er nicht in der Universität zu unterrichten –, würde alles leichter sein und bei Evas Heimkehr könnte er sie mit drei oder vier Seiten von der Erzählung überraschen, die sie von der ersten Lektüre an gelobt hatte.

Doch Mario schrieb an diesem Morgen nicht eine Zeile. Wie vertrieb er sich nur die Zeit, wo er doch nach der zärtlichen Unterhaltung in aller Frühe so motiviert war? Was er tat, war, Stunde um Stunde über Büchner nachzugrübeln. Mit echten, schrecklichen Qualen. Nicht wegen Büchners frühem Tod – mit dreiundzwanzig Jahren infolge von Typhus, den Mario ohne Folgen mit fünfzehn gehabt hatte –, sondern weil Mario in wenigen Wochen zweiundvierzig würde. Bis zu seinem vierundzwanzigsten Lebensjahr hatte Büchner schon ein geniales Werk geschaffen. Und mehr als hundertfünfzig Jahre nach seinem Tod im Jahr 1837 schien er heute aktueller und erschütternder denn je; seine Schriften hatten überdauert und würden noch über Jahrzehnte, vielleicht Jahrhunderte weiter wirken. Wie war es nur möglich, daß er *Dantons Tod* mit einundzwanzig schrieb? Mario zündete sich schon die vierte Zigarette an diesem Morgen an, schob den Entwurf zu seiner Erzählung beiseite und betrachtete die kalte Sonne, die am Wolkenhimmel durchschien, bei der Frage: Wie konnte Büchner all das über die Französische Revolution wissen? Wie war es möglich, daß er bereits in so jungen Jahren ein so genaues Urteilsvermögen und eine so konsequente Abneigung gegen jegliche Harmonie hatte? Mario kehrte zum Tisch zurück, nahm das Programmheft zur Aufführung vom Vorabend – ein schönes Heft in Glanzdruck, das über seine ungeschickten Schreibversuche zu spotten schien – und las die biographischen Daten. Wie jeder angehende Schriftsteller neigte Mario zum Selbsthaß: Er griff mit Vorliebe bei seinen Vergleichen zu hoch, maß sich mit zu großer Elle, mit dem, was er am meisten bewunderte. Und so riß er eine Wunde auf, die blutete und schmerzte: Wenn Büchner mit einundzwanzig dieses Wunderwerk verfaßt hatte, konnte es dann einen Sinn haben, mit zweiundvierzig etwas zu beginnen, das sicher unvollkommen sein würde? Ein paar traurige Blätter, die nie auch nur entfernt dem vergleichbar sein würden, was Büchner schrieb, als er kaum den Kinderschuhen entwachsen war? Hatte es denn einen Sinn, etwas schlecht zu schreiben, das schon so gut geschrieben worden war?

Um drei Uhr kehrte Eva gehetzt heim; um vier war die Versammlung ihrer *Parteigruppe*. Sie war an der Markthalle vorbeigegangen, um russischen Salat und *Bratwürste* zu kaufen, die man zu Hause nur auf den Grill zu legen brauchte.

»Wie weit bist du mit der Erzählung?« fragte sie beim Händeabtrocknen vom Bad aus.

»Kein bißchen weiter«, sagte Mario, während er das Besteck auf den Tisch legte.

»Du weißt doch, daß es morgens nie klappt, vor allem, wenn wir kaum geschlafen haben. Nach der Siesta wird alles aus dir heraussprudeln, mein Schatz. So wie immer. Hat jemand angerufen?«

Jetzt hörte Mario das Zischen des Fleisches und das Klirren der Gläser beim Salzen und Pfeffern. *Soll ich es ihr jetzt sagen? Wann sage ich es ihr? Wie könnte ich ihr dieses Leid nur ersparen*?

Obwohl wir es uns schwer vorstellen konnten, hatten Eva und Mario nie ernsthaft erwogen zu heiraten. Es war schon skandalös genug, daß die Tochter des Ministers von ihrem Mann getrennt lebte. Wenn sie jetzt auch noch einen Ausländer heiratete, wäre es noch schlimmer geworden. Durch die Heirat mit einem *chilenischen Patrioten* lief sie Gefahr, an ein anderes Tabu zu rühren: die Frage der Ehe mit Ausländern. So lautete eine der beliebtesten Formeln, wenn man, was auch dann nicht leicht war, ein Ausreisevisum erlangen wollte, damit der Staatsbürger des Ersten Arbeiter- und Bauernstaates auf deutschem Boden über die Grenze kam, um in das Land des Ehepartners auszuwandern – oder dort ins Exil zu gehen. Mit Rücksicht auf die Position ihres Vaters und wahrscheinlich auch, weil sie sich schlecht vorstellen konnte, daß sie einmal in den Klatschspalten unter denen erwähnt werden könnte, die einen Ausländer heirateten, sprach Eva niemals von Ehe, nicht einmal als eine Möglichkeit in ferner Zukunft.

Doch wenn Eva davon auch nicht redete, kamen von ihr permanent Bemerkungen, wie lange das Parteibüro brauchte, um über Marios Scheidung zu beraten. Eine Sache war, keine Ehe anzustreben, aber daß Mario mit Eva lebte und weiterhin mit Lorena verheiratet blieb, war etwas ganz anderes. Vom Wunsch nach Normalität und Frieden in seiner neuen Beziehung beseelt und nicht etwa mit der Absicht, Eva definitiv zum Schandfleck in der sonst so unbescholtenen Biografie des Ministers zu machen, setzte Mario alles daran, sein Scheidungsverfahren zu beschleunigen. Schon deshalb, weil er dachte, eine Entscheidung des Parteibüros zu seinen Gunsten würde eine offensichtliche Tatsache besiegeln, und ein so deutliches Zeichen würde auch Lorena guttun. Noch deutlicher? dachten wir. Meint er mit ›offensichtlicher Tatsache‹ eine Absegnung ›von oben‹?

Als unverbesserlicher, oft zum Sarkasmus neigender Kritiker des Parteibüros brauchte Mario dennoch dieses Zeichen von dort. Andererseits brauchte Lorena – eine ebenso scharfe, vielleicht noch schärfere Kritikerin jeder Einmischung des Parteibüros in private Angelegenheiten – die Verzögerung, den Aufschub der allseits bekannten Unannehmlichkeiten des bürokratischen Verfahrens, denn irgendwie hielt das Parteibüro mit seinem Zögern die Vergangenheit wach, und für Lorena bedeu-

tete ein solches Festhalten an ihrer Vergangenheit mit Mario die wahre Realität.
Zu dem Zeitpunkt, als Mario mit seinem Glas Wodka mit Eis die Badewanne erstürmte, in der es Eva in ihrer Nacktheit erbärmlich kalt zu werden drohte, waren zwar die Fakten klar, nicht aber die juristische Situation.
Mario blieb mit Lorena verheiratet, obwohl er schon seit einem Jahr mit Eva lebte. Es gab keinen Grund, daran zu zweifeln, daß Mario Lorena nicht mehr liebte und in der neuen Liebe zu Eva endlich das Glück gefunden hatte, das bis ans Ende seiner Tage dauern würde. Der beste Beweis für diese Liebe war die Realität, und ihre Veränderung würde die Grundlage zerstören, auf die sie sich dem Anschein nach stützte. Was beide in Wahrheit glücklich machte, war, daß sie sich liebten und jeden gemeinsamen Moment genossen. Doch für Eva galt, daß dieses Glück nur greifbar war, wenn Mario immer bei ihr blieb. Als Mario seinen – eigentlich unfreiwilligen – Entschluß andeutete und ihr später erklärte, er wolle für ein paar Tage bei Lorena wohnen, meinte Eva daher, die einzig gültige und ersehnte Gemeinsamkeit, nämlich daß Mario mit ihr zusammen war, die Badewanne bestürmte, das Essen anrichtete, Nacht für Nacht ihr Bett und ihren Körper wärmte, werde nicht nur unerwartet, sondern auch durch eine Lüge zerstört. Für Eva war alles Lüge, was von Marios alltäglichen – oder allnächtlichen – Versprechungen abwich. Im Laufe des vergangenen Jahres hatte sie diese weniger als Versprechungen, sondern vielmehr als feste Zusagen aufgefaßt.
Eva fand, wenn Mario bei ihr lebte, sei das Liebesbeweis genug, weshalb sie niemals mehr verlangte. Ohne sich dessen bewußt zu sein, hatte sie während des gemeinsamen Jahres gemeint, sie könne auch nicht weniger verlangen. Die Wirklichkeit dieser Liebe bestand im täg-

lichen Zusammensein. Und sie empfand eine Veränderung dieser Situation als Rückschritt, als Liebesentzug. Als sie damals gemerkt hatte, daß sie Franz nicht mehr liebte, hatte sie ihm nämlich gesagt, sie müsse ein paar Tage allein sein; daher nahm sie jetzt an, daß Mario ähnlich dachte. Schlimmer noch. Denn egal was Mario sagte, er würde nicht nur ohne sie sein, sondern auch wieder mit Lorena zusammenleben. Jedes von Marios Argumenten erinnerte sie – fast wortwörtlich – an die Ausreden, die sie Franz gegenüber gebraucht hatte. Sie konnte ihre eigene Stimme einfach nicht aus dem Gedächtnis tilgen, ebensowenig wie sie Marios Stimme vergessen konnte: diese Stimme und diese Worte, Androhung von etwas, das eine schreckliche Erinnerung werden würde.
Aufgrund der sich ergänzenden gemeinsamen Gewohnheiten wußte Eva von der Badewanne aus, daß Mario auf dem Balkon stand und auf den Alexanderplatz blickte, auf die verschwommenen Laternenlichter im Nebel und die golden angestrahlte Marienkirche. *Warum habe ich es ihr gesagt? Warum nur?* In einem Moment der Stille – als Marios unruhige Schritte innehielten – verließ Eva das Bad, holte eine Wodkaflasche aus dem Eisschrank und setzte sich, nachdem sie eine Zigarette angezündet hatte, wieder in die Badewanne, vor Kälte zitternd, abgestorben im abgekühlten Wasser, in dem sie erstarrte mit blaugefrorener Haut und erfrorener Seele, wie eine zweite, sinnlose Strafe.

Fast von Beginn an wußten wir in unserer Gemeinschaft, daß Marios neue Gefährtin an Depressionen litt. Das erste Mal, daß er sie halb erfroren aus der Badewanne rettete, war in den ersten Wochen ihrer Beziehung – also ein Jahr zuvor. Franz war gewaltsam in die Wohnung eingedrungen unter dem Vorwand, seine Kleidung und Schuhe abzuholen. Vielleicht war es auch kein Vorwand, denn der Winter wurde härter, und Franz hatte Mantel, Jacketts aus dickem Wollstoff und zwei oder drei Paar Winterstiefel zurückgelassen. Doch außer daß er seine Sachen abholte, was schon belastend genug war – damals teilten seine Sachen den Schrank schon mit Marios Jacketts und Schuhen –, gab es Angriffe, Vorwürfe, einen Brief an die Tochter, den Eva lesen wollte, was Franz aber verhinderte, indem er, auf sein Recht auf eine Intimsphäre mit seiner Tochter in diesem Haushalt mit einem fremden Eindringling pochend, den Umschlag mit einem Spezialkleber verschloß.

Während dieses Vorfalls arbeitete Mario gerade in der Universitätsbibliothek. Er stellte Nachforschungen an für eine Erzählung, deren Hauptfigur ein Schauspieler war, der sich darauf versteift hatte, seine Rollen – die in letzter Zeit angesichts seines fortschreitenden Alkoholismus eher Nebenrollen waren – nach großen historischen und literarischen Vorbildern zu interpretieren, was seine Regisseure in Aufruhr versetzte. Glücklich, daß er im Prolog der deutschen Originalfassung von Casanovas *Memoiren* auf eine Spur gestoßen war, die den Wahn von Burke, ehemals ein genialer Interpret, erklären konnte, kehrte Mario vergnügter und zufriedener als sonst zu Eva heim. Eva hatte schon die Tür verriegelt und lag in der Badewanne. Erst nach langem Klopfen und Betteln war sie zitternd und aschfahl aus der Wanne gestiegen, um die Tür zu öffnen, und dann wieder ins Wasser getaucht. Mario hatte den frostigen Kuß auf seinen euphorisch warmen Lippen gespürt. Erst als er die Hand ins Wasser hielt, hatte er den Grund für Evas bläuliche Blässe und das Klappern ihrer Zähne entdeckt.

Doch das war schon lange her, weshalb die Episode in Vergessenheit geriet. Wenn es jetzt erneut geschah, war es nicht reine Wiederholung, sondern etwas anderes. Und das merkte Mario. Beim ersten Vorfall war er wenigstens nicht der Grund für ihre lebensmüde Verlorenheit in der Badewanne gewesen. Jetzt hingegen war er mit seiner Entscheidung schuld. Es war auch schon deshalb anders, weil Eva damals auf seine Rückkehr gewartet hatte, um aus ihrer Mutlosigkeit errettet zu werden; und so war er es gewesen, der sie aus der eiskalten Badewanne zog, in Handtücher packte, sie mit verzweifelten, derben Liebkosungen warmrieb, bis sich ihre Haut rötete, und sie dann ins Bett trug, wo er sie erst mit Decken, dann mit Mänteln und später, nachdem er sie immer wieder getröstet und geküßt hatte, mit seinem eigenen Körper, der jetzt nach der zärtlichen Wiederbelebung von Evas Körper selbst ganz warm geworden war, zudeckte. Diesmal hatte sie den Schlüssel in der Badezimmertür zweimal herumgedreht, und er flehte sie an zu öffnen, nichts habe sich geändert; er kam immer wieder, um anzuklopfen und zu drohen, gegen die Tür zu treten und zu betteln, um ihr alles zu versprechen, denn die halb geleerte Wodkaflasche verriet ihm ihren schwachen Pulsschlag, die ganze Zeit – vielleicht zwei, drei Stunden – in der kalten Badewanne, in der sie auskühlte, in der sie starb, wie er dachte; und dann hörte er Evas erstes Niesen und gleichzeitig ein schwaches, anhaltendes Schluchzen, und er flehte sie an, ihm zu öffnen, er liebe sie über alles, sie möge ihm bitte verzeihen und aus dieser Eiseskälte aussteigen, denn sonst müsse sie sterben; er erwog auch, die Volkspolizei zu rufen, damit sie die Tür aufbrach, er schwor ihr, daß er sie anbete und auf der Stelle Lorena anrufen wolle, um ihr zu sagen, die Abmachung sei eine Dummheit gewesen, er werde sie niemals verlassen und der Plan für den Besuch von Lorenas Eltern sei undurchführbar.

Kapitel VII

Der Senator erhielt eine Einladung für die Premiere eines sowjetischen Films über die Kollektivierung der Landwirtschaft. Einladungen dieser Art kamen mehr oder weniger häufig vor, und diese Häufigkeit hing davon ab, wie der Film beim Publikum, das den Eintritt bezahlen mußte, ankam. Gewöhnlich – und schon gerade im Winter – ging Don Carlos diesen Einladungen aus dem Weg, und wenn er sie schließlich doch erhielt, verschenkte er sie an Martita Alvarado, die Sekretärin, oder an Frau Richter, die Frau, die im Parteibüro, in den Häusern einiger Funktionäre und, seit Don Carlos in der Volkradstraße wohnte, auch in seinem Appartement putzte. Dort erschien Frau Richter pünktlich am Dienstag und am Donnerstag um zwei Uhr nachmittags, machte sauber und buk dienstags einen Apfelkuchen und donnerstags einen Kirschmarmeladenkuchen, und sie machte immer eine Milchspeise, die der Senator noch am gleichen Abend verzehrte. Den Boden brachte sie so auf Hochglanz, daß man sich darin spiegeln konnte; sie wusch und bügelte seine Hemden. Mit der Zeit wurde Frau Richter auch für Don Carlos zu *Tante* Ilse.

Die *Tante* als Institution war die Hilfe, die in den Familien, den Dienststellen, den Kinos und Theatern, den Parks, den Bahn- und U-Bahnstationen für Sauberkeit und Ordnung sorgte. Es waren alte Frauen, die wegen ihrer erbärmlichen Pensionen dazu verurteilt waren, bis zu ihrem letzten Tag zu arbeiten. Sie waren überall zu sehen, wischten mit Lappen, schleppten Straßenbesen mit, füllten Papier und Abfall in die bleischweren geräderten Container, die dort für die Straßenreinigung benutzt wurden. Viele von ihnen hatten einstmals in grauer Vorzeit bürgerlichen Familien angehört, die im Krieg oder während des Zusammenbruchs alles verloren hatten. Diese *Tanten* waren im allgemeinen ein besonderer Typ deutscher Frauen, unermüdlich, bärenstark und korpulent; sie hatten den Krieg und die Nachkriegszeit überlebt; sie waren immer gute Kameradinnen und für anzügliche Witze zu haben, besaßen eine außergewöhnliche Fröhlichkeit und teutonische Kräfte, die ausreichten, um an einem Arbeitstag ein Büro und bis zu drei Wohnungen zu putzen.

Der Senator war der Ansicht, *Tante* Ilse habe sich genügend verdient gemacht, um ihr diese ungeliebte Eintrittskarte zu schenken. Er legte die Karten auf den Kühlschrank neben das Trinkgeld für diesen Monat, denn es war so üblich, daß den Angestellten des Parteibüros das Gehalt von der Sozialistischen Einheitspartei Deutschlands gezahlt wurde. *Jawohl*!

Da er aber am nächsten Tag die Karten noch am gleichen Platz vorfand, dachte er, die alte Frau hätte ebenso den Frost gescheut wie er, und beschloß, sie Martita zu schenken.

Doch Martita hatte bereits Karten, eine Situation, die nach Ansicht des Senators die Dinge ernsthaft komplizierte, denn alles, was nach Verschwendung aussah, brachte ihn auf und verursachte ihm wieder Magenkrämpfe. Also zog er sich in sein Kämmerchen im Parteibüro zurück und grübelte nach, wer wohl der geeignetste Nutznießer sein mochte. Es war eine weitere Manie von Don Carlos, ein Geschenk mit einer Auszeich-

nung gleichzusetzen, eine Sympathiekundgebung mit Belobigung. Wer von diesen Taugenichtsen verdiente nun diese Belohnung? Er war so in seine Gedanken vertieft, daß er nicht einmal merkte, daß *Tante* Ilse das Tablett mitsamt der Tasse voller Heilwasser und der Zuckerdose auf seinen Schreibtisch stellte.
»Sie sehen besorgt aus. Haben Sie ein Problem?« fragte die alte Frau unumwunden.
»Da Sie meine Eintrittskarten ausgeschlagen haben ...«
»Ich werde mir nicht den Tod holen, nur damit Sie das Problem mit diesen Karten los sind, mein Herr. Was haben Sie im übrigen davon, eine alte Frau einzuladen?«
»Ich hatte nicht vor, Sie zu begleiten. Ich hatte nur gedacht, daß Sie vielleicht jemanden einladen möchten.«
»Ich würde Ihnen raten, sie zu nutzen, um ein hübsches junges Ding einzuladen: Hat man Ihnen noch nicht gesagt, daß unsere Mädchen Männer mit Erfahrung mögen?«
»Ich werde Ihren Rat beherzigen«, meinte der Senator auf den Spaß eingehend. »Haben Sie vielleicht eine Enkelin?«
»Leider nicht. Alle meine Enkelinnen waren bereits verheiratet und sind schon wieder geschieden. Sie suchen wieder einen Ehemann. Sie wissen doch, daß der Mann das einzige Wesen ist, das zweimal in die gleiche Falle tappt. Aber ich habe etwas viel Besseres für Sie.«
»Was Sie nicht sagen!«
»Sie ist ein wunderhübsches Ding.«
»Und warum glauben Sie, daß dieses wunderhübsche Mädchen meine Einladung annehmen wird, Frau Richter?« meinte Don Carlos mit dem Gefühl, der Spaß drohe ernst zu werden.
»Weil sie gestern in Ihr Appartement gekommen ist. Und sie wollte wissen, um wieviel Uhr Sie zurückkehrten. Ich

habe ihr gesagt, daß ich über Ihr Privatleben nicht so genau informiert bin, *mein Herr.*«
»Ich nehme an, Sie sprechen von meiner Nachbarin.«
»Nachbarin? Ich wußte nicht, daß es so junge Dinger in Ihrem Haus gibt. Das wundert mich.«
»Sie ist die einzige. Sie ist eine Ausnahme. Das Kulturministerium muß sich um eine Wohnung für sie kümmern, aber erst einmal ...«
»Also haben Sie eine Künstlerin als Freundin, *mein Herr.*«
»Tänzerin.«
»Und wie heißt Ihre Tänzerin?«
»Leni.«
»Dann gehen Sie doch mit Ihrer Tänzerin ins Kino. Ich bin sicher, daß sie Ihre Einladung mit Freuden annehmen wird.«
»Meinen Sie das im Ernst, Frau Richter?«
»Was denken Sie denn, *Herr Senator*?«
Erneut – und zum zweiten Mal im Zusammenhang mit Leni – wurde der Senator rot wie eine Tomate, obwohl er diesmal kein Wort Deutsch gesprochen hatte.
Frau Richter tat einen übertrieben tiefen Seufzer und verließ Don Carlos' Zimmerchen mit einem vielsagenden Lächeln.
»Oh *mein Gott*«, hörte Don Carlos *Tante* Ilse ausrufen, bevor sie die Tür schloß.

Leni hatte gesagt, sie würde ihn um sieben abholen, doch jetzt war es schon nach halb acht, und die Vorstellung begann um Punkt acht. Wenn sie noch innerhalb der nächsten fünf Minuten käme – und sie zufällig auch noch ein Taxi am Stand gegenüber der *Kaufhalle* erhielten – könnten sie gerade noch rechtzeitig eintreffen.
Wird sie kommen? Wird sie nicht kommen?

Als das Zeitzeichen im Radio acht Uhr abends anzeigte, band der Alte sich die Krawatte ab, legte den Umschlag mit den Karten, auf dem in Golddruck die Aufschrift des Parteibüros prangte, auf den Tisch und schickte sich an zu warten, ohne zu wissen, worauf. Am besten wäre es, eine Tasse Tee zu trinken, das würde die Schmerzen lindern. Das Schlimme war, daß der heftige Schmerz nicht vom Magen kam. Jetzt schmerzte das Leben auf andere Art. Und beim Tee, was war bloß mit ihm los, mal sehen, vielleicht konnte er Radio Moskau auf Spanisch hören, denn es war schon neun, Zeit für die Nachrichten, und jetzt zu allem Überfluß wieder das Magengeschwür, er würde noch eine Tablette nehmen, warum konnte er nicht sitzenbleiben und ging auf und ab zwischen Bett und Balkon, als hätte man ihn eben in diesen Käfig gesperrt? Ganz sicher war es der Tee. Ja, er beschloß, daß es der Tee war. Man hatte es ihm schon gesagt: Er mußte allmählich auch auf den Tee verzichten, vor allem nach sieben Uhr. Man schlief nicht gut, er machte unruhig, das kam davon, daß er den Tee getrunken hatte. Dann würde er eben ein Gläschen *Stierblut* trinken und danach ins Bett, in die Falle, wie Mario, dieser Filou, sagte, der ihn schon seit zwei Tagen nicht mehr besucht hatte. Ja, in die Falle, und nicht etwa eingeschnappt sein. Wenn sie nicht gekommen war, dann, weil es eine zusätzliche Probe gab oder weil sie für die Vorstellung von heute abend einspringen mußte. Sicher würde, wenn sie heimkehrte, wie immer die Musik zu hören sein, und dann würde sie herüberkommen, um ihm alles zu erklären und ihm eine gute Nacht zu wünschen. Ja, er hatte den Eindruck, der Wein würde von Abend zu Abend besser. Wein war das einzige, was ihm Erleichterung verschaffte, ohne den Veitstanz dieses verfluchten Magengeschwürs anzuregen, das ihm so zu schaffen machte, ja, aber weniger als

diese andere Wunde, von der er nichts wußte oder die er schon seit langer Zeit vergessen hatte, dieser Schmerz, der ihn vom Bett zum Balkon trieb und vom Balkon zum Bett, diese Wunde, die nicht aufhörte zu brennen, weder mit dem zweiten, noch mit dem dritten Schluck Wein.
»Wenn sie schon nicht kommen konnte, warum hat sie dann nicht einen Weg gesucht, mich zu benachrichtigen?«
Leni kam, als es schon zehn Uhr vorbei war. Ohne Erklärungen abzugeben, fragte sie ihn nach dem weißen Hemd, sie wollte, daß er das weiße Hemd anzog. Sie unterhielten sich in jener seltsamen Zeichensprache, mit falsch ausgesprochenen Worten und Lenis rascher Auffassungsgabe sowie seinem noch rascheren Wunsch, sie zu verstehen. Und warum dieses Hemd? Weil er zu ihrem Geburtstagsfest kommen mußte. Aber ihr Geburtstag war doch schon vorbei. Nein, der Tag war vorbei, aber das Fest noch nicht, das Fest sollte gerade beginnen. Aber das Hemd war schmutzig, man mußte ein anderes suchen, das hier sah passend aus, aber es mußte noch gebügelt werden. Und während Leni den Tisch freimachte, legte sie ungerührt den Umschlag beiseite und breitete ein gefaltetes Laken auf dem Tisch aus, um für Don Carlos das Hemd zu bügeln; er schlug die Einladung aus, es ärgerte ihn, nichts davon gewußt zu haben, eine Lüge, im Augenblick könnte ihn gar nichts verärgern, er spürte, daß die Erleichterung stärker war als der Schmerz, das gleiche galt für seine alten Eingeweide. Er hätte ihr gerne ein schönes Geschenk gekauft – er mußte an die beiden Riesenpakete denken, die auf dem Tisch gelegen hatten, auf dem sie nun sein Hemd bügelte –, außerdem machte ihm die Vorstellung zu schaffen, an einem Ort zu sein, wo er niemanden kannte. Niemanden? Wollte er nicht schon immer die andere Seite jenseits seines Appartements kennenlernen, dieses genaue Echo auf sein Zimmer, die-

sen identischen Raum, der sich im Witwerschiff bis zur Verzweiflung wiederholte, diese Grüfte, die schon ein Vorgeschmack auf jene anderen waren? Hatte er in den Nächten banger Schlaflosigkeit nicht versucht, sich die Möbel, die Wände und die Ecken des Ortes vorzustellen, von wo immer ab elf die Musik kam, die ihm half, Schlaf zu finden? Und hatte er, seitdem Leni in sein Zimmer gekommen war und ihm den Zettel gezeigt hatte, den ihr Vater mit einer Reißzwecke an ihre Tür geheftet hatte, nicht jeden Abend, wenn die Musik jenseits der Trennwand anhub, an sie gedacht, sich vorgestellt, wie sie zwischen Bett und Balkon auf und ab ging, allein zwischen Bett und Balkon, die drei oder vier Meter des Appartements, die haargenau seinem glichen. Eine angenehme Vorstellung. Wollte er es deshalb nicht sehen? Oder wollte er es vielleicht doch sehen?
»Ich fühle mich nicht wohl, es wäre mir lieber, Sie entschuldigen mich.«
»Ich habe Sie nie wohler gesehen. Und ich weiß, daß Sie verärgert sind, weil ich nicht um sieben gekommen bin«, sagte sie auf ihre Uhr zeigend. »Aber jetzt wissen Sie ja warum. Ich hatte nicht an diese Feier gedacht. Wir haben etwas im Operncafé getrunken, und dann wollten wir plötzlich zu mir nach Hause gehen. Den ganzen Abend über mußte ich an unsere Verabredung von gestern denken. Ich wollte auch mit Ihnen ins Kino gehen.«
Don Carlos hatte keine Kinder. Er wußte nicht, wie man mit einer Enkelin umging, die einen enttäuscht hatte. Vielleicht mußte man Verständnis zeigen, weder dem Schmerz noch dem Zorn oder dem Stolz nachgeben. Schließlich willigte er ein. Er würde zur Feier kommen, wenn sie die Kerzen auf der Geburtstagstorte ausblies. Sie wollte ihn holen kommen. Als Leni ging, legte der Senator sich aufs Bett, das Ohr an die Wand gepreßt.

Als wir von der Geschichte erfuhren, gab es in unserer Gemeinschaft Erstaunen, Tadel und böse Kommentare; kaum einer reagierte mit Verständnis und niemand mit Gleichgültigkeit. Fragte man, wer hier die Fäden zog, so mußte Mario, der uns häufig besuchte, der Urheber des Geredes sein. Allerdings war auch eine andere, noch überraschendere Quelle dieses Gerüchts nicht auszuschließen: Manch einer hatte Frau Richter im Verdacht, die als erste Lenis häufige Besuche beim Senator erwähnte, und was geradezu paradox war, sogar im Parteibüro und noch dazu, während sie das Zimmerchen reinigte, in dem Don Carlos die Angelegenheiten der Kontrollkommission regelte. Eine dritte Theorie führte die Entstehung dieser Kommentare eher auf eine Vielzahl von Quellen, praktisch auf ein Kollektiv, zurück: Viele abendliche Besucher des Senators – »die ewigen Antragsteller für Visa, Bevollmächtigungen, Genehmigungen und Begnadigungen« – hatten ihn überraschenderweise in Begleitung eines hübschen deutschen Mädchens angetroffen. Sehr zierlich nach Aussage der Männer; bildhübsch nach Meinung der älteren Frauen; äußerst seltsam laut Urteil unserer Medeas.
Tatsache war, daß die Kettenreaktion, die auf die ersten Bemerkungen folgte, nicht überraschen konnte. Daß ein hübsches Mädchen sich tagtäglich im Zimmer eines alten, kranken Mannes aufhielt, um ihm eine Tasse Tee zu kochen, und ihm morgens ihre Kassetten lieh, damit er tagsüber Musik hören konnte, und ihn pflichtschuldig jeden Abend gegen elf aufsuchte, war zweifellos eine Sensation. Man wird sagen, das sei eine Übertreibung unsererseits. Aber, bedenken Sie, daß wir in unserem *Ghetto* so abgeschieden waren, daß kaum etwas passierte. Bedenken Sie außerdem, daß wir Bewohner ohne Hoffnung waren; wir lebten in einem Land, in dem die ewige Wie-

derkehr des Gleichen verordnet war. Unserer eigenen von Tag zu Tag weniger heroischen und immer angepaßteren Geschichte bereits überdrüssig und an Bord dieses Geisterschiffs, auf dem niemand – weder die starrköpfige Mannschaft, noch die resignierten Passagiere – auf die geringste Veränderung hoffte, war es kein Wunder, daß Lenis unschuldige Besuche bei Don Carlos Anlaß für Gerede boten und Unruhe stifteten, besonders im Parteibüro, und zwar aufgrund der unvorhersehbaren Folgen, die das Ereignis für unsere besiegte, doch immer noch explosive Heerschar haben würde.

Die Fakten kann man auch ohne die Aura des Skandalösen berichten, mit der sie aufgenommen und ausgesponnen wurden.

Am Tag nach dem ersten Besuch – dem Abend, an dem sie vorbeikam, um das Geschenk ihres Vaters abzuholen – wollte Leni sich bei Don Carlos für seine Freundlichkeit bedanken, indem sie ihm eine der Schokoladentafeln aus den Paketen schenkte, denn die anderen hatte sie unter ihren Freundinnen aus der Tanztruppe aufgeteilt, die Fragen der Diät weniger streng nahmen. Da an jenem Abend der unsägliche Mario vorbeigekommen war, um etwas über seine Scheidung zu erfahren und zu bitten, irgendwie das Problem der Visa zu lösen, konnte er abermals als Dolmetscher herhalten. Leni setzte sich zu ihnen und trank ein Glas Wein. Es muß noch erwähnt werden, daß die Begrüßung an jenem Abend besonders herzlich ausfiel, da beide das Gefühl hatten, Lenis Klopfen an der Tür unterbreche ein Gespräch, das sonst noch ein schlimmes Ende genommen hätte. In der Tat war die Sache, über die sie redeten, heikel, und das Visumproblem war vierfach, denn es ging um zwei Einreisevisa für Lorenas Eltern und zwei Visa für Lorena und Mario, die das Recht beanspruchten, sie in Tegel abzuholen und gemeinsam mit ihnen die Grenze zu passieren. Doch es waren nicht nur die vier Visa. »Vier Visa!« rief Don Carlos aus. »Vier!« und streckte dabei die Hand aus, den Daumen über die Innenfläche eingeknickt wie in einer seltsamen Geste der Teufelsaustreibung, aber auch um die Art des Verfahrens zu kennzeichnen, das sich nach der Menge der Anträge richtete. »Visa werden nicht in weniger als vierzehn Tagen bewilligt, der von Amts wegen geltenden Frist. Man kann sie nicht von einem Tag auf den anderen beantragen. Das zu respektieren, kann man im Fall einer Ausnahme wohl mindestens verlangen. Bedenken Sie, daß die Angehörigen unseres Gastlandes gar kein Recht auf ein Visum haben, selbst wenn sie ihren Antrag ein ganzes Jahr vorher stellen«, wiederholte Don Carlos ein ums andere Mal, in seinem Zimmer auf und ab schreitend, ohne Mario anzusehen, als wolle er sich einen seltsamen Kodex einprägen, der aus noch seltsameren Argumenten bestand.

So war die Situation, als Leni zum zweiten Mal an seine Tür klopfte.

An jenem Abend erfuhr sie einen Großteil dessen, was es von Don Carlos zu wissen gab. Und das war auch nur möglich dank Marios guter Dienste, der sich Mühe gab, alles flüssig zu übersetzen, um vor dem Mädchen Eindruck zu schinden. Leni war zuerst überrascht, daß der Senator mehr als ein Jahr im Konzentrationslager von Chacabuco verbracht hatte. Daraufhin erzählte sie, daß sie schon als kleines Mädchen mit ihren Schulkameraden mehrmals Buchenwald besucht hatte und daß die Lehrerin ihnen gesagt hatte, es sei höchst unwahrscheinlich, daß so etwas noch einmal vorkäme. Sie war sichtlich betroffen, als sie Don Carlos traurig, aber auch voller Bewunderung ansah, und beiden Männern kam es in der Pause, die auf diese Enthüllung folgte, so vor, als sei sie

nicht nur nachdenklich und schmerzlich berührt, sondern mache sich auch Gedanken darüber, was sie für diesen einsamen, kranken Mann tun konnte, der ihr vom Zufall jenseits der Wand ihrer vorübergehenden Bleibe beschert worden war. Ihre Augen wurden noch größer, als sie erfuhr, daß Don Carlos erst mit sechzehn in der Gewerkschaftsschule lesen gelernt hatte und daß er von Kind auf im Hafen von Antofagasta gearbeitet hatte, obwohl er auf dem Land in der mittleren Zone Chiles, in Curomón, nahe bei San Felipe, geboren und erst von seinen Eltern in den Norden gebracht worden war, als sie auf der Suche nach Arbeit nach Chacabuco kamen.
»Chacabuco, genau wie das Lager?« fragte Leni.
»Es ist der gleiche Ort.« Als die Eltern des Senators dort wie Tausende von Landarbeitern auf der Suche nach Arbeit ankamen, war es eine Salpetergrube. Als der Senator fünfzig Jahre später als Gefangener dorthin zurückkehrte, war das alte Salpeterwerk von den Militärs in ein Lager für politische Gefangene umgewandelt worden.
Da fiel Mario etwas ein, was für Leni interessant sein konnte, und er erzählte ihr, woran er denken mußte, obwohl er wußte, daß der Alte sich nicht nur langweilte, sondern verzweifelte, wenn er nicht verstehen konnte, worüber geredet wurde.
Im November 1974, wenige Tage nach seiner Ankunft in Berlin, hatte man Mario eingeladen, das Konzentrationslager Buchenwald zu besichtigen. Was an diesem Vernichtungslager als besonders hervorgehoben wurde, war nicht die Brutalität der dort angewandten Methoden. Auschwitz, Dachau, Buchenwald unterschieden sich in diesem Punkt nicht, alle teilten sie das traurige Privileg extremer Barbarei. Das Besondere an Buchenwald war seine unmittelbare Nähe zu Weimar, der Hauptstadt der deutschen Kultur. Das heißt, daß die Bewohner dieser

wunderschönen Stadt häufig an Goethes oder Schillers Haus vorbeikamen, beide in Museen verwandelt, aber von dort aus auch das Lager Buchenwald sehen konnten und die Rauchsäulen, die vom Krematorium aufstiegen. Er erinnerte sich noch, daß er Buchenwald in Begleitung von Christiane besichtigt hatte, einer jungen Dolmetscherin, mit der er sich anfreunden und in deren Haus er Jahre später Eva kennenlernen sollte. Während des Rundgangs behandelte Christiane – die er erst am gleichen Morgen kennengelernt hatte – ihn mit mitleidigem Bedauern, was den Rundgang durch diese Mord- und Vernichtungsfabrik noch dramatisierte. Nach der Errichtung 1934 hatte das Lager Buchenwald schließlich 120.000 Gefangene – es war größer als Weimar –, von denen zirka 60.000 umkamen. Strengstens nach den Regeln einer Industrianlage verwaltet, waren die Hallen, in denen unheilvolle Ware gelagert war, so angelegt, daß sie eine optimale Produktivität erzielten. In diesen Lagerschuppen stapelten sich mehrere Tonnen menschlichen Haars, Knochen, Haut – es ist bekannt, daß Hitler den Auftrag gab, *Mein Kampf* in Menschenhaut zu binden –, Gold, aus Zähnen herausgebrochen. Nachdem man die Gefangenen ums Leben und um ihre Leiber gebracht hatte, brachte man sie noch um ihre Habe, wenn unter solchen Umständen einem überhaupt etwas gehören kann, weshalb sich auch die Scheunen und die Höfe mit Abertausenden von Schuhen, Kleidern, Uhren, Stöcken von unterschiedlichstem Wert füllten und mit Brillen, die später nach Gläsern und Gestellen getrennt wurden, als Weiterführung der Klassifikationsmanie, die zunächst zur Trennung ihrer Besitzer geführt hatte, wenn sie zusammen eingetroffen waren, und später der Schnürsenkel von den Schuhen, der Gürtel von den Hosen, der Platten von den Gebissen. Um diese Gegenstände zu sammeln, war es wichtig, daß Rohmaterial geliefert, das heißt, Leichen produziert wurden. Und tatsächlich wurden sie in schnellem Rhythmus und mit einer Effizienz produziert, die einen besseren Zweck verdient gehabt hätte. Die Übersetzerin hatte ihm ständig versichert, daß er sich keine Sorgen machen müsse, denn sie sei absolut sicher, daß derartiges niemals mehr auf Erden geschehen würde.

»Und Chacabuco?« hatte Mario sie gefragt.

Die Dolmetscherin kannte die Berichte von den sogenannten Kriegsgefangenenlagern in Chile, obwohl man diese Kriegsgefangenen gar nicht in einem Krieg, sondern in ihren Häusern festgenommen hatte, oder in Häusern, wo sie Zuflucht gefunden hatten, und sogar in den Fabriken, in die sie am Morgen des 11. September zur Arbeit erschienen waren. Sie wußte auch von Dawson, vom Stadion Chile und vom Nationalstadion, Orten der Massenverhaftungen, wo gefoltert und gemordet wurde. Daher wirkten ihre Solidaritätsbekundungen und ihr Versuch, Mario zu beruhigen, auf ihn doppelt pathetisch. Sie bargen ein Maß an bewußter Täuschung – wenn auch lobenswerter Täuschung –, und hatten praktisch einen negativen Effekt, da ihre etwas doktrinäre und geheuchelte Überzeugung, daß niemals mehr auf Erden ein Massengefangenenlager, tägliche Schikane, Zwangsarbeit und Todesurteile gegen das Gesetz und ohne Gerichtsverhandlung vorkommen würden, im gleichen Augenblick eine Widerlegung erfuhr. Mario erinnerte sich jetzt, daß er Christiane fragte, ob sie aus Weimar stamme, und sie nein sagte, sie sei Berlinerin. Sie war in Berlin geboren, und in Berlin waren ihre Eltern gestorben, im Luftangriff vom 7. Mai '45, dem letzten Kriegstag. Jetzt im nachhinein meinte Mario, als er ihr damals die Frage stellte, habe er ›gebürtig aus Weimar‹ mit dem

Los bewußter Blindheit assoziiert, die genetische Züge trage und daher auch auf die Nachkommen übergehen könne.
Sie stritt nicht ab, daß es Buchenwald gegeben hatte. Sie verdiente sich sogar ihren Lebensunterhalt damit, daß sie es vorführte. Aber sie leugnete, daß es andere Orte ähnlicher Art geben könnte. Ihr Glaube an die Menschheit – ein falsch verstandenes Vertrauen – machte sie blind für das wiederholte Auftreten von Verhaltensweisen, die diesem Vertrauen widersprachen. Da zog sie es vor, zu vergessen oder nicht hinzusehen. »Es gibt auch Chilenen, die durch Weimar gehen und dabei jeden Blick auf Buchenwald vermeiden«, hatte er zu Christiane gesagt.
»In Weimar? Meinen Sie die Exilchilenen, die dort leben?« wollte Christiane damals, 1974, wissen; und fragte Leni heute, zwölf Jahre später.
»Nein, natürlich nicht. Das war ein Witz, eine Metapher. Es gibt Chilenen, die von Anfang an nichts wissen wollten und die sich heute noch weigern. Sie leben dort in Chile, aber es ist so, als gingen sie durch Weimar. Chacabuco liegt sehr nahe bei Weimar. Es ist das Thema der gewollten Blindheit und des schmerzlichen Gewissens, es ist Buchenwald und Weimar; es ist Chacabuco und Chile; und es ist auch ein altes Thema unserer Literatur: die Zivilisation und die Barbarei.«
»Chacabuco«, wiederholte Leni mit Akzent und schwieg. All diese chilenischen Wörter waren fremdartig, aber sie klangen schön, klangen anders.

Er war schon müde vom Warten und halb eingeschlafen, voller Selbstvorwürfe, weil er Lenis Einladung nicht angenommen hatte, und voller Bedauern, nicht teilzuhaben an diesem Leben, das durch die Wand herüberdrang, als es mehrere Male an der Tür klopfte. Leni, die ein weißes, tunikaartiges Kleid trug, das sie noch schlanker machte, und Reifen im gleichen Farbton, und sich die Augen geschminkt, die Wangen gerötet und bei der Farbe der Lippen nachgeholfen hatte, nahm den Senator fröhlich bei der Hand und zog ihn mit den Worten »Kommen Sie, alle wollen Sie kennenlernen« aus seinem Zimmer, bevor er noch protestieren konnte.

Als er merkte, daß bei seiner Ankunft in Lenis Appartement abruptes Schweigen einsetzte, wurde Don Carlos klar, daß sie ihren Gästen von ihm erzählt hatte. Nach der Begrüßung der sieben oder acht Personen, die sich im winzigen Appartement des Mädchens drängten, schaute der Alte sich neugierig um. Er wollte diesen Raum mit dem vergleichen, den er sich in den letzten schlaflosen Nächten in seiner Phantasie ausgemalt hatte. Das Appartement seiner Nachbarin war nicht nur völlig anders als seins, sondern auch als das, was er sich vorgestellt hatte. Natürlich sah es nicht aus wie ein Schlafzimmer, denn das Bett, das im Zimmer des Senators einen Großteil des Raumes einnahm, war bei Leni ein mit bunten Kissen geschmücktes Sofa, so daß das hier eher wie ein Wohnzimmer wirkte, mit schneeweißen Wänden (seine waren eher von einem mit der Zeit nachdunkelnden Ocker), an denen die hübschen Plakate der Komischen Oper und des Staatsballetts hingen. Es gab auch kleinere Bilder, Fotografien der Tanztruppe bei Proben oder mitten in einer Aufführung. Diese weißen Wände und die Fortsetzung der eleganten Bewegungen und der Schönheit der im Raum versammelten Mädchen bei den Tänzerinnen auf den Fotos und den Plakaten bildeten einen idealen Rahmen, der jedes Detail der Dekoration zur Geltung brachte, diesen Stuhl aus Wien, die Truhe mit Emblemen von Städten, die Leni niemals kennenlernen würde,

Glanz und Lichter der Anlage, von der die Musik ausging, die allabendlich durch die Wand drang. Man merkte, daß dort jemand lebte. Es wirkte nicht wie ein Hotelzimmer. Es war angefüllt mit sorgfältig gehegten, persönlichen Gegenständen.

Leni, die seine Hand auch noch nicht losließ, nachdem sie ihn vorgestellt hatte, lud ihn ein, auf dem Sofa Platz zu nehmen. Der Senator fand Leni an diesem Abend hübscher denn je, obwohl ihm später klar wurde, daß er sie schon immer hübsch gefunden hatte, nur saß er nun zum ersten Mal in ihrem Zimmer, und es war das erste Mal, daß sie ihn eine Weile, die ihm verzweifelt lang vorkam, an der Hand gehalten hatte. Doch dort schien alles ein Recht zu haben, auf eine andere, freiere und geheimnisvollere Art zu existieren, als an jedem anderen Ort. Vielleicht trug das durch die himmelblaue Lampe in Blau getauchte Halbdunkel dazu bei, die hübschen Erscheinungen der Mädchen und die wenig konventionelle Kleidung der Tänzerinnen hervorzuheben, deren bunte, ebenfalls leuchtende Blusen mit ausgefallenen Broschen geschmückt waren, mit Ketten, die bis zur Taille reichten, und mit lässig umgelegten Halstüchern.

Er war eben dabei, eine Liste der Gegenstände zu eröffnen, die seine Behausung so sehr vom Appartement seiner Nachbarin unterschieden, als die Lichter erloschen. Im Halbdunkel sah er Leni vom schwachen Schein der Kerzen angestrahlt, die auf ihrer Geburtstagstorte flackerten. Er fiel in den Applaus der Gruppe ein und hörte auf zu klatschen, als er sah, wie der Lichtschein plötzlich auf die Gestalt eines Jungen fiel, als sei es Lenis Schatten. Der junge Mann erwachte zum Leben, als er sich an das nur von den kleinen Flämmchen erleuchtete Dunkel gewöhnt hatte, und Don Carlos schien es, als fiele das Kerzenlicht in besonderer Weise auf das feinge-

schnittene Gesicht des Jungen, seine lange Mähne, sein leicht geöffnetes, meliertes Hemd und vor allem seine Hand an Lenis Hals. Im Lichtschein erstrahlte sein nackter Tänzertorso und der liebevolle Arm, der in einer sehnsüchtigen Liebkosung endete, die sich auf die Schulter seiner Nachbarin legte. Don Carlos sah das Gesicht des Mädchens vom gleichen Lichtschein erleuchtet und begriff augenblicklich, daß er niemals ein schöneres Gesicht gesehen hatte. Mit einem raschen Hauch löschte Leni das flüchtige Bild ihrer eigenen Schönheit. Und nach einer Dunkelheit von ebensolcher Sekundenschnelle wie das Aufleuchten des Vollkommenen an diesem wundersamen Abend erhellte das Licht den anschließenden Applaus: Sie klatschten zum Kuß, diesem unerträglich langen Augenblick, in dem Lenis Mund von dem des Jungen in Besitz genommen wurde; die sehnsüchtige Geste des Arms, die Hand des Jungen, die Lenis aufrechte, schmale Schulter streichelte. Dieser Kuß schien Don Carlos unendlich und ebenso der Applaus, der ihn feierte. Warum störte ihn das? Konnte er sich eingestehen, daß dieser überraschende Schweißausbruch das Zeichen für ein abgrundtiefes Mißfallen war? Und warum entfachte dieses Mißfallen auf der Stelle den Schmerz dort in seinem Körper, wo er zu sterben begann?
Sobald Kuß und Applaus geendet hatten, schnitt Leni das erste Stück aus der Torte und kam direkt auf Don Carlos zu, der versucht hatte, sich unter die Gäste zu flüchten. Leni legte das erste Stück dieser Herrlichkeit dem Senator in die Hand und überraschte ihn noch mehr, als sie ihm einen geräuschvollen Kuß auf die Wange gab, woraufhin der Applaus sogleich wieder anschwoll. Doch was ihn dann selbst den anhaltenden, nun in einmütigen Rhythmus übergehenden Applaus vergessen ließ, war

der zweite Kuß, den Leni mit krankenschwesterlicher Treffsicherheit zwischen Wange und Mundwinkel plazierte. Don Carlos spürte, wie der feuchte Kuß auf seinem trockenen Mundwinkel landete; und er spürte einen schon vergessenen – oder nie gekannten – Schauder, und kaum hatte er sich von diesem Gefühl erholt, hörte er weiterhin Applaus, der nach seinem Empfinden der höfliche und gezwungene Abklatsch vom begeisterten Applaus der jungen Leute war, der zuvor den langen, feuchten Kuß begleitet hatte.

Jetzt schmerzte ihn Lenis Kuß. War es nicht lächerlich, daß ein Mädchen – das seine Enkelin sein konnte! – sich im Beisein aller so weit vorgewagt hatte? Und dazu klatschten sie sogar! Er ließ sich auf das Sofa fallen, und als ihn niemand mehr beobachtete – selbst Leni hatte sich ans andere Ende des Zimmers zurückgezogen, um weiter Kuchen zu verteilen –, wollte er Zeuge sein, wie das Mädchen sich verhielt. Es war anzunehmen, daß der Junge mit der Mähne ihr Freund war. Aber warum tanzte der Junge dann, während Leni immer noch Kuchenstücke auf Teller verteilte, mit einer anderen Tänzerin, einem bildhübschen Mädchen! – objektiv gesehen sogar hübscher als Leni –, und warum bedrängte der Junge auch sie mit liebevoller Geste und küßte sie sogar mitten beim Tanzen auf die Wange, die Stirn, die Schultern?

Die Klingel riß ihn aus seinen Gedanken. Als Leni die Tür öffnete, sah Don Carlos einen älteren Mann eintreten – völlig anders als die jungen Männer, die er hier kennengelernt hatte –, in weißem Dreiteiler und offenem schwarzen Hemd; sogar noch weißhaariger als er – seine lange Mähne war schlohweiß –, doch mit flinken, jugendlichen Bewegungen, ebenso sein Lächeln und die Eilfertigkeit, mit der er Leni umarmte, sie hochhob und sie in der Umarmung im Kreis drehte, während beide sich küßten; und mit der er sich ein kleines Samtetui vom Revers löste, das er dort wie eine Brosche angeheftet hatte, und ihr dann überreichte, wofür er einen endlosen Kuß auf die gleiche Stelle erhielt, wo der Senator immer noch den von Leni spürte.

Der Neuankömmling war – wie es in den alten italienischen Romanen heißt und wie Don Carlos kurz darauf erfahren sollte – ein berühmter italienischer Choreograph, den die Staatsoper zur Mitarbeit bei der *Regie* des *Fliegenden Holländers* eingeladen hatte, nachdem er die Choreographie der Wagneroper in New York und Paris geleitet hatte. Als Leni ihn Don Carlos vorstellte, konnte dieser nicht verstehen, was sie sagte, erriet es aber aus dem fast perfekten Spanisch, das der Choreograph sprach, ein Spanisch mit italienischem Akzent, von dem er dachte, es würde seine Rettung an diesem Abend sein trotz der Müdigkeit und des heftigen Schmerzes, der ihn erneut heimsuchte.

»Ich möchte eine Choreographie auf der Basis von Nerudagedichten machen. Ich liebe Neruda«, sagte er zu ihm, als er sich neben ihn setzte und eine Havanna aus seinem weißen Jackett zog.

Da merkte Don Carlos, daß seine Erleichterung nicht nur daher rührte, daß er endlich verstand, was gesprochen wurde, sondern auch weil er nun von Dingen reden konnte, die er kannte. Der Italiener war sympathisch, herzlich und brachte ihm besondere Aufmerksamkeit entgegen, so als existierte der Rest der kleinen Feier gar nicht.

»Leni hat mir erzählt, daß Sie in einem Konzentrationslager waren. Ich möchte mich gerne mit Ihnen unterhalten.«

»Das ist nett von Ihnen.«

»Ich möchte eine Choreographie machen über die Erniedrigung«, meinte der Italiener. »Ich möchte die Grenzen dessen zeigen, was ein menschliches Wesen physisch ertragen kann. Und ich möchte zeigen, wieviel ein Folterer zu ertragen fähig ist. All das als Choreograph, versteht sich. Leni hat mir gesagt, daß Sie in Chuqui … Chami …«

»Chacabuco«, sagte der Senator euphorisch. Niemals hätte er sich träumen lassen, daß man ein Ballett über diese traurigen, so eintönigen Tage machen könnte.

»Ecco! Chacabuco!« und er zündete die Zigarre wieder an, die ausgegangen war. »Wurden Sie in Chacabuco gefoltert?«

»Nein, ich wurde für mehrere Monate dort gefangengehalten, aber man hat mich nicht gefoltert.«

»Und wie sind Sie dort wieder herausgekommen?«

»Dank einer Initiative des Weltkirchenrats.«

»Entschuldigen Sie die Frage … Aber welcher Religionsgemeinschaft gehören Sie an?«

»Gar keiner.«

»Und warum dann dieser Rat?«

»Weil er sich für uns alle eingesetzt hat, Gläubige und Nichtgläubige. Es ist zu umständlich, es zu erklären.«

»Und danach sind Sie ins Exil gegangen?«

»Ja. Die Entlassung aus Chacabuco war verbunden mit einem Landesverweis.«

»Und warum sind Sie hierher ins Exil gekommen?«

»Weil die Partei es so bestimmt hat.«

»Und Sie wurden nicht gefoltert?«

»Nein.«

Auf einmal erklang Jazzmusik. Der Choreograph sah sich suchend um, und als er sich mit Lenis lachenden Augen traf, erhob er sich, ging auf sie zu, breitete mit großer Geste die Arme aus und forderte sie zum Tanz auf.

Einer der Jungen – der Don Carlos von Beginn an extra-

vaganter als alle anderen erschienen war – bot ihm ein Glas Weißwein an. Der Senator bedankte sich, und sie prosteten sich wortlos zu. Der Wein war lauwarm. Leni tanzte nach dem Verständnis des Senators recht intim mit dem Choreographen. Der langhaarige Junge, der auch Leni lange auf den Mund geküßt hatte, tanzte jetzt mit der attraktivsten jungen Dame des Fests. Die hübscheste, Leni, hatte die Wange an die des Choreographen geschmiegt, und Lenis langes, schwarzes Haar vermengte sich mit der schlohweißen Mähne des Italieners. Und ihre Körper bewegten sich vollendet zum Rhythmus einer Musik, auf die Don Carlos nicht zu tanzen gewußt hätte, und sie waren im siebten Himmel bei dem, wovon er nichts verstand, der geheimnisvollen und vielsagenden Sprache des Tanzes; und er sah, daß der Körper des Choreographen und Lenis einander näherkamen, sich in einem Spiel von Besitznahme und Zurückweichen ineinanderschlangen, das mit der Musik an Rhythmus und Geschwindigkeit gewann. Don Carlos dachte – er dachte nicht mal, sondern wußte –, daß derselbe Tanz, haargenau die gleichen Bewegungen, wäre er anstelle des Choreographen gewesen, obszön gewirkt hätte.
Wie alt war wohl dieser Mann mit der weißen Mähne, der so anders gekleidet war als er, so entfernt vom grauen Anzug und der ritualisierten Einheitskluft des Parteibüros? Während er den Mann beobachtete, der mit Leni tanzte, setzten sich ein paar Gäste – vermutlich die jüngsten – neben Don Carlos auf den Boden und versuchten, ein Gespräch mit ihm anzuknüpfen. Doch auf die Initiative der Jungen konnte Don Carlos nur mit Gesten reagieren, die jeden Unterhaltungsversuch bremsten. Jemand nahm ihm das bereits leere Glas aus der Hand und reichte ihm ein anderes, diesmal mit einer dunklen Flüssigkeit, die Cognac sein mußte und die der Senator anwärmte,

indem er das Glas zwischen seinen Handflächen hin und her drehte in der Hoffnung, ein guter Schluck Cognac mit der angemessenen Temperatur könnte seinen Schmerz lindern, der wieder heftiger wurde. Sie stellten ihm Fragen, die er nicht verstand, einige blickten ihn neugierig an, andere mit einer gewissen Sympathie, manch einer auch mit kalter, mißtrauischer Neugierde. Der Schmerz nahm zu, ebenso Lenis Vertrautheit mit dem Choreographen. Und die Müdigkeit und der andere Schmerz; der tiefsitzende Kummer, der ihn wie ein erster Tod befiel, noch vor dem, der sich mit dieser Folter seiner Eingeweide ankündigte, und es war einfach die Gewißheit, daß alles sehr bald unweigerlich seinen Lauf nehmen würde, der Tanz und das Küssen würden weitergehen, die Musik und die Worte, doch er würde nicht mehr da sein, nicht einmal als stummer Zuschauer.
Unerwartet nahm Leni im Sessel neben dem Senator Platz, ergriff seine Hand und sagte mit Blick zum Choreographen, damit er übersetzte: »Entschuldigen Sie. Ich würde gerne hier wohnen bleiben. Jetzt, da ich Sie kenne, tut es mir leid, das Appartement aufzugeben. Sie wissen ja, daß ich nur vorübergehend hier bin.«
»Mir tut es auch leid, mich von Ihnen zu trennen. Sehr leid. Ich bin derjenige, der hier nur vorübergehend wohnt«, übersetzte der Choreograph.
»Hat man Ihnen die Rückkehr erlaubt? Ist es Ihnen endlich gelungen?« fragte Leni, und ihr Gesicht leuchtete plötzlich vor Enthusiasmus.
»Nein. Das ist jetzt nicht mehr möglich.«
»Dann ziehen Sie in ein größeres Appartement? Ich gratuliere. Ich würde Sie herzlich gern in Ihrem neuen Heim besuchen.«
»Nein, niemand hat mir gesagt, daß mir eine größere Wohnung zur Verfügung stünde.«

Leni schwieg einen Moment, bevor sie fragte: »Warum haben Sie dann gesagt, daß Sie vorübergehend hier sind, genau wie ich?«
»Ach, das ist nur so eine Redensart. Ich fühle mich nicht wohl. Ich möchte Sie bitten, mich nach Hause zu begleiten.«
»Brauchen Sie etwas? Ein Schmerzmittel?«
»Ich werde etwas vor dem Schlafengehen nehmen. Was ich brauche, ist Schlaf.«
Leni und der Choreograph begleiteten ihn bis zur Tür seines Appartements. Der Alte wußte, daß der Schlüssel immer in der rechten Jackettasche steckte. Als er aufschloß, bedeutete Leni dem Choreographen mit einer Handbewegung, sich zurückzuziehen. Gemeinsam betraten sie das Zimmer. Leni schaltete das Licht an. Der Senator ging zum Bett und hielt sich mit beiden Händen den Magen.
»Soll ich Ihnen eine Tasse Tee kochen?«
»Nein, vielen Dank. Ich möchte jetzt schlafen gehen.«
Leni nahm ihn sanft am Arm und half ihm, sich aufs Bett fallen zu lassen. Der Alte atmete erleichtert auf und schloß die Augen.
»Verzeihung«, sagte Leni und streichelte ihm die Wange. »Ich hätte nicht darauf bestehen sollen, daß Sie kommen.«
»Nein, nein. Ich wollte ja kommen. Danke für die Einladung. Es war ein schönes Fest.«
»Die Leute sind nett.«
Der Alte verstand und nickte mit dem Kopf.
»Jetzt möchte ich schlafen«, sagte er.
»Tut es sehr weh?«
Auch das verstand er.
»Nicht so schlimm. Niemand stirbt an solch einem Schmerz, nehme ich an.«

Don Carlos öffnete die Augen und sah sie so nahe, so vollkommen in ihrer weißen Tunika. Sie war eine besorgte Braut, die kaum die Tränen zurückhalten konnte.
»Machen Sie sich keine Sorgen. Ich werde nicht sterben, bevor Sie dieses Haus verlassen.«
Doch das war für Leni schon zu schwer zu verstehen. Da die Gesten und Worte, die sie von ihm gelernt hatte, nicht ausreichten, verstand sie nicht, was Don Carlos ihr sagte. Sie küßte ihn und ließ ihn, nachdem sie das Licht gelöscht hatte, in seinem Appartement allein.

Kapitel VIII

Hermann hatte man ein paar schwarze Schaftstiefel, wer weiß von wem und von wann – es waren uralte Stiefel –, an den Kopf geworfen, und da er keine andere Wahl hatte, zog er sie schließlich an, um seine Füße vor dem Schnee zu schützen. Wegen dieser Stiefel fiel eines Tages Paulas wütender Blick auf ihn; es war ihre erste Begegnung. Er aß gerade geruhsam seine Suppe an der langen Flüchtlingstafel. Hermann aß stets geruhsam und bedächtig, aber niemand hätte dabei gemeint, sein monotones Kauen und sein Schweigen könnten besagen, daß seine Gedanken abschweiften. Eigentlich dachte er an das, was er augenblicklich tat: an die wohltuende Tatsache, daß nach all den Wirren, dem Blutvergießen und den verheerenden Verwüstungen die Welt und ein paar Menschen noch immer dafür sorgten, daß Leute wie er mittags in den Genuß einer heißen Suppe kamen, um sich aufwärmen zu können. Und mit der gleichen Konzentration und Andacht kaute er eine Schwarzbrotscheibe mit Schmalz, einen Apfel oder ein Stück trockenes, salziges Fleisch. An jenem Mittag, als er sich bedächtig seine Gemüsesuppe einverleibte – über das Wunder sinnierend, daß er noch essen konnte –, wurde er von Paulas vielsagendem Blick aus seiner Andacht gerissen. Sie musterte ihn lange von oben bis unten, ohne daß er es merkte, obwohl er dann sehr wohl mitbekam, daß ihr Blick sich schließlich auf die beklagenswerten Löcher

seiner Stiefel heftete. Augenblicklich folgte auf den verächtlichen Blick der Speichel, der wie ein Sprühregen auf das schon ausgeblichene, an den Spitzen abgescheuerte und an den Hacken schiefgetretene, lehmbeschmierte Leder niederging. Hermann wandte das Gesicht um, denn er wollte den Mund sehen, der einem so armseligen Schuhwerk eine solch heftige und feuchte Aufmerksamkeit schenkte. Er wandte sich so gemächlich um, wie er sich alle bescheidenen Gaben des Lebens einverleibte, die ihm noch vergönnt waren. Und dann sah er, als Krönung eines eher kleinen, zarten und schwächlich wirkenden Körpers das liebenswerteste Gesicht, das er je erblickt hatte, sich gegen die Bretterwand des Schuppens abzeichnen, ein Gesicht so schön, mit den zornig blitzenden Augen, mit dem stolz vorgereckten Kinn und der hochmütigen breiten Stirn, am schwarzen Haaransatz eingerahmt von dem geblümten Kopftuch, das die Bäuerinnen von Talitsa trugen, wenn sie den Flüchtlingen das Essen vorsetzten. Vierzig Jahre später erzählte Hermann Mario im Garten seines Hauses, den Blick auf die Blumen wie auf eine andere Zeit geheftet, daß er sich in Paula genau in dem Augenblick verliebt hatte, als ihr Speichel auf die Stiefel troff, die einem Nazioffizier gehört hatten.
Bei einer der abendlichen Runden im *Ghetto* erzählte uns Efa die andere Seite dieser Geschichte. Mit Hilfe mancher Übersetzung, ihrer eigenen Gestik und der Gebärden, mit denen wir schließlich alle zur Erzählung beitrugen, um das richtige, das passende Wort zu finden, fügte sich allmählich Paulas Geschichte zusammen und damit die Vorgeschichte des wütenden Blicks und des demütigenden Speichels zu Hermanns Erniedrigung, als er schweigend sein Flüchtlingsmahl aß.
Paula lebte in der Gegend von Yedenitz – im ehemaligen Bessarabien – mit ihren Eltern, ihren vier jüngeren Ge-

schwistern und ihrem Großvater. Als ihr Dorf besetzt wurde, erlebte sie in einer einzigen Nacht ihre Rettung und ihr Verhängnis. Efa erzählte uns erst von Paulas Rettung: Die Soldaten hatten den Befehl, die erste Phase der Vernichtungsaktion damit abzuschließen, daß sie die Frauen, die dem Offizierskorps und der Truppe gefällig sein könnten, zur Kommandantur brachten. In ihrem Haus war sie die einzige, die den Anforderungen dieser unheilvollen Nachfrage entsprach, so daß nur sie das unfreiwillige Angebot von fünfzig zum Vergnügen für diese Nacht ausgewählten Frauen ergänzte, denn das kleine Dorf war nur eine von vielen Stationen auf einem Marsch zu wichtigeren Zielen. Was hier geschah, würde für die Besatzer in den nächsten Tagen, wenn sie höheren militärischen Anforderungen genügen müßten, bei denen die Gefahr des Heldentodes lauerte, bereits vergessen sein. Was für sie kurz darauf weder Gegenstand der Erinnerung noch der Reue sein würde – sei es, weil neue Verbrechen das Bewußtsein der alten löschen oder am Ende ein tödlicher Treffer und das ewige Vergessen stehen würden –, war eine Erinnerung und ein Alptraum, die auf Paula ihr ganzes Leben lang lasten sollten. Von Eltern und Geschwistern getrennt, wurde sie zum Hauptquartier gebracht, das die Eroberer provisorisch in der Dorfkirche errichtet hatten, und dort wurde sie wiederum von ihren Leuten – den anderen festgenommenen Frauen – getrennt und in einen kleinen Raum geführt, den der Major sich für diese Nacht als Büro eingerichtet hatte. Paula war damals siebzehn Jahre alt. Man vermutet zu Recht, daß für sie, die bisher in einem ruhigen Dorf gelebt hatte, diese zweite Trennung einem unverständlichen Todesurteil gleichkam. Deshalb wunderte sie sich, daß der Offizier sie mit einer gewissen Höflichkeit behandelte, als er ihr bedeutete, sie solle Platz nehmen, und ihr ein

Stück Schwarzbrot und ein Glas Wasser anbot. Sie wußte, daß er nicht viel mehr anzubieten hatte. Der Offizier, mit dem sie nicht ein Wort wechselte, da sie sich nicht verständigen konnte, war irgendwie behutsam in seiner Gestik. Er schloß die Tür, was die Schmerzensschreie dämpfte, die vom Platz herüberdrangen. Paula spürte, daß sie erneut von etwas getrennt wurde. Der Offizier setzte sich auf einen lederbezogenen Stuhl mit hoher Rückenlehne, der hinter dem Streibtisch stand, und wartete, daß Paula das Stück Brot aß; dann befahl er ihr mit einer unmißverständlichen Geste näherzukommen. Als Paula bei ihm war, streckte er die Arme aus, streichelte sie am Hals und zog ihr das Wollkleid, das Hemd ihres Bruders und schließlich das Mieder aus. Eine ganze Weile betrachtete er Paulas Blöße, sah sich an ihr satt, angefangen bei den zitternden Brüsten bis zum Gesicht, entflammt wie an den Abenden, wenn sie am Feuer strickte. Paula spürte, daß der Blick des Offiziers auf ihren Brüsten eine Intimsphäre verletzte, die die Männer ihrer Familie respektiert hatten, ohne daß sie ahnte warum. Der Offizier zeigte auf seine Stiefel und gab ihr zu verstehen, sie solle sie ihm ausziehen. Paula, die sich vorgebeugt hatte, um die Operation der sie entblößenden Hände zu erleichtern, aber auch, um ihre Nacktheit zu verdecken, ging schließlich vor den Stiefeln des Offiziers in die Knie. Sie zog sie ihm mit zwei erfolgreichen Rucken aus, nur schlecht Haß und Furcht verbergend, die sie empfand, und wartete dann auf etwas, von dem sie nicht wußte, was es war, aber auf jeden Fall etwas sehr Schmerzliches, das sie seit ihrer Gefangennahme befürchtet hatte. Dann, nach einer weiteren Pause, gab der Offizier ihr ein Zeichen, sie solle ihm die Stiefel wieder anziehen. Als er sie perfekt und glänzend, bis zum Knie reichend, wieder an den Füßen hatte, stampfte er kräftig auf, damit sie richtig saßen, tat ein paar Schritte auf den Tisch zu, trank einen Schluck aus seiner Flasche mit ukrainischem Weinbrand und nahm wieder auf dem Lederstuhl Platz. Dort wiederholte er den Blick, der von Paulas Brüsten bis zu ihren fragenden Augen schweifte, und zeigte erneut auf die Stiefel. Als sie sich daran machte, sie ihm mit einem Ruck zum zweiten Mal auszuziehen, vernahm sie wieder verzweifelte Schreie, die von der Straße kamen. Das gleiche Grauen wurde durch die Wiederholung doppelt schlimm. Die Schreie, die von draußen hereindrangen, wurden jedes Mal verzweifelter, während sie den Anweisungen des Fingers folgte, der ein ums andere Mal auf die Stiefel wies, die sie ihm ausziehen und wieder anziehen sollte. Und jedes Mal ging er schwankender zur Flasche, die nichts mehr hergab, als er ihr mit einem letzten Wink bedeutete, sie solle sich zurückziehen.

Das ist die kurze Geschichte ihrer Rettung. Der Offizier wollte keine Frau, er wollte eine Sklavin. Doch in dem Augenblick, als Paula sich in Sicherheit fühlte, ahnte sie auch schon das Unheil. Mit den Stiefeln beschäftigt, hatte sie die Schreie vernommen. Draußen stand jetzt alles in Flammen. Paula lief die Hauptstraße ihres Dorfes entlang und nahm nun, Glut und Flammen ausweichend, das Klagen wahr, das von den Schreien übertönt worden war. Schreie und Klagen begleiteten sie, bis sie beim letzten Feuer, dem ihres Hauses ankam. Die Schreie der Ihren erstickt von den Flammen; nun begann ihre Klage, die nur das Feuer der Zeit ersticken würde, wenn auch weitaus langsamer; und in den späteren Träumen sollte sie wieder auflodern.

Die Okkupation von Yedenitz dauerte nur diese eine Nacht. Die Fremden, die nichts dort besaßen, setzten ihren Marsch fort; die dort alles besessen hatten, waren mit der Asche erloschen. Die fünfzig glücklichen Überlebenden – die hübschesten Frauen des Dorfes – begruben ihre Toten, stellten behelfsmäßig Kreuze aus verbranntem Holz auf, machten die zurückgelassenen Karren flott, trieben die vor dem Brand geflohenen Pferde zusammen und zogen gen Osten.

Nach drei Monaten ereichten sie die russische Grenze. Dort hielten sie sich eine Zeit auf, für die sie inzwischen jegliches Gefühl verloren hatten; vielleicht einen Monat, vielleicht ein Jahr. Am Ende dieser Wartezeit wurden sie nach Talitsa geschickt, in ein anderes kleines Dorf, ein Flüchtlingslager.

Als sie dort einige Jahre später die Gemüsesuppe am langen Tisch der Überlebenden austeilte, spürte sie, daß das Feuer jener Nacht sie immer noch verzehrte. Neben den Schemelbeinen sah sie ein Paar schwarzer Schaftstiefel, ihr brennendes Haus, die verlorene Familie, die im Feuer begraben lagen.

Man warf ihm schwarze Schaftstiefel an den Kopf, die er sogleich erkannte – die Stiefel eines Wehrmachtsoffiziers –, und er verstand auch direkt, was das für den Vertreter der Roten Armee bedeutete, der damit beauftragt war, ihn zu empfangen. Ja, das leuchtete ihm noch ein. Was sein Fassungsvermögen überstieg, war der Widerspruch zwischen seiner persönlichen Geschichte und diesem Tritt der Stiefel, der ihn praktisch ins Gesicht traf. Er hatte Deutschland verlassen; er hatte auf eigenen Entschluß hin, den er am Tag nach seiner Hochzeit in der Schweiz faßte, der ersten Station seines Exils, für die Spanische Republik gekämpft; auf Betreiben der Republik war er gegen Ende des Bürgerkrieges nach Frankreich geflohen; die französiche Vichy-Regierung hatte ihn verhaftet, eingesperrt und nach einem Jahr in ein algerisches Konzentrationslager, eigentlich ein ganz normales Gefängnis, abgeschoben (an einem Abend zeigte Mario uns Fotos von Hermanns Zelle, die der Minister ihm selbst geschenkt hatte); und infolge einer Abmachung zwischen Frankreich, Deutschland und der Sowjetunion holte man ihn nach zwei Jahren dort heraus und schickte ihn in die UdSSR. Schließlich kam er nach Talitsa, in gewisser Weise wieder ein Gefangenenlager, nur daß sich dort Flüchtlinge unterschiedlicher Herkunft zusammenfanden, einschließlich der politischen Gefangenen aus Moskau und Leningrad. Dort in Talitsa, einem kleinen idyllischen Ort wie von Tschechow beschrieben, aber voll Dramatik durch die zahlreichen Besiegten aus unterschiedlichen Schlachten unter verschiedenen Flaggen, kam er vier Jahre später in den Genuß dieser Stiefel. Es stimmt, daß er damals noch einer Untersuchung durch die offiziellen Organe unterzogen wurde. Als dieses Urteil positiv ausfiel, wurde er der Roten Armee zugeteilt – eine Entscheidung, die seinen Stolz und seinen Enthusiasmus entfachte –, und von dort zog er an die Front bei Leningrad. Die ersten beiden Jahre der historischen Belagerung erlebte er als Soldat und die letzten beiden, als man glaubte, Widerstand sei eigentlich schon sinnlos, als Ausbilder von Kindern, die bereit waren, zu den Waffen zu greifen, um die Stadt, in der ihre Väter unter dem Schnee begraben lagen, zu verteidigen. Und als der unerwartete Sieg kam und der Frieden es erlaubte, äußerlich wieder zur Normalität zurückzukehren, zu einem Schatten des Lebens, an dem vorher die Millionen von Gefallenen teilgenommen hatten, die nun nicht mehr oben am Tisch saßen oder das Bett teilten, wurde Hermann erneut nach Talitsa entsandt. Er war wohl der einzige Deutsche, der siegreich von der langen Belagerung zurückkehrte, glücklich über diese so verheißungsvolle

Niederlage der deutschen Truppen. Die Wehrmacht bereitete ihren Rückzug von dieser und anderen Fronten vor. Die Sowjets, die mit Hermann den Rückmarsch antraten, kamen schließlich heim, viele konnten ihre Frauen, ihre Eltern, ihre Kinder in die Arme schließen, begannen damit, die Spuren des Krieges zu beseitigen. Hermann kehrte in die gleiche Baracke zurück, wo sich die Flüchtlinge, die Besiegten aller Fahnen zusammendrängten, und war glücklich, zum Sieg beigetragen zu haben. In Talitsa war alles mehr oder weniger unverändert; die Anstrengungen in der Landwirtschaft, die nötiger waren denn je, die Antifaschistenschule, das Trinken jenes seltsamen Alkohols, den sie aus Kartoffeln gewannen, und das Mittagessen, die einzige Mahlzeit, die täglich an der langen Tafel in der Baracke ausgegeben wurde. In diesem Flüchtlingslager – Endstation für Flüchtlinge zweifelhafter Herkunft und für Nazikriegsgefangene – bekam er die ungeheure Wut des Beauftragten zu spüren, der ihn, als er für ihn diese Stiefel auswählte, weiterhin als Feind brandmarkte, oder zumindest als verdächtig, einer zu sein.

Als Eva uns, den Tränen nahe, diese Geschichte erzählte, spürten wir, daß sie uns mochte. Und wir spürten, daß sie in Marios Welt akzeptiert sein wollte. Doch da wir Zweifel hegten, ob unsere Welt noch Marios war, lauschten wir ihr zwar wohlwollend, aber auch voller Mitleid. Wir wußten, daß sie, wenn sie uns umarmte, das Gefühl hatte, ihre Eltern in die Arme zu schließen. Aber weder Mario noch wir gehörten noch zu dieser Welt. Wahrscheinlich waren selbst die Eltern ihrer Vergangenheit nicht mehr treu.

Kapitel IX

Die Pan Am-Maschine, die Lorenas Eltern nach Berlin brachte, landete in Tegel um 16 Uhr 50, fünf Minuten nach der angekündigten Zeit. Und dort war pünktlich der Parteisekretär von Berlin-West – der junge, ausgemergelte Mann, der an der Theke von La Batea bediente – und hielt ein gelbes Schild hoch, auf dem mit dicker grüner Tinte *Eheleute Fernández* geschrieben stand. Obwohl er diesen Posten erst seit zwei Monaten innehatte, wußte er, daß seine Funktion ihm von Zeit zu Zeit Interessanteres bescheren würde als eine Tombola zu organisieren zugunsten von Kritikern des chilenischen Regimes. Als er vom Senator den Auftrag erhielt (»Jemand muß die Eltern eines Mädchen abholen«), erkannte er sofort, daß er den versteckten Sinn dieser Botschaft entziffern mußte, und erwartete einen höchst vertraulichen Auftrag: auf dem Flughafen Tegel zwei eminent wichtige Funktionäre aus der Heimat abzuholen und sie dann nach Ostberlin einzuschleusen, zwei tapfere Genossen, die wie die Boten der Tragödie direkt aus der Schlacht kamen, gezeichnet von ihren verheerenden Spuren. Deshalb war er nicht wenig überrascht, als dem Aufruf ein völlig harmlos aussehendes Pärchen folgte, das hoch und heilig schwor, das Ehepaar Fernández zu sein.

Als Don Arnaldo Fernández – Lorenas Vater – in den Ruhestand treten mußte, veränderte sich seine Lage nicht in dem Maße, wie es alle erwartet hatten.
Üblich ist, daß man vom aktiven Gehaltsempfänger zum passiven wird, mit den entsprechenden Gehaltseinbußen, versteht sich. Angespornt von seinem Schwiegersohn, ließ er sich überzeugen, daß sich das Risiko lohnte, sich vom unfreiwilligen Müßiggänger, dieser Spezies eines in allen Ehren Ausgeschiedenen und schon Halbtoten, unversehens in einen Unternehmer zu verwandeln, der in das lohnende Baugeschäft einsteigt. Es ging darum, die fünfzehn Millionen, die er als Ruhestandsgeld erhalten hatte, in eine Fabrik für Fenster und Türen zu stecken. Sein Schwiegersohn verstand etwas davon, da er Bauunternehmer war, und die Aussichten, die der Markt bot, versprachen eine Investition ohne größere Risiken und mit mehr als zufriedenstellendem Gewinn. Als der Schwiegersohn mit der Absicherung des Projekts fertig war und sie nach der Erfüllung der übrigen Formalitäten die Bankgenehmigung erhielten, durchlebte Don Arnaldo wochenlang eine Reihe widersprüchlicher, teils beklemmender Gefühle. Einerseits empfand er, daß das Resultat einer fünfunddreißigjährigen Arbeit an Wert verloren hatte. Er konnte dieses Gefühl nicht recht in Worte fassen und es noch weniger mit den Argumenten in Einklang bringen, die seine Familie – mit Ausnahme von Doña Elvira – ins Feld führte, alle in hoffnungsvollem und entschiedenem Vertrauen in das neue Unternehmen und die Investition, die dazu gehörte: nicht weniger als der gesamte Betrag seines Ruhestandsgeldes. Als er sich zu Beginn noch zaghaft widersetzte, war es wegen seiner völligen Unkenntnis dessen, was sein neues Betätigungsfeld sein sollte. Die Beherrschung der Materie seitens des Schwiegersohns reichte voll und ganz aus, um die Familie zu beruhigen. Es war auch das Argu-

ment, das alle im Munde führten, um seine Einwände zunichte zu machen. Freilich konnte diese Argumentation seine hartnäckigen Zweifel nicht ausräumen, was ihm in den ersten Monaten den Schlaf raubte. Don Arnaldo sah die Sache folgendermaßen: Dreißig Jahre lang hatte er bei Casa García gearbeitet, einem Geschäft, das vor ein paar Jahrzehnten bedeutend gewesen und von den Einkaufszentren wie Malls und Panorámicos schließlich in den Konkurs getrieben worden war. Doch als das eintrat, gelang es Don Arnaldo paradoxerweise, zu besseren Konditionen in den Ruhestand zu gehen als erwartet. Er hatte stets gedacht, daß diese fünfzehn Millionen das Ergebnis einer erfolgreichen Arbeit waren, die er ein ganzes Leben lang geleistet hatte. Er wurde für das bezahlt, was er nach einhelligem Urteil gut gemacht hatte. Immerhin hatte er, als er im Geschäft anfing, nur als kleiner Handlanger gearbeitet und erst mit der Zeit alles Notwendige gelernt, um bis zum Verkaufsdirektor aufzusteigen, ein wichtiger Posten in einem Geschäft, in dem niemals die Bezeichnung ›Geschäftsführer‹ üblich war, um diejenigen zu benennen, die eine gewisse Verantwortung für die Abläufe im Hause trugen. Also hatte er die Summe von fünfzehn Millionen erhalten, weil er gelernt hatte, die Stoffe zu bestimmen, zuerst durch Anfühlen und dann nach bloßem Augenschein; die Anzüge bei optimaler Raumnutzung anzuordnen; die Kunden zuvorkommend zu behandeln in einer Art, die nie ans Vertrauliche grenzte, und so formvollendet, daß es nie als Förmlichkeit aufgefaßt werden konnte; viele Jahre zuvor, als er noch frisch verheiratet war, verstand er es bereits, sich ungezwungen im Ankleideraum zu bewegen, Vertrauen einzuflößen, die Vorliebe des Kunden für das zu kaufende Kleidungsstück zu erwecken, bevor dieser es noch aussprach, bereits auf den schiefen Sitz der Schultern oder die Falte in der Hose aufmerksam zu

machen, die man erst bemerkte, wenn man ein paar Schritte tat, sich dann elegant hinzuknien, hier oder dort den sicheren Strich mit der Kreide zu ziehen, womit man den Kauf als abgemacht betrachtete, zur vollen Zufriedenheit der Kunden, die stets wiederkehrten und nach Herrn Fernández verlangten. Und auf die langen Jahre, die er auf das Lernen und die virtuose Ausübung des Gelernten verwandt hatte, folgten, als er bereits Verkaufsleiter war, die Jahre, die er mit ebensolchem Eifer nutzte, um viele andere auszubilden, die, als sie ankamen, noch nicht zwischen einem festen und einem leichten Wollstoff, zwischen gekämmter Kaschmirwolle und Flanell zu unterscheiden wußten. Viele, die dann ebenso versiert darin waren, mit Nadeln einen Abnäher zu markieren, bevor der Kunde es merkte. So wuchsen im Verlauf der Jahre die Töchter heran, und mit den einen oder anderen Ersparnissen wurden auch das Haus in La Cañada, die Weinstöcke, der Keller, das Eisengitter als Ersatz für das Holz größer und das Tor breiter, denn eines Tages – vor allem, wenn die kleine Lorena auf die Universität käme und verspräche, ein helles Köpfchen zu werden – müßte dort das imaginäre Auto in die noch nicht erbaute Garage einfahren. So war das Leben: die Mädchen aufwachsen sehen und das Haus in La Cañada erweitern. Das Leben waren aber auch die neun oder zehn Stunden täglich auf den Etagen und Treppen des anderen Hauses, der Casa García. Dort folgten immer noch die Jüngsten nach und versuchten zu lernen, während er, schon einigermaßen müde, sich ebensolche Mühe geben mußte, um die Einzelheiten seiner Unterweisung nicht zu vergessen.
Fünfzehn Millionen für gute Arbeit in fünfunddreißig Jahren. Und nun lieh die Bank ihm weitere dreißig, um etwas zu machen, wovon er absolut nichts verstand! Da er irgendwann dieses Geld zurückzahlen müßte, fühlte

er sich vollkommen abhängig von den Fähigkeiten seines Schwiegersohns, doch auch als Nutznießer, was Kenntnisse anbelangte, die er nicht besaß, das Dasein eines Parasiten, einer Art Spekulant. Und in den schlaflosen Nächten nach dem dritten oder vierten Gang zum Kühlschrank, um ein Glas Wasser zu trinken – das er später immer mit etwas Wein mischte –, kehrte er ins Bett zurück, zündete sich eine Zigarette an und dachte: Warum fünfzehn Millionen für das, was ich fünfunddreißig Jahre lang gut erledigt habe, und dreißig Millionen für etwas, wovon ich absolut nichts verstehe und was ich noch nie getan habe? Wie soll das alles noch enden? Am nächsten Morgen hatte der Schwiegersohn alle Mühe, ihn wieder zu beruhigen: »Die Bank leiht uns das Geld, weil ich Bauunternehmer bin, Don Arnaldo, und weil ich was von meiner Arbeit verstehe. Und da wir eine Gesellschaft gegründet haben, erhalten Sie dieses Geld – oder besser gesagt, erhalten wir es –, weil Sie Kapital mit einbringen. Wenn das Geschäft gut läuft und wir über genügend Rücklagen verfügen, gewährt die Bank uns einen Kredit. Ihr Geschäft besteht im Geldverleihen, verstehen Sie? Die tun uns keinen Gefallen. Im übrigen kassieren sie Zinsen von uns und haben die Hypothek als Garantie.«

»Und wie werden wir bezahlen?«

»Mit dem Ertrag des Unternehmens.«

»Und wann?«

»Das kommt darauf an. So bald wie möglich. Ich schlafe bei diesen Schulden auch nicht ruhig. Am wichtigsten ist, daß wir schon mit der Produktion beginnen, und wir haben drei gute Aufträge. Da kann nichts schiefgehen, glauben Sie mir.«

»Na gut, wenn Sie es sagen ... Und was für eine Rolle werde ich bei dem Ganzen spielen?«

»Sie sind mein Partner.«
»Aber ich verstehe doch gar nichts von Türen oder vom Bau.«
»Das ist auch gar nicht nötig. Sie sind der stille Teilhaber.«

Der stille Teilhaber ging am einundzwanzigsten Dezember 1985 um zwei Uhr nachmittags an Bord der Lufthansamaschine. Es war das erste Mal, daß er flog, und beim Start machte ihm dieses entsetzliche Motorengeräusch, das zwanzig Stunden mit den Füßen neuntausend Meter über dem Erdboden ankündigte, klar, daß außer dem Konkurs von ›Türen und Fenster Fernández GmbH‹ dieser Flug das Schlimmste war, was ihm im Leben widerfahren konnte. Neben ihm, ebenso zitternd und verstört, unterdrückte Doña Elvira ihre plötzliche Angst und wiederholte den ewigen Vorwurf.
»Hättest du auf mich gehört, wären wir jetzt nicht in dieser Lage.«
»Sei ruhig. Man redet nicht im Flugzeug.«
Da völlige Ruhe herrschte, glaubte Doña Elvira seit langem zum ersten Mal wieder einer der absurden Behauptungen ihres Mannes und wandte den Blick auf die Wolken, in die die Riesenflügel der Maschine eintauchten. Als sich das Flugzeug auf die Seite legte, sah sie auch zum ersten Mal ihre Stadt aus einer Höhe, von der sie geglaubt hatte, daß sie allein Gottvater vorbehalten sei. Es war eine ausgedehnte, fast unförmige graue Masse, ohne Umrisse von Straßen oder Dächern. Diese seltsame Masse, die sich immer weiter entfernte, schien jetzt nicht das Ziel, auf das sich der Blick Gottes oder wessen auch immer richtete. Sie hatte das Gefühl, in dieser Magma würden ihr Haus, die Häuser ihrer Töchter, der Donnerstagmarkt, die Gladiolen, die sie jeden Tag gegossen hatte,

wobei sie auch die Backsteine der Mauerwand befeuchtet hatte, für immer verschwinden.

»Wenn es jetzt abstürzte, wäre es das Beste«, sagte sie so leise, wie sie konnte. Jetzt wußte sie ja, daß man in Flugzeugen nicht spricht, und deshalb sagte sie es so flüsternd, daß nur er es verstand.

Mit festem Boden unter den Füßen hätte Don Arnaldo auf eine solche Provokation ungehalten reagiert. Doch wie es scheint, hat die Angst auch eine besänftigende Wirkung, denn er sprach zu ihr ohne die geringste Aggression und war so freundlich wie seit langem nicht mehr.

»Wir sind auf dem Weg, deine Tochter zu sehen. Du wirst deine Enkel kennenlernen. Wenn sie das Essen bringen, versuch, etwas zu essen.«

»Welches Essen?«

»Sie haben es dir doch erklärt. Und sie haben dich gebeten zu essen.«

»Ich bringe nichts runter, verstehst du das nicht?« flüsterte sie.

»Vielleicht bringst du ja hier etwas herunter«, meinte Don Arnaldo.

»Vielleicht«, sagte sie in anderem Ton, ganz überrascht über den zärtlichen und bangen Klang der Stimme ihres Mannes.

Doña Elvira hatte aufgehört zu essen, als ihre Töchter ihr eröffneten, daß alles verloren sei, und es besser wäre fortzugehen, vor allem wenn es Lorena so gut ging in Deutschland. Ihre Nahrungsverweigerung geschah nicht vorsätzlich. Es war keine bewußte Ablehnung all dessen, was seit einiger Zeit um sie herum vorging. Es wirkte sogar so, als geriete jeder Rückschlag mit der Zeit oder vielleicht auch mit dem nächsten, der im Augenblick wichtiger schien, in Vergessenheit. Doch an einem schönen und glücklichen Tag nach der Rückkehr von einer Spazierfahrt zum Cajón del Maipo mit Arnaldo, Cecilia, ihrem Schwiegersohn und ihren verwöhnten Enkeln bekam sie im Haus ihrer Tochter auf einmal den Rest vom Asado nicht mehr herunter, und brachte es, noch im Topf, wieder mit. Auf der Heimfahrt war sie zum Erstaunen aller still, und sie schwieg auch weiterhin, als die anderen begannen, sie deshalb zu necken. Dabei ging ihr immerzu ein Satz, den Cecilia beim Mittagessen gesagt hatte, durch den Kopf, aber alle meinten, sie bewundere den Fluß, der sich in der Schlucht verlor, und die Berge, die die Landschaft einrahmten, obwohl auch sie sich verloren, von ihrer unmittelbaren, imposanten Höhe Abschied nahmen, je mehr sich das Auto den Weinbergen der Oberstadt von Santiago näherte, dem Ende des Sonntagsausflugs.

»Möchten Sie nicht mal Ihre anderen Enkel kennenlernen, Mama?«

Vorbote eines anderen Endes, das sie erwartete; und wieder verloren sich die Berge und jetzt auch die Wolken.

Die Stewardeß half ihnen, ein Plastiktischchen an der Rückenlehne des Vordersitzes herunterzuklappen. Darauf stellte sie ein Tablett, ebenso aus Plastik und hellblau, aber kleiner, auf dem mehrere Schälchen standen – aus Plastik in der gleichen Farbe – und in denen es ein Stück Huhn, Gemüse und Brotscheiben gab.

Der Alte beäugte seine betagte Begleiterin in der Hoffnung zu sehen, wie sie die Gabel in die Hand nahm, oder wenigstens auf den Teller blickte oder doch zumindest eine Handbewegung in Richtung Tablett machte. Doch er sah sie gleichgültig angesichts dieser Misere, deren einziger Vorzug darin bestand, nach absolut nichts zu riechen. Da meinte er in dem freundlichen Ton, den sie schon wieder vergessen hatte: »Iß doch, Frau. Freust du dich nicht, daß du deine Enkel kennenlernen wirst?«

Und sie spürte, daß diesmal seine Bitte nicht nur aus Angst vor den Turbulenzen so herzlich klang.

›Türen und Fenster Fernández GmbH‹ machte Konkurs, weil das Geschäft, das der Schwiegersohn Don Arnaldo vorgeschlagen hatte, nur dann perfekt war, wenn man die Realität außer acht ließ oder nicht berücksichtigte, daß diese sich ändern konnte, was häufiger passierte, als man annehmen sollte.
Es geschah, daß diverse Umstände den Aufschwung im Bauwesen hemmten, so daß die schon in Auftrag gegebenen Türen von den Firmen, die sie angefordert hatten, nicht gekauft werden konnten. Und da diese Bankrott machten, war die blühende Firma von Don Arnaldo und seinem Schwiegersohn wie ein Blatt im Sturm, der den Wunschtraum zerstörte mit der Folge, daß zusammenbrach, was wachsen sollte und der Ertrag verlorenging, was den meisten, die unter der schlechten Konjunktur zu leiden hatten, und vor allem den mißtrauischen Naturen, bestätigte, wie sinnlos letztendlich das Verbrechen des Putsches gewesen war. Weder die Bombardierung des Präsidentenpalasts von La Moneda noch die Erschießungen – selbst von Uniformierten – oder der Völkermord, der das dunkle Leben der Armenviertel noch mehr verfinstert hatte, oder die Bitterkeit und der Haß, der zunächst als Folge des politischen Konflikts die Familien entzweit und später zu den ungeheuren Greueltaten geführt hatte, oder der Belagerungszustand, der über Jahre hinweg in der Stadt geherrscht hatte, mit Sperrstunden, Ausnahmezustand, Notstand und totaler Willkür, schienen ihren Zweck erfüllt zu haben: Don Arnaldo, ein Befürworter des Putsches, denn er glaubte an das private Unternehmertum, fragte sich, warum Casa García Bankrott gemacht hatte, warum private Unternehmen zusam-

menbrachen und warum seine eigene Firma, jetzt, da er selbst zum Unternehmer geworden war, ebenfalls Konkurs machte. Seine älteste Tochter hatte ins Exil gehen müssen, weil die Diktatur ihr Leben und das ihres Mannes bedrohte; und jetzt war er ruiniert, nur weil er an das System geglaubt hatte, das einen Teil seiner eigenen Familie aus dem Land vertrieben hatte. Und als sei es damit nicht genug, hatte er Mario und Lorena auch noch in den Briefen erzählt, die Firma sei im Aufwind.

»Trotz allem glaube ich an das System«, wiederholte ihm sein Schwiegersohn jeden Tag. »Die Bank hat recht. Wir sollten die Maschinen nicht verkaufen.«

»Und wie lange nicht?«

»Bis es wieder aufwärts geht.«

»Und in der Zwischenzeit essen wir Scheiße?«

»Ja, lieber esse ich Scheiße, als die Fabrik für nichts zu verschleudern. Außerdem gibt es jetzt sowieso niemanden, der sie kauft.«

»Wenn wir die Maschinen verkauften, könnten wir aber wenigstens etwas zurückzahlen.«

»Einen Klacks, der ihnen noch dazu nichts nützt. Davon verstehen Sie nichts, Schwiegervater. Das Schlimmste, was uns passieren kann, ist, daß sie uns für Bankrott erklären.«

»Und warum?«

»Weil sie ebenfalls Konkurs gemacht haben.«

». . .«

»Sie müssen die größtmögliche Anzahl solventer Schuldner nachweisen. Leuchtet Ihnen etwas so Simples nicht ein, Don Arnaldo?«

»Natürlich nicht. Ich verstehe was von Stoffen, von Anzügen, vom Verkauf. Davon haben wir unser ganzes Leben lang gelebt.«

Und da der Schwiegersohn recht hatte – wenn das Don

Arnaldos bescheidenes Urteilsvermögen auch überstieg –, mußte der Bankdirektor sehr direkt werden, ja sogar etwas barsch, als er ihn bat, die Maschinen, die Anlagen und den Firmennamen zu behalten, denn, wie er ihm gestand, erlebten auch sie momentan eine Krise, bei der es ungünstig war, die Insolvenz der eigenen Schuldner offenzulegen. Als Ausgleich für die Verluste bei der Weiterführung einer stillgelegten Firma bot er ihm eine günstige Umschuldung an. Dieser Vorschlag sprengte endgültig die Auffassungsgabe eines einfachen Mannes, der nur von seiner Arbeit gelebt hatte. Mitten in seiner Krise – der von ›Türen und Fenster Fernández GmbH‹ – bot die Bank ihm großzügig an, seine Schulden in Dollar umzuwandeln, der zu dem Zeitpunkt 39 Pesos wert war. Eine Woche später stieg der Dollar auf 93 Pesos, so daß die Schulden, einschließlich der Zinsen, auf mehr als 90 Millionen Pesos anstiegen, die täglich angeglichen wurden, wobei sich jedesmal auch die Zinssumme erhöhte. Am 13. Januar 1983 wurde die Bank gesperrt, und nun ereignete sich zum Glück ein erneutes Wunder, noch ein großzügiges Angebot, das Don Arnaldo ebensowenig fähig war zu verstehen: eine Umschuldung zu seinen Gunsten, unter der Bedingung, daß ›Türen und Fenster Fernández GmbH‹ weiterbestand. Der Schwiegersohn meinte, das sei ein Wink des Himmels, die Rettung. Aber sie mußten einen Unterstellplatz mieten, um die Maschinen zu behalten. Die Bank versicherte ihnen, daß diese Ausgabe ihr Geld wert sei, wenn man die vorteilhafte Umschuldung berücksichtigte, die man ihnen bot. Folglich wurde das Wenige, das sie hier und dort einnahmen, fast immer durch Gelegenheitsarbeiten des Schwiegersohns und Zuschüsse anderer Familienmitglieder in die Miete dieses übelriechenden Kellergewölbes gesteckt – einer ehemals heimlichen Schnapsbrennerei, die aufgrund eines verpanschten Pisco

mit tödlichen Folgen vor drei Jahren geschlossen worden war – wo sie wie einen verborgenen Schatz die Maschinen hüteten, die in ihren Wunschträumen in einer ungewissen Zukunft wieder diese Türen und Fenster produzieren sollten, von denen Don Arnaldo nichts verstand. Als Gegenleistung für diesen Wahnwitz lohnte die Bank es ihnen mit einem noch größeren: der Unterzeichnung eines Schuldscheins über eine Höhe, die Don Arnaldo astronomisch vorkam, die laut Raúl aber den Vorteil der drei Jahre Gnadenfrist und einer sehr langen Tilgungsfrist hatte.
»Und warum bieten sie uns das an?« fragte Don Arnaldo seinen Schwiegersohn Tag um Tag.
»Sie wollen wohl wissen, wo hier der Haken ist, stimmt's?«
»Ja. Ich glaube da ist ein Haken.«
»Sie glauben also, daß man uns die Katze im Sack verkaufen will, aber in Wirklichkeit sind sie nur daran interessiert, daß wir nicht Bankrott machen.«
»Warum?«
»Um unsere Schulden nicht als fällig zu registrieren.«
»Und warum das?«
»Weil sie auch Konkurs gemacht haben. Oder verstehen Sie das nicht?«
»Nein, das verstehe ich nicht. Verzeihung, aber das kann ich nicht verstehen«, sagt Don Arnaldo schon eingedöst im Traum. Ein wenig bange Wachsamkeit dringt hinter seiner scheinbaren Ruhe nach außen. Neuntausend Meter trennen ihn von der Erde. Er empfindet diese trügerische Schwerelosigkeit und den Schwindel seines vorübergehenden Aufenthalts in der Luft als bedrohlich.
»Das ist auch gar nicht nötig; habe ich Ihnen doch schon gesagt«, meint er die Stimme des Schwiegersohns zu hören wie ein fernes Echo, das über dem nächtlichen Ozean schwebt.

»Du verstehst nie etwas«, sagt Doña Elvira, ebenfalls im Halbschlaf.
»Sei still, Frau; laß mich schlafen.«
»Unterzeichnen Sie den Schuldschein, Señor Fernández. Das ist für Sie das Beste.«
»Zuerst muß ich das mit meinem Schwiegersohn besprechen.«
»Unterzeichnen Sie, Don Arnaldo. Unterzeichnen Sie.«
»Ich habe dir gesagt, du sollst nicht unterschreiben.«
»Und ich habe dir gesagt, daß in Flugzeugen nicht geredet wird. Iß. Du wirst sterben, wenn du nicht ißt.«
»Wenn Sie nicht unterschreiben, dann treiben sie das Geld ein, Don Arnaldo.«
»Ich werde daran sterben, daß ich nicht in meinem Haus sein kann.«
»Und ist es nicht möglich, diesen Schuldschein zu unterschreiben, ohne das Haus zu verlieren?«
»Nein, das geht nicht. Unterschreiben Sie.«
»Ich habe so gern beim Gießen der Gladiolen auf dich gewartet; oder strickend in der Weinlaube.«
»Ich weiß, was ein Haus bedeutet, Señor Fernández. Ich versuche gerade, mir eins zu kaufen. Unterschreiben Sie bitte, Señor Fernández.«
»Die Frist ist abgelaufen. Sehen Sie nur, wie die sechs Monate verflogen sind. Ich muß das Haus aufgeben, Raúl.«
»Dann kommen sie doch zu uns.«
»Wollen Sie, daß ich Ihnen die Rückenlehne aufstelle, Señor?«
»Irgendwie werden wir schon zurechtkommen. Immerhin habe ich Sie da hineingezogen, Don Arnaldo.«
»Aber ich weiß nicht, ob Elvira . . .«
»Du weißt es sehr wohl. Ich will in meinem Haus bleiben.«

»Glauben Sie mir, das Beste war zu unterschreiben, Señor Fernández. Sie haben doch drei verheiratete Töchter, oder?«
»Haben Sie das mit meiner Tochter besprochen, Raúl?«
»Um Gottes willen! Haben Sie den Teekessel aufgesetzt, Papa?«
»Ich wollte mir einen Tee kochen.«
»Merken Sie denn nicht den Brandgeruch? Und sehen Sie nicht den Qualm? Im Teekessel war kein Wasser, Papa. Sie bringen mich noch mal um den Verstand!«
»Wünschen Sie etwas, Señor?«
»Ja, einen Tee. Habe ich das Recht auf einen Tee?«
»Ich halte es nicht mehr aus, Raúl. Diesmal war es reiner Zufall, daß wir nicht abgebrannt sind.«
»Was kann ich denn da machen? Ich hetze den ganzen Tag von hier nach da, und mache Gelegenheitsarbeiten. Du mußt dich darum kümmern. Er ist doch dein Vater, oder?«
»Sei still. Er könnte was hören.«
»Hast du bemerkt, daß er das Rauchen aufgegeben hat?«
»Er hat das Rauchen aufgegeben? Eine schöne Neuigkeit! Ich sage dir, er schließt sich stundenlang im Bad ein, um zu paffen. Das ganze Haus stinkt inzwischen nach Zigaretten.«
»Na gut, er versucht es eben.«
»Wenn Sie wollen, können Sie sich nach hinten setzen, Señor. In der Raucherzone ist noch Platz.«
»Nein, vielen Dank. Ich mache schon aus. Verzeihen Sie.«
»Verzeihen Sie, Señor. Aber so sind die Vorschriften.«
»Er hat mir gesagt, daß er es aufgegeben hat, und ich habe ihm geglaubt, Cecilia. Er hat mir sogar gesagt, so könne er zahlen, was er mit der Karte ausgegeben hat.«
»Der Verkauf von Duty-free-Waren ist eröffnet. Sie können auch mit internationalen Kreditkarten zahlen.«

»Whisky, Señor? Zigaretten? Uhren? Französisches Parfüm?«
»Aber dieses Parfüm kostet ja ein Vermögen, Arnaldo.«
»Na ja ... Es ist etwas Besonderes. Aber an einem Tag, an einem besonderen Tag ... Ich weiß nicht, wie ich es dir sagen soll. Man hat mich pensioniert, Elvira. Aber ich werde fünfzehn Millionen bekommen!«
»Mein Vater bringt mich noch um den Verstand, Raúl! Jetzt hat er die Manie, zum Kiosk zu gehen und die Zigaretten einzeln zu kaufen. Damit vertreibt er sich den Tag. Er geht alle naslang raus und läßt die Tür offen; doch dann sperrt er sich im Bad ein. Sag ihm, für alle ist es besser, wenn er nicht mit dem Rauchen aufhört.«
»Lorena ... Lorena.«
»Fühlen Sie sich nicht wohl, Señor? Wollen Sie einen Saft? Ein Beruhigungsmittel? Oder wollen Sie, daß ich Ihnen die Rückenlehne runterstelle, damit Sie schlafen können?«
»Er schläft nachts nie.«
»Soll ich Ihnen Schokolade bringen, Señora? Oder wollen Sie jetzt das Abendessen, das Sie nicht angerührt haben?«
»Ich will in mein Haus zurück.«
»Leben Sie in Santiago?«
»Jetzt nicht mehr.«
»Haben Sie Verwandte in Berlin?«
»Eine Tochter.«
»Ja, unterzeichnen Sie, Señor Fernández. Es ist besser.«
»Wie sollte ich das unterschreiben, Raúl? Niemals werde ich auch nur ein Zehntel dieses ganzen Geldes haben. Selbst wenn ich noch mal fünfunddreißig Jahre in einer anderen Casa García arbeite.«
»Lassen Sie diesen Unsinn, und gehen Sie gleich morgen zum Unterschreiben! Ist Ihnen denn nicht klar, daß sie

Ihnen diesen Schuldschein gegen den anderen einwechseln werden? Oder wollen Sie etwa, daß man Sie ins Gefängnis bringt? Haben Sie vielleicht geglaubt, die würden uns das Geld schenken? Außerdem haben Sie, wenn Sie unterschreiben, Ruhe bis 1985. Bedenken Sie, daß die Bank Ihnen drei Jahre Aufschub gewährt hat.«

»Berlin . . .«

»Ja, Señor. In Berlin wird er seine Tochter sehen.«

»Lorena.«

»Sie müssen schlafen, Señor. Alle Passagiere schlafen schon.«

»So ist er. Er versteht nie. Er hat nicht verstanden, daß er diese Papiere nicht hätte unterschreiben dürfen. Warum hat er das nur getan, wir hatten doch unser Haus? Wenn Sie unsere Gladiolen im Frühling gesehen hätten! In diesem Hof haben die Mädchen gespielt.«

»Wollen Sie, daß ich das Licht lösche, Señora?«

»Nein, danke. Ich möchte nicht schlafen. Warum folgt uns dieser Stern?«

»Das ist kein Stern. Es ist das Blinklicht am Flügel, Señora.«

»Aber es flackert. Ich glaube, es ist ein Stern.«

»Es ist ein Licht, genau wie sie gesagt hat. Welcher Stern wird uns schon folgen. Besser du schweigst und ißt ein wenig.«

»Wollen Sie etwas essen, Señora?«

»Ja, ich möchte ein Stück Fleisch. Aber es soll genau so sein wie das, was wir an jenem Sonntag auf dem Ausflug gegessen haben.«

»Endlich wirst du essen, Elvira! Die Reise hat dir gutgetan.«

»Sie möchten ein Stück Fleisch, Señora?«

»Würden Sie nicht gerne Ihre anderen Enkel kennenlernen, Mama?«

»Nein, Töchterchen, ich bringe nichts mehr runter.«

»...«

»Du mußt aber essen, Elvira. Du mußt essen. Lorena wird dich mit ein bißchen Farbe im Gesicht sehen wollen.«

»Schenk ihm keine Beachtung, Töchterchen. Er phantasiert.«

»Wollen Sie, daß ich Ihrem Mann ein Beruhigungsmittel gebe? Er schläft sehr unruhig.«

»Nein, meine Hübsche; ich kenne ihn gut. Das ist so bei ihm. Er ist einfach verrückt.«

Kapitel X

Verglichen mit dem alarmierenden Gefühl vom Vorabend war das Aufwachen für den Senator geradezu angenehm. Der Gedanke an den Tod war etwas, das mit dem Wasser unter der Dusche weggespült werden, einem mit dem Apfelkuchen, den *Tante* Ilse gebacken hatte, und mit dem Morgenkaffee versüßt werden konnte; das man auch bei der Durchsicht dieser Unmengen von Leid in den überquellenden Mappen mit Petitionen vergaß.
Am Abend nach der Feier und nach Lenis Kuß auf seine Wange meldete sich seine Nachbarin pünktlich, und auch Mario war zur Stelle, bereit zu übersetzen.
Leni stürmte herein wie ein Wirbelwind. Dadurch wurden seine Schmerzen und Ängste wieder angefacht. Sie brachte einen Rest Kuchen mit, den der Alte kaum anzurühren wagte und den Mario mit dem Wunsch verschlang, über andere Sorgen reden zu können. Nach einer Weile sprachen sie von der fernen Vergangenheit des Senators, nach der Leni fragte, ohne daß Don Carlos – und noch weniger Mario – sich dieses Interesse erklären konnte.
»Ich habe erst mit sechzehn lesen gelernt«, sagte Don Carlos, und Mario übersetzte. »Mein erstes Paar Schuhe habe ich erst mit achtzehn getragen. Ich habe sie in Antofagasta gekauft, an dem Tag, als wir gingen, um eine Rede von Elías Laffarte zu hören«, und als sei er sein Lakai, erklärte Mario ihr, daß Laffarte einer der Gründer

der Kommunistischen Partei Chiles war. Und daß die Namen Racabarren und Laffarte genau wie die Worte ›Gewerkschaft‹, ›Versammlung‹, ›Arbeitergewerkschaftsbund‹, ›Partei‹, ›Pampa‹ und ›Genossenschaft‹ den Minenarbeitern von Chacabuco und den übrigen Salpeterwerken heilig waren.
»Sie bedeuteten fast eine religiöse Verherrlichung eines verlorenen Paradieses und eines unerfüllten Versprechens: des Gehaltes, das sie niemals ausgezahlt bekamen.«
Leni verstand nicht. Don Carlos bemerkte es, wie er auch merkte, daß dieses Interesse für das, was er ihr erzählte, aus einem unerklärlichen Interesse für seine Person erwuchs.
»Die Sache ist die«, sagte der Alte und mischte sich damit in das Gespräch zwischen Leni und Mario, als sei er in der Lage, als Dritter gleichberechtigt am Gespräch teilzunehmen. »Die Leute, die aus dem Süden, vom Land, von den Landgütern in Zentralchile kamen, waren begeistert von der Idee, Lohn zu bekommen. Das hatten sie noch nie erlebt. Sie kannten es gar nicht. Geld für ihre Arbeit zu erhalten. Die Bauern wurden unter Vertrag genommen ... Ach was! ... Es gab überhaupt keinen Vertrag; sie erhielten ein Stück Land, auf dem sie lebten und etwas für den Kochtopf anbauten, und ein paar Naturalien, quasi für den Familienunterhalt, um den geringen Ertrag ihrer Parzelle aufzustocken. Das war ihr Lohn. Als sie dann hörten, daß die Grubenarbeiter in den Salpeterwerken ihren Lohn bar ausgezahlt bekamen und gehen konnten, wann sie wollten, oder die Stelle wechseln oder etwas von diesem Geld ansparen konnten, um damit in den Süden zurückzukehren, was sie sich niemals hätten träumen lassen, staunten sie nicht schlecht. Irgendwie schlugen sie sich bis zu den Salpeterwerken durch, in-

dem sie auf den Schiffen jede Arbeit machten oder als blinde Passagiere reisten, was weiß ich. Mein Vater steckte Geld hinein, das er von der Gutsbesitzerin erhalten hatte, die ihn bei ihrem Tod für die zwanzig Jahre, die er für sie gelebt und gearbeitet hatte, entschädigen wollte. Er war etwas über dreißig, als er in den Norden zog. Und was erwartete dort jene, die von so weit her gekommen waren? Sie mußten erfahren, daß es gar keinen Lohn gab. Der Grubenarbeiter wurde mit einem Bon abgespeist – Gehaltsbon nannten sie das –, und der galt nur für den Einkauf in den betriebseigenen Pulperías.« Hier bat Mario ihn, einen Moment innezuhalten, denn er mußte ihr erklären, was die Pulpería war, diese Art Ausschank und Laden zugleich, wo der Grubenarbeiter, wie er Leni erklärte, alles kaufen konnte, was er brauchte, aber zu Preisen, die von den Grubenbesitzern diktiert wurden, die gleichzeitig Herren über die Eisenbahn waren und alles, was im Norden irgendwie von Wert war.

»Die Besitzer waren Engländer«, sagte Don Carlos, durch die Erinnerungen lebhafter geworden. »Stellen Sie sich vor, die Bauern hatten wie mein Vater alles, was sie liebten, zurückgelassen, weil sie auch das Geld kennenlernen wollten. Sie hatten die Gegenden, in denen sie geboren waren, die Weiden dort, die Früchte, den Wein, die Familien verlassen, all das gegen die Pampa eingetauscht, diese nie endende Wüste, die sich einem zunächst in die Seele einbrennt und dann ... Na ja, es ist so phantastisch, daß ich nicht weiß, wie ich es Ihnen beschreiben soll. Die Wüste ist größer als dieses Land hier, wußten Sie das?«

»Nein, das wußte ich nicht«, sagte Leni mit erstauntem Blick.

»Natürlich. Viel größer. Schon die Region um Antofagasta ist größer als die DDR. Und die Wüste reicht viel weiter als bis Antofagasta. Sie ist so groß, daß man damals von dort nicht mehr fortkam. So ist es uns ergangen. Wir kamen nicht mehr von ihr los. Wir hatten das Grün, die Flüsse, das Heim der Kindheit verlassen, um wegen der Bezahlung in den Norden zu gehen. Und am Ende saßen wir alle in der Wüste fest, erhielten unseren Bon, mit dem wir uns von Tag zu Tag tiefer in der Pulpería verschuldeten. Wir arbeiteten von Sonnenaufgang bis Sonnenuntergang und schuldeten den Engländern jedes Mal mehr. Mit Salpeter wurde das große Geld gemacht; damals entstanden das Kasino von Viña, der Sportclub, die großen Anwesen in Iquique und Santiago. Der große Reibach der zwanziger Jahre wurde mit dem Resultat unserer Arbeit gemacht. Dabei waren wir jeden Tag schlimmer verschuldet, und gehaust haben wir wie die Tiere in den großen Werksbaracken.«

»Warum sind Sie denn nicht fortgegangen? Warum sind Sie nicht in ihre Heimat zurückgekehrt?« fragte Leni.

»Das ist nicht leicht zu beantworten. Es gab verschiedene Gründe, aber ich habe darüber meine eigene Theorie. Ein Grund war, daß wir im wahrsten Sinne des Wortes tief verschuldet waren. Wir waren Geiseln unserer Gläubiger. Und im Grunde genommen hatten wir auch nicht viel mit dem verloren, was Sie unsere Heimat nennen. Das Leben der Armen ist überall hart. Aber ich denke, daß wir alle blieben, weil wir das Gefühl hatten, etwas noch Großartigeres entdeckt zu haben, als wir uns erhofft hatten. So geht es dem Grubenarbeiter, wissen Sie. Manchmal – zwar selten, aber es kommt vor – entdeckt man tatsächlich etwas weit Phantastischeres, als man gesucht hat.«

»Und was war das?« fragte Leni.

»Die Freiheit.«

»Die Freiheit? Bei dem Leben, das Sie führten? Nur mit

der Möglichkeit, im einzigen Ausschank einzukaufen? Tag für Tag mit mehr Schulden? Jeden Tag ärmer?«

»Ja genau. Was wir schließlich fanden, war viel wunderbarer als das berüchtigte Gehalt. Es gab Tage, an denen wir machen konnten, was wir wollten. Dann zogen wir in die Stadt, nach Antofagasta. Viele, um zu trinken oder sich mit Mädchen zu treffen. Andere wiederum, um gemeinsam über Dinge zu reden, die wir im Salpeterwerk nicht besprechen konnten. Es war die Gewerkschaft in einem Raum des Arbeitergewerkschaftsbunds. Ein ebenso erbärmlicher Raum wie unsere Behausungen in Chacabuco, aber mit einem Holzboden, was für uns schon Luxus bedeutete, und dort wurden der Besuch von Genossen und die Versammlungen der Genossenschaft organisiert. Um auf eine dieser Versammlungen zu gehen, kaufte ich mir mein erstes Paar Schuhe.«

»Und das bedeutete für Sie frei sein?«

»Ganz recht. Alle warteten wir auf etwas. Wir wußten wohl gar nicht, auf was. Häufig marschierten wir einen ganzen Tag bis nach Antofagasta, weil dort jemand etwas sagen würde, was vielleicht unsere Situation verändern könnte. Und danach liefen wir die ganze Nacht zurück, um uns wieder in diese Sklaverei zu begeben, das Gegenteil dessen, was wir gesucht hatten. Doch immer gab es die Hoffnung. Deshalb war dieser Jemand, der alle drei bis vier Monate kam und uns in unserem Warten bestärkte, so wichtig.«

Er machte eine sehr ernste Pause, und Mario spürte, daß er dieses Schweigen nicht unterbrechen durfte. Der Alte wollte es mit einem Lächeln überspielen, aber das war gerade so, als wollte er die Sonne mit der Fläche einer Hand abdecken.

»Für Sie wird es schwer sein, das zu verstehen«, übersetzte Mario.

»Nein, ich verstehe es sehr gut«, beeilte Leni sich zu sagen mit vor Begeisterung leuchtenden Augen. »Ich verstehe es vollkommen, und was Sie mir erzählen, ist mir eine große Hilfe.«

»Ich verstehe nicht, wie Ihnen das eine Hilfe sein kann.«

»Im Moment habe ich nämlich einen kleinen Auftritt im *Fliegenden Holländer.*«

»Das ist eine Oper von Wagner«, sagte Mario zu Don Carlos in vertraulicherem Ton.

»Ja, genau, von Wagner«, bestätigte Leni euphorisch.

»Und das soll etwas mit Chacabuco zu tun haben?«

»Sehr viel. Aber ich sehe, daß Sie müde sind, und ich bin es auch.«

Am folgenden Abend erzählte Leni ihnen die Geschichte des Geisterschiffs.

Die beiden Männer hatten sich dort zusammengefunden, um still und unauffällig in aller Geduld auf sie zu warten, was sie aber mit keinem Wort erwähnten. Man hätte glauben mögen, daß Mario nicht ahnte, daß der Alte mit jeder verstreichenden Minute litt, bis er endlich die Klingel oder Lenis sanftes Klopfen an der Tür vernahm; und Don Carlos konnte wohl kaum hoffen, das Zögern, mit dem Mario seine Probleme vorbrachte oder dem Senator das Gespräch wiederholte, das er am Morgen mit Dr. Wagemann geführt hatte, sei Ausdruck seines Wunsches, der zu dieser späten Abendstunde selbstverständliche Aufbruch möge durch die zu erwartende Einladung zu einem letzten Glas hinausgezögert werden. Don Carlos war auf die Anwesenheit seines einzigen Dolmetschers angewiesen, obwohl er wußte, daß es bereits sehr spät war und Mario irgendwo zu Hause – der Alte wußte nicht mehr, ob bei Eva oder bei Lorena oder bei beiden – erwartet wurde.

Wie an den Abenden zuvor klopfte Leni um 23 Uhr 25 so leise wie möglich an, obwohl Don Carlos bereits vom Sessel aufgesprungen war, sobald er auch nur hörte, daß das Mädchen sich der Tür näherte. Für die übertriebene Pünktlichkeit, die Mario irritierte, gab es eine ganz einfache Erklärung. Sie fuhr mit der letzten U-Bahn um 11Uhr 4 am Alexanderplatz ab und erreichte die Volkradstraße normalerweise um 11 Uhr 18, außer wenn sie ausnahmsweise einmal vorhatte, die Nacht durchzumachen, oder überraschend verabredet war. Für den Weg bis zu ihrem Appartement, das Auflegen der Kassette und den raschen Blick in den Spiegel brauchte sie die restlichen Minuten.
Leni gewöhnte sich schnell an diese Treffen. Vielleicht, weil sie um Mitternacht stattfanden, wenn die alten Leute bereits schliefen, oder wenn zumindest ihre Hunde schliefen, und diese Ruhe in den Appartements war Leni schwer erträglich, diese stille Agonie der hundertzwanzig verzagten alten Leute und die unheimliche Ruhe im Gebäude, die sie bei ihrer Heimkehr ängstigte, wenn sie sah, wie die Umrisse des Gebäudes sich gegen den Wolkenhimmel abhoben. Wie anders war da das Appartement des Senators, die Musik, die von ihrer eigenen Anlage durch die Wand drang, Marios galante, zartfühlende Art, sein attraktiver Bart und seine pechschwarzen Augen! Vor allem war es anders, von Dingen zu reden, die man nur dort, im Rahmen dieser Komplizenschaft, äußern konnte. Ja; es war besser, wenn man sich in diesem Raum aufhielt, auch wenn er nur eine von vielen Kabinen des Witwerschiffs war, das so sehr an das Geisterschiff gemahnte, von dem sie in dieser Nacht erzählen wollte.
Für ihre Gastgeber war die Nacht mit Leni weniger befremdlich. Der Senator konnte für eine Weile vergessen, daß die hunderzwanzig Alten seine letzten Kameraden

waren; und Mario vergaß die unlösbaren Probleme, die ihm wieder zu schaffen machen würden, sobald die gemütlichen Abende mit Leni endeten.
Leni hatte ihre schwarze Mähne aufgesteckt. Mit dem Haarknoten wirkte sie noch graziler und weiblicher. Sie küßte beide und ließ sich dann erschöpft in den Sessel fallen. Sie nahm einen großen Schluck vom Wein, den Mario ihr reichte, und erinnerte daran, daß sie ihnen heute abend vom *Fliegenden Holländer* erzählen wollte.
»Man hat mich aufgefordert, im Chor des *Holländers* einzuspringen. Aber ich hätte nie gedacht, was diese Arbeit für mich bedeuten würde. Ich glaube, das hat auch etwas mit Ihnen zu tun. Was Sie, *Senator*, mir von Chacabuco erzählt haben, hat mir geholfen, diese Oper zu verstehen. Sie kennen sie doch, oder?«
»Erzähl uns, wie du sie siehst«, meinte Mario, der sie zwar kannte, aber den Senator nicht ausschließen wollte.
»Also, es ist die Geschichte eines Verbannten, eines Seefahrers, auf dem der Fluch des Teufels lastet. Dieser Fluch zwingt ihn, auf einem Geisterschiff zu fahren, das durch schreckliche Stürme daran gehindert wird, die Küste zu erreichen, der Angsttraum eines jeden Seefahrers. Nur alle sieben Jahre wird ihm gewährt, an eine Küste zu gelangen, und wenn er dort eine Liebe findet, die ihn erlöst, kann er Frieden finden, um seine Tage glücklich in diesem Hafen zu beenden. Die Bedingung für das Recht auf Frieden und den Tod auf dem Festland ist, daß eine Frau ihn in vollkommener Treue liebt. Das Werk beginnt damit, daß das Geisterschiff mitten im Sturm mit seinen roten Segeln die Küste, einen kleinen Hafen in Norwegen, erreicht. Inzwischen sind weitere sieben Jahre vergangen, und den fliegenden Holländer erwartet die Hoffnung auf Erlösung durch eine ihn treu Liebende. Im Hafen lernt er Daland kennen, einen Seefahrer, der ihm,

als er von seiner Geschichte und den Schätzen erfährt, die sein Schiff birgt, die Hand seiner Tochter anbietet und ihn ihrer Treue versichert. Im Grunde genommen verkauft der Vater doch seine Tochter, oder? Und der Holländer kommt in diesen kleinen Hafenort, wo er Senta kennenlernt, die Tochter Dalands, des Kapitäns. Interessant ist, daß man zu Beginn des zweiten Aktes sieht, wie alle Frauen dieser Hafenstadt auf die Rückkehr ihrer geliebten Männer warten; Senta ist zu Hause, wo die Frauen in Erwartung ihrer Männer am Spinnrad sitzen, und betrachtet ein Portrait. Dieses Portrait zeigt den Fliegenden Holländer. Hier habe ich meinen Auftritt, aber nur innerhalb der Tanztruppe, die den Chor unterstützt. Die Akteurin ist Senta, die nur Augen für das Portrait des Holländers hat, obwohl sie hört, was die Frauen über die Seefahrer sagen, und all das als schrecklich gewöhnlich empfindet, ganz anders als in ihren Träumen. Ja, das ist es: gewöhnlich, schäbig, gemein. Genau wie das, was mein Vater mir sagte, als er mir von den Lastwagen, vom vielen Geld und dem Ansehen erzählte, zu dem man kommt, wenn man welches hat, und all diesen Dingen. Als ich meinem Vater sagte, ich sei Tänzerin, glaubte er, ich würde meinen mit Federn geschmückten Hintern im Varieté schwenken. Ich habe ihm nicht gesagt, daß es so etwas hier nicht gibt, denn er hätte es mir nicht abgenommen, ebensowenig wie er mir im Café, wo alle Welt uns sehen konnte, glauben mochte, daß ich die hundert Mark wirklich nicht haben wollte. Da wünscht sich Senta, daß jemand kommt und sie aus all dem herausholt, und sie träumt vom Fliegenden Holländer. Denn für sie ist er jemand, der nirgendwo ist; das heißt, er ist, wie sie gerne wäre. Ja; nirgendwo. Denn Senta hat Angst. Sie denkt, irgendwo zu sein, bedeute immer, an einem Ort zu sein, wo man nicht sein will. Und als sie sich endlich begegnen, glaubt sie, ohne zu wissen, daß ihr Vater sie verkauft hat, daß sie ihre Rettung gefunden hat. Aber der umherirrende Mann ist auf der Suche nach dem Ort seiner Erlösung, wo er Frieden und Achtung findet. Er sucht das erlösende Land, weil er in Ruhe sterben will. Damit er aber in Ruhe sterben kann, muß ihn das Land der Vergebung aufnehmen. Sie hingegen will, daß sie jemand aus der elenden, erbärmlichen, unzivilisierten Bucht voller Menschen befreit, die sie nicht verstehen und die bestimmen, was zu tun und zu lassen ist; was gesagt werden darf und was nicht; was gedacht werden soll und was nicht: Was mir an dieser Rolle gefällt, ist, daß es keine Auflösung der Widersprüche gibt. In Wagners Originalversion stürzt Senta sich von den Klippen herab, um dem Fliegenden Holländer zu beweisen, daß sie die Treue ihrer Liebe mit dem Tod besiegeln kann. Was ich daran mag, ist die Art, das Paradox aufzuzeigen, unsere Realität zu beleuchten. Der Holländer findet den Ort, wo ihm seine Sünden vergeben werden, doch es ist nicht der Ort, an dem Senta leben will, denn sie will nicht die Sünden hinnehmen, die ihr Leben ruiniert haben. Das Land der Erlösung, wo er sterben will, ist nicht das Land, wo sie leben will.«

Leni machte eine Pause, und mit dem Schweigen wirkte Don Carlos' Gesicht noch ernster, als er Mario forschend ansah auf der Suche nach einem Anzeichen für die Fortsetzung des Gesprächs, in dem Leni ungewöhnlich angespannt, fahrig und jämmerlich verloren wirkte. Doch als er sah, daß Mario Lenis Überlegungen noch nachhing, senkte er lieber den Blick und vertiefte sich in die Betrachtung der Hände des Mädchens, die verkrampft auf ihrem Rock lagen, was darauf schließen ließ, daß ihr wohl die ersten Tränen in die Augen stiegen (was Don Carlos und Mario nicht mitansehen mochten).

Don Carlos hatte eine Vorahnung, die ihm Herz und Schläfen zum Pochen brachte, die Seele aufwühlte und die Wunde, die sich nun niemals mehr schließen würde, auf andere Weise schmerzen ließ. Er wußte, daß Leni von ihm und von sich sprach, von beiden, und daß dieses Bekenntnis eine seltsame Liebeserklärung war und gleichzeitig den Abschied ankündigte. Von welcher Vergebung sprach sie eigentlich? Und warum wurde er als der Sterbende gesehen auf der Suche nach dem Frieden, der aus dieser Vergebung entsprang? Oder war sie am Ende nur gekommen, um ihm zu sagen, daß sie zu denen gehörte, die sich an Fremde heranmachten, um ihnen ihre Fluchtabsichten anzuvertrauen? Im Ministerium, bei der Volkspolizei und in der Parteischule hatte man von dieser Gewohnheit »einiger zersetzender Kreise unter den Dissidenten« gesprochen. Sie machten es sogar, um eine Unterstützung zu erbetteln, die ihnen half, ihr Vorhaben zu realisieren. Aber war Leni wirklich so?
»Als Sie mir gestern von Ihrem Leben und von Chacabuco und vom Leben all derer erzählten, die vergeblich versuchten, dort fortzukommen, meinten Sie, die Wüste sei endlos und habe sie verschlungen. Genau so ist es, glauben Sie mir. Das haben Sie sehr gut gesagt. Die Wüste ist endlos und hat uns alle verschlungen. Sie, mich, uns alle, hier wie dort.«
»Ich verstehe nicht recht, was Sie damit sagen wollen.«
»Doch, Sie verstehen sehr gut«, sagte Leni, und die Tränen begannen ihr reichlich über die fiebrigen Wangen zu fließen.
»Fühlen Sie sich nicht wohl? Können wir etwas für Sie tun?«, wollte Mario wissen und setzte sich neben sie auf die Sofakante. Doch mit dem einzigen Wunsch, von Don Carlos verstanden zu werden, hörte Leni ihn nicht.
»Ich möchte nur, daß Sie mich verstehen. Sie sind ein

gütiger Mensch, der sein Leben schon gelebt hat. Sie haben es so gelebt, wie Sie wünschten, daß es sein sollte. Ich hingegen habe das Gefühl, meins nicht leben zu können.«

»Sie haben es hier doch bis zur Tänzerin gebracht«, sagte Don Carlos.

»So sieht es aus. Aber wissen Sie auch, daß ich niemals Solotänzerin werden kann?«

»Aber warum denn?« fragte Mario, sobald er Lenis Frage übersetzt hatte.

»Weil mein Vater vor zwanzig Jahren geflüchtet ist. Ich werde nie große Rollen bekommen, da man mir niemals die Erlaubnis geben wird, von hier fortzugehen. Eine *Primaballerina* muß auf Tournee gehen, reisen, und unsere Kunst in der Welt repräsentieren. Aber diese Möglichkeit bleibt mir verschlossen.«

»Sie sind noch sehr jung. Das wird und muß sich ändern«, wandte Mario wenig überzeugt ein.

»Niemand hier glaubt, daß sich das ändern wird.«

»Sie sind Tänzerin. Und das ist das Wichtigste«, bekräftigte Mario, um sie zu trösten und das Schweigen von Don Carlos zu überspielen, diese Schweigsamkeit, die auf Leni wie auf Mario mißtrauisch, aber auch tief traurig wirkte.

»Nein. Das ist ein Irrtum ... Sie«, sagte sie mit Blick auf Don Carlos. »Sie haben gestern abend gesagt: In den Gruben waren wir die Geiseln unserer Gläubiger. Ich bin keine Tänzerin. Ich bin eine tanzende Geisel. Eine Geisel, die in der besten Tanzschule studiert, die innerhalb weniger Wochen dieses Appartement erhalten hat, die im Räderwerk der Oper ihre Pflicht erfüllt und dort der Tanztruppe angehört. Eine Geisel, die jede Nacht zur Begrüßung vortritt und bis an den Bühnenrand geht, um dem Publikum für den Applaus zu danken; anderen Geiseln, die an den Abenden, wenn sie sich das Ballett ansehen, die Mauer vergessen.«

Mario hatte nicht vor, Lenis letzte Worte, die sie nur noch unter Schluchzen vorbrachte, zu übersetzen. Dem Alten entging Marios Zögern nicht, als Leni das Taschentuch zum Mund führte.

»Was hat sie da gesagt?« fragte er in einem Ton, der noch eisiger wirkte als sein vorangegangenes Schweigen.

Mario fand, das wäre für Don Carlos zu viel. Angesichts des offensichtlich etwas stabileren Gesundheitszustandes des Alten in der letzten Woche wäre es ratsam, alles so zu belassen, um einem sonst unvermeidlichen Konflikt aus dem Weg zu gehen. Etwas sagte ihm freilich, daß das Blut bereits in Wallung geraten war, die Dinge durch Verheimlichung nur noch schwieriger würden und Leni in diesem Moment nichts mehr ersehnte, als daß ihre Gedanken gehört wurden. Da übersetzte er ihre Sätze dann doch, einen nach dem anderen, wobei man sah, wie das Gesicht des Senators rot anlief. Und er übersetzte auch die Antwort, die der Senator mit so bebendem Kinn hervorstieß, wie Mario es nicht einmal in den Momenten seiner schlimmsten Zornesausbrüche erlebt hatte.

Der Senator hatte sich erhoben, als er sagte: »Ich glaube, ich habe mich geirrt. Bitte verlassen Sie uns jetzt. Ich bin müde. Ich möchte Sie auch bitten, die Lautstärke Ihrer Musik zu drosseln. Ich brauche Schlaf.«

Er fiel in einen unruhigen Schlaf mit dem Gefühl endgültiger Vernichtung und erwachte kurz darauf vom Schmerz, der nicht mehr aufhörte, ihn zu peinigen. Er hatte einen trockenen Mund, eine pelzige Zunge, und spürte ein Brennen auf seinen Lippen. Er brauchte ein Glas Wasser. Als er ging, um es zu holen, kam ihm der Gedanke, ein Glas *Stierblut* sei besser, und dabei mußte

er an seine gemeinsamen Tage mit Neruda und an den Wein jener Jahre denken. In der winzigen Küche füllte er das größte Glas bis zum Rand, während Bilder von anderen Orten und aus anderen Zeiten in ihm aufstiegen. Als er am kleinen Tisch in der Mitte saß und aus seinem Glas trank, stellte er fest, daß seit vielen Tagen zum ersten Mal keine Musik mehr durch die Wand drang. Er hatte das Gefühl, daß diese Stille ebenso unerbittlich war wie der Schmerz, wie eine Drohung. Zu den Dingen, die für immer ein Ende nahmen, gehörte also auch Lenis Musik, gehörten diese Klänge, nach denen sie am nächsten Tag auf der Probe und in den nächsten Monaten auf einer Reihe von Aufführungen tanzen würde, die an angenehmeren Abenden stattfinden würden, mit Grün und Wärme und dem Duft mehrerer Sommer.
Mit Mühe schob er das Bett von der Trennwand ab und nahm sich vor, beim Einschlafen die Ohren mit dem Kissen zuzudecken. Auf jeden Fall war die Ruhe vollkommen. Es war geradezu beängstigend still.
Er spürte, daß er schon begann, allem zu entrücken, da nahm er noch einen Schluck Wein. Fern seiner Welt, die er vor langer Zeit verloren hatte. Fern der Kameraden, die ihn nicht mehr besuchten – außer Mario, der Trottel, der nur zu ihm kam, weil er an seiner Scheidung und diesen verfluchten Visa interessiert war. Auch fern von Leni. Ja; sehr fern, bekräftigte er, indem er am Weinglas nippte. Ein wenig ferner auch schon dem, was ihm am nächsten schien: dieser Körper, der mit Schmerzen dahinstarb. Und obwohl das, was er am meisten fürchtete, noch nicht eintrat, wußte er, daß nun auch seine besten Tage unwiderbringlich vorbei waren.

Kapitel XI

Am Abend vor der Ankunft ihrer Eltern erhielt Lorena einen Brief mit dem Stempel des Parteibüros. Es war der Brief, in dem Don Carlos ihr die Entscheidung des Ministeriums mitteilte: Diesmal wurde sie aus ihrer »zweiten Heimat« ausgewiesen, laut der Terminologie, der sich die offizielle Rhetorik bei freundschaftlichen Beziehungen befleißigt. Streng genommen waren weder das erste noch das zweite Land ihr Mutterland. Aus beiden wurde sie unter ähnlichen Umständen hinausgeworfen. In Erinnerung an den Terror, der zu ihrer ersten Ausweisung geführt hatte, schloß Lorena sich mit dem Brief, der das Unglück ihres zweiten Exils besiegelte, in ihr Zimmer ein. Allein auf dem breiten Bett machte sie ihrer ungeheuren Verzweiflung mit Tränen Luft.

Irgendwann holte sie die Pistole, die sie und Mario zuunterst in einem nie leergeräumten Koffer aufbewahrt hatten. Dann rief sie ein Taxi und machte sich auf den Weg zum Haus des Senators, die geladene Pistole in der Manteltasche. Man sollte annehmen, daß sie mit der Absicht unterwegs war, den Senator zu töten. Doch sie selbst war sich dessen nicht bewußt. Man kann eine Waffe nehmen, auf das Objekt seines Hasses – oder seiner Verzweiflung – zielen und trotzdem niemanden töten wollen. Das ist sogar dann denkbar, wenn man allein schon die Absicht eines Verbrechens verabscheut. Und doch erreichte Lorena in jener Nacht, obwohl sie einen völlig klaren Kopf

hatte, in ihrem Traum das Witwerschiff, fuhr bis zum dreizehnten Stock, ging den Flur entlang, der auch im Traum stark nach Farbe roch, und betrat den kleinen Wohnraum des Senators. Es war nicht nötig, daß sie klopfte oder daß man ihr öffnete, denn es geschah im Traum, und in diesem Traum war dieser Wohnraum gleichzeitig Don Carlos' Appartement im Witwerschiff und die winzige Kammer, die er im Parteibüro hatte. Noch ganz schlaftrunken und in die zu langen Hosenbeine seines alten Pyjamas verfangen, versuchte er, sie davon zu überzeugen, daß das Parteibüro bereits geschlossen sei, daß die Beratungen über ihre Scheidung noch nicht abgeschlossen seien und die Entscheidung des Ministers sich seinem Einfluß entzöge. Zur Visumfrage bestünden klare Vorschriften und festgesetzte Fristen, an die sich alle zu halten hätten. Da Lorena nicht die geringsten Anstalten machte, den Mund zu öffnen, fragte der Alte sie schließlich, was sie um diese nachtschlafende Zeit überhaupt hier suche. Da zog Lorena den harten Gegenstand hervor, auf den es ankam und der schwer in ihrer Manteltasche wog, und sagte, während sie unsicher auf ihn zielte, sie wolle diese Kugel nur genau dort plazieren, wo ihn der Tod zwar mit Sicherheit, aber erst ganz allmählich ereilen würde, denn sie brauche, was von der Nacht und vom Traum noch bleibe, um ihn all das Leid erfahren zu lassen, das er ihr angetan habe.
Als sich im Fenster schon ein helles Blau zeigte, wachte sie mit dem Brief in der Hand langsam auf, und das einzige klare Bild, das sie noch behalten hatte: der Alte, der sich in die Hosenbeine seines Pyjamas verfing, zitternd im Angesicht des Todes. So wie sie noch immer zitterte, vielleicht aufgrund der Kälte, vielleicht, weil sie weinte.

Als sie wieder ganz klar im Kopf war, kam ihr, nach einer ausgiebigen, warmen Dusche schon besser gestimmt, der Gedanke, dieses aufwallende Glücksgefühl, das ihr jetzt mit dem Wasserdampf ins Gesicht stieg, könne mit einer unerwartet neuen Sicht der Ereignisse vom Vortag zusammenhängen. Sogar der Brief vom Parteibüro, der Grund für ihren Alptraum, erhielt durch diesen überraschenden Sinneswandel eine positive Bedeutung: Man mußte die Sache nur von der richtigen Seite aus betrachten. Bei dieser Vorstellung kam ihr die rettende Erkenntnis. Patricias beharrliche und am Ende erfolgreiche Bemühungen, damit sie in Mexiko leben und arbeiten konnte, die gute Nachricht der mexikanischen Visa, die Bereitschaft der Kinder, dieses neue und gleichzeitig ihr erstes Abenteuer gemeinsam mit ihr zu bestehen; wenn sie das alles noch einmal überdachte und neu bewertete, erhielt es einen anderen Sinn, überlegte Lorena beim Kämmen vor beschlagenem Spiegel; all das war nicht nur unglaublich positiv, sondern eigentlich die Lösung, auf die sie seit langem gewartet hatte und die schließlich ihrer Vorstellung von einem möglichen Glück ohne Mario oder – wenn sie aufrichtig war – zumindest einer Vorstellung all dessen entsprach, was in einer Welt ohne Mario dem Glück nahekommen könnte.
Nach zwölf Jahren würde sie endlich ihre Eltern wiedersehen. Was bedeutete da schon die leidige Sache mit den Visa! Immerhin hatte der Senator selbst Don Arnaldos und Doña Elviras Empfang in Tegel und den Transport bis zum Grenzübergang Friedrichstraße arrangiert, wo sie heute nachmittag auf sie warten würde. Endlich würde sie Berlin verlassen, höchstens drei oder vier Tage nach der Rückreise ihrer Eltern nach Santiago. Endlich würde sie wieder ans Theater gehen. Hatte sie nicht von der Rückkehr auf die Bühne, zu den Proben, den tägli-

chen Aufführungen geträumt; und immer wieder von der mexikanischen Sonne? Auch davon, ihrer Freundin wieder näher zu sein. Und all das war Wirklichkeit, sollte in wenigen Stunden wahr werden, wenn sie ihre Eltern am Bahnhof Friedrichstraße sehen würde! Nach den Umarmungen, nach der Freude und den Tränen würde sie ihnen ihre Familie vorstellen, die Enkel, die sie noch nicht kannten, und den etwas dicker gewordenen Schwiegersohn, mit ein paar grauen Strähnen, und sie würde wissen, was ihre Eltern dachten: Im Grunde genommen war dieser Mario kein schlechter Mensch. Alles in allem war er der beste Schwiegersohn.

Und während sie sich jetzt hastig ankleidete, damit sie den Termin beim Friseur nicht verpaßte, meinte sie fast, die Stimme ihres Vaters zu hören, seine ruhigen Gesten vor sich zu sehen, weise wie seine Stimme, als er zum zweiten Mal sagt: Ja, auf jeden Fall der beste. Die Wirklichkeit hatte sich schließlich so gefügt, wie die Dinge waren. Auch wenn Mario sie verlassen hatte, heute war der Tag der Heimkehr, wo der Fluß in sein Bett, der Vogel in sein Nest zurückkehrte.

Nur gut, daß sie ihnen nie von seinem Weggang erzählt hatte! Nur gut, daß sie in ihren Briefen diese Nestflucht unerwähnt gelassen hatte, denn es war doch vorprogrammiert, daß er zurückkehren würde! Hätte sie ihnen davon erzählt, wäre das irgendwie eine Verfälschung der Realität gewesen, dachte Lorena, die ihre Intuition und ihren Wunsch nun bestätigt sah. Ja, es war sehr gut, nie auch nur eine Zeile darüber geschrieben zu haben. Die Realität war besser als der traurige Anschein. Die Realität, das war Mario, der um vier vorbeikommen würde, um sie zur Friedrichstraße zu begleiten; war Mario, der seinen Koffer aufs Bett legte; der seine Hemden herausnahm, seine Unterwäsche, die Fotos der Kinder. Die Realität

war Mario hier zu Hause. Die Realität war vor allem, daß das Leben wie gewünscht weiterging, so wie sie es in ihren Briefen fortgeschrieben hatte.
Folglich war dieser letzte Brief vom Parteibüro nichts als eine überflüssige Episode, vielleicht die lächerlichste von allen, was die konkreten Folgen betraf; und das Schmerzlichste, wenn sie an den sterbenden Senator dachte oder an das immer weniger gefragte Parteibüro, denn von nun an würde ein Großteil ihrer Angelegenheiten direkt vom *Rat des Bezirks* oder vom *Amt für Ausländerangelegenheiten* entschieden werden. Dieser Brief, in dem ihr dieser willkürliche Beschluß mitgeteilt wurde, hatte zumindest den Vorteil, das letzte Schreiben zu sein, das ihr noch irgendwie zu schaden versuchte. In gewisser Weise war es, als ob sie eine Trophäe, die sie wie eine Auszeichnung ihrer persönlichen Würde und ihres Mutes, mit dem sie sich weder erniedrigen noch einschüchtern ließ, in Mexiko herumzeigen würde. Lorena mußte lachen, als sie den Brief, der jetzt ganz unspektakulär auf dem Nachttisch lag, von diesem Standpunkt aus betrachtete, und noch mehr lachte sie, als sie daran dachte, daß die Funktionäre im Parteibüro beim Schreiben des Briefes ihren Entschluß, nach Mexiko zu gehen, bereits kannten und sie sogar wußten, daß sie die Visa schon besaß und die drei Flugtickets seelenruhig zuoberst in ihrem Schrank lagen.
Was würde Mario wohl denken, wenn sie ihm den Brief vom Parteibüro zeigte? Würde er dahinter eine indirekte und doch sehr unmittelbare Einflußnahme Evas auf diese Entscheidung des Innenministeriums vermuten? Wie weh würde ihr jetzt wohl das tun, was Lorena mehr als ein Jahr und aus dem gleichen Grunde ertragen mußte? Auch in diesem Punkt zeigten die Dinge sich jetzt von einer anderen, von der richtigen Seite, in anderem Zu-

sammenhang und in anderer Farbe als zuvor. Vorher war alles verwischt, undurchsichtig und verworren erschienen. Aus dieser falschen Sicht war auch Evas vermeintliche Reaktion durchaus denkbar, die Bitte an den Vater, auf Lorenas Brief an den Minister mit einer drastischen und exemplarischen Sanktion zu antworten. Doch wenn man das ganze ruhiger betrachtete, konnte man Eva auch auf eine andere Art sehen, konnte ihren Schmerz respektieren und ihr keine Schuld zusprechen.

Und jetzt war auch Raum für den Schmerz, den Lorena wegen Don Carlos empfand, dem sie sogar verzieh, diesen lächerlichen, wirkungslosen Brief unterschrieben zu haben. Jetzt fuhr Lorena im Fahrstuhl abwärts, war nervös, bald würde es soweit sein, in wenigen Stunden würde Mario wieder zu Hause und das Heim in Santiago irgendwie wieder wie früher sein. Im Erdgeschoß blieb sie stehen, um am schwarzen Brett nachzusehen, wo sie vor drei Tagen das Telegramm ihrer Eltern mit einer Reißzwecke angebracht hatte, um auf diese Weise alle im *Ghetto* direkt in Kenntnis zu setzen. *Ankunft am 22. in Berlin PUNKT Lufthansaflug PUNKT Glücklich, die Enkel kennenzulernen PUNKT Grüße an Mario und die Schätzchen PUNKT.*

Sie nahm das Telegramm ab und steckte es in ihre Handtasche. Nach dem Schneefall und der eisigen Sonne am Abend zuvor war der Himmel jetzt klar. Ohne eine einzige Wolke. In den nächsten Tagen würde das Wetter gut bleiben. Auf dem Weg zur U-Bahnstation dachte Lorena, daß das Leben ihr endlich Gerechtigkeit widerfahren ließ, und die 400 Tage, die sie ohne Mario, die 4700 Tage, die sie ohne ihre Eltern, und die 5000, die sie ohne fast alles zu ihr Gehörende verbracht hatte, so oder so am heutigen Vormittag, der mit dem eisigen Wind in den Korridoren zwischen den Hochhäusern und den noch zugefrorenen Pfützen so sehr unseren glich, enden würden, obwohl Lorena an diesem Morgen wußte, daß Wind und Wasser von anderen Dingen zu ihr sprachen; von ihrem schönen Körper, wie er so dem Ansturm des Windes widerstand, und davon, daß die kommenden Schritte nie mehr wie vorher sein würden.

Sie vernahmen einen einsamen Glockenschlag, der die Stille noch untermalte.

Ein Uhr!

Mario mußte daran denken, daß dieser Klang vor einem Jahr den ersten Kuß begleitet hatte. Damals war es Nacht. Ankündigung, Verheißung unmittelbarer Erfüllung. Jetzt schien die Sonne auf Evas blasses Profil, auf die glitzernden Tränen in ihren Augen und auf ihre Wangen. Das gleiche Licht fiel auf einen anderen blassen Gegenstand, auf den Koffer mit Metallrahmen, der am Ende des Korridors an der Tür seiner harrte. Er sah und litt mit Evas traurigem Profil, denn Eva hatte den Blick auf den Koffer geheftet, das vollkommene Bild der Verlassenheit.

»Du mich belogen hast.«

»Ich habe dich nicht belogen.«

»Du mir gesagt hast, daß du nicht gehst.«

»Aber ich gehe doch nicht, Efa.«

»Du gehst. Ich sehe den Koffer. Du hast mir gesagt, daß du nie von mir weggehst.«

Evas angestrengter Versuch, mit ihm Spanisch zu reden, hatte ihn vom ersten Tag an beeindruckt. Am Anfang hatte sie ihm gesagt, sie wolle sich ins Gedächtnis rufen, was ihr Vater ihr beigebracht habe; aber beide wußten insgeheim, daß es vor allem eine Geste ersehnter Zweisamkeit war. Mario war gerührt von Evas Fehlern und verwundert, wie schnell sie seine Sprache erlernte. Doch

jetzt wich die Rührung einem Gefühl des Schmerzes, der Schuld. Sie lernte durch die Verbesserungen, die Mario mit einem Lächeln, mit einem Augenzwinkern, einem zärtlichen Blick machte. Nun spürte er bei jeder Unkorrektheit den Schmerz wie einen Tribut, den er Eva für das zu zahlen hatte, was ihr dieser Koffer bedeutete, so stumm an der Tür, förmlich ein Aufschrei. Und auch sie waren stumm. Sie hatten wortlos geraucht und auf die Dinge um sie herum geblickt, die ebenfalls stumm Verlassenheit signalisierten.
»Du gelogen hast. Gesagt hast, daß nicht gehst.«
»...«
»Ich habe nicht geglaubt an Lüge.«
»...«
»Ich belüge dich niemals.«
»Habe ich in der Zeit gesagt eine Lüge?«
»Ich werde tun, was ich dir versprochen habe. Ich werde jede Nacht bei dir verbringen. Es ist ja nur eine Woche. Außerdem will ich es so, glaub mir, Efa. Ich werde nicht nur Nacht für Nacht kommen, weil du mich darum gebeten hast.«
»Da ist der Koffer. Warum?«
»Damit die Lüge glaubhaft wird, muß etwas von meinen Sachen in Lorenas Wohnung sein. Ganz einfach.«
»Damit die Lüge glaubhaft wird«, wiederholte Eva in ironischem Ton, während der Glanz der Tränen in ihren Augen stärker wurde. »Und du willst, daß ich die Lüge glaube?«
»Dich belüge ich doch nicht, Efa.«
»Du mir gesagt hast, du nicht gehst. Und jetzt du gehst.«
»Aber ich geh doch gar nicht!«
Eva ging in die Küche und kehrte mit einem Wodkaglas zurück, größer als die Gläschen, die sie sonst abends tranken. Mario zündete sich noch eine Zigarette an und

ging nach einer Weile zur Überbrückung des Schweigens ebenfalls in die Küche, um sich einen Schluck zu holen.

»Ich habe gegeben alles«, sagte Eva, und fügte nach einer Pause hinzu: »Ich will nicht mehr. Geh! Geh nachher! Ich bitte dich! Die Lüge alles kaputt macht. Lüge auch das Schönste kaputt macht.«

»Ich habe dich doch überhaupt nicht belogen, Efa. Als ich dir sagte, daß ich nicht mehr zu Lorena zurückkehren würde, wußte ich noch nichts von ihrem Landesverweis. Das ist für jeden sehr hart. Wie sollte ich ihr da abschlagen, sie über einige Tage für ein paar Stunden zu besuchen? Glaub mir, nichts hat sich geändert! Ich will mit dir leben! Aber versteh doch, ihr und ihren Eltern diesen Schmerz zu ersparen, ist das mindeste, was ich tun kann.«

»Und mein Schmerz?«

»Ich bleibe doch weiter bei dir! Es ist ja nur für eine Woche oder etwas mehr.«

»Du mir geschworen hast, alle Nächte bei mir bleiben. Wie kann ich glauben?«

»Du kannst mir glauben!«

»Und der Koffer?«

Mario nahm einen großen Schluck. Jetzt wurde das tiefe Mitleid wegen des Kummers, den er Eva bereitete, durch ein Gefühl der Verdrossenheit, der Wut getrübt über das, was Mario für Evas Starrsinn hielt, mit dem sie versuchte, alles auf diese leidige Angelegenheit mit dem Koffer zu reduzieren. Hätte ich ihn vorher fortgebracht, hätte sie ihn nicht bemerkt, dann wäre es gar nicht erst so weit gekommen, und sie würde vor allem nicht so leiden. Ich war ein Idiot, dachte Mario, und als er gerade bei diesem Gedanken war, drang Evas Frage wie aus weiter Ferne zu ihm durch, wie etwas, wofür er, um es sich wieder ins Gedächtnis zu rufen, die Frage mehrmals wieder-

holen mußte, damit ihm ihre Bedeutung und ihre Konsequenzen klar wurden.
»Und wenn Lorena bleibt? Gehst du dann auch?«
»Nein, aber du weißt ja, daß sie fort muß.«
»Und wenn sie bleibt?« beharrte Eva.
»Das wäre was anderes. Ich könnte unter anderen Bedingungen mit ihr reden und ihren Eltern alles erklären.«
»Und du nicht gehen?«
»Nein, natürlich nicht. Aber da ist nichts mehr zu machen.«
»Willst du, daß mit meinem Papa ich rede?«
»Na gut.«
»Und wenn Lorena kann bleiben, du bleibst bei mir?«
»Ich bin doch bei dir! Es ist nur eine Komödie für ihre Eltern!«
»Für sie ist es mehr.«
Und nach einer längeren Pause fügte sie hinzu: »Und für dich auch.«
Mario zog es vor, nichts darauf zu erwidern.
»Willst du, daß mit meinem Papa ich rede?«
»Ich glaube kaum, daß du irgend etwas erreichst.«
Eva ging zum Telefon und wählte die Privatnummer ihres Vaters im Ministerium. Stehend wartete sie neben dem Korridor, der zur Tür führte, auf das Gespräch, den Blick auf den Koffer gerichtet, dann auf Mario und schließlich auf den blauen, wolkenlosen Himmel Berlins jenseits der Fenster, ähnlich wie am ersten Abend, ähnlich wie beim Kennenlernen, das sie während dieses Jahres als Beginn eines sicheren Glücks empfunden hatte, was jetzt aber nicht mehr als eine traurige Erinnerung war.
Während sie wartete, die Stimme ihres Vaters am Telefon zu hören, sagte sie, nach einem erneuten Blick auf den Koffer, um Fassung ringend: »Ich kann ohne dich nicht sein. Vorher konnte trotz allem leben. Oder ich hielt es

für Leben. Jetzt ich weiß nicht, wie soll ich sein, wenn du nicht bist da.«

Paula ließ unverwandt einen haßerfüllten Blick auf dem Koffer ruhen. Vielleicht sah sie in ihm, seit sie ihn an der Tür erblickt hatte, nicht einfach den Koffer mit ein wenig Wäsche und ein paar gerahmten Fotos, sondern ein grausiges Tier mit seinen Fühlern. Und Mario spürte, daß Paula seinen Koffer ebenso haßerfüllt ansah, wie sie es vor vierzig Jahren ostentativ mit Hermanns Stiefeln getan hatte, als sie ihn, der ganz mit seiner Suppe beschäftigt war, an der ellenlangen Flüchtlingstafel entdeckt hatte. Bevor er den Groll in ihrem Blick wahrnahm, war Mario Zeuge des alarmierenden Vorrückens der Männer von der Stasi geworden, die das Viertel besetzten, um von ihren schwarzen Wagen aus mit Hilfe der unverzichtbaren tragbaren Funkgeräte die Ankunft des Ministers vor der Wohnung seiner Tochter zu bewachen. So erfuhr Mario von Hermanns Besuch, während er wie so oft die schöne Marienkirche betrachtete, wie ein Geschenk direkt gegenüber von Evas Terrasse am Ende des Alexanderplatzes. Dabei sah er, daß die Männer nicht nur den gesamten Block entlang Stellung bezogen, sondern auch innerhalb des Gebäudes, um dort die Türen und den Aufzug vor einem unsichtbaren Feind zu sichern, der offenbar unverzüglich in Aktion zu treten drohte. Wenige Minuten vor der Ankunft des Ministers klingelte seine Leibgarde an der Tür, um die letzten Kontrollgänge zu machen, und schon betraten zwei junge, einfältig dreinblickende Männer mißtrauisch die Wohnung, um sicherzugehen, daß nur die Tochter des Ministers und ihr chilenischer Lebensgefährte sich dort aufhielten, daß es nichts Verdächtiges gab, das die Sicherheit der Person gefährden könnte, die mit solchem Aufwand gewährleistet wurde.

Paulas notorisch verächtlichem Blick auf Marios Koffer ging also dieser Aufmarsch voraus, was in gewisser Weise Paulas Wirkung schmälerte, oder – anders gesagt – Paula hatte ihren Blick so unverwandt auf dem Koffer ruhen lassen, damit ihr Erscheinen noch spektakulärer wirkte als die ganze Show der Sicherheitsbeamten.
Auf Evas Anruf hin hatte ihr Vater ihr gesagt, er würde erst kurz nach zwei Uhr vorbeikommen, da er Paula vorher vom *Regierungskrankenhaus* – dem Krankenhaus für Funktionäre – abholen müsse, denn sie sei mittags entlassen worden. Daß man Paula entlassen habe – im Krankenhaus der Regierung oder in irgendeinem der anderen Erholungsheime, die sie frequentierte –, war nur so eine Redensart. Und so verstanden es Eva, der Minister und sogar Paula selbst, die abgesehen von den wenig vorteilhaften Folgen ihres ungeheuren Übergewichts rosig und prächtig aussah und sich nur in diese Heilkuren begab, weil das Leben dort unterhaltsamer war als zu Hause oder im Marxismus-Leninismus-Institut – Abteilung Geschichte der Antifaschismusbewegung –, wo sie nie genau wußte, welche Funktion sie überhaupt ausübte, oder welchen Sinn es haben sollte, jeden Morgen dort zu erscheinen. In den Erholungsheimen für verdiente Funktionäre wimmelte es von Genossen aus den unterschiedlichsten Gegenden des Erdballs, wo der Kampf für den Sozialismus noch die dramatischen Ausmaße besaß, die Paula in der ausgesprochen langweiligen, zur Routine übergegangenen DDR vermißte, mehr an die Ebenen gemahnend – diese Mühen der Ebenen, an die Hermann Mario mit dem Zitat aus einem wunderschönen Brechtgedicht erinnerte – als an die erhabenen und riskanten Einsätze, die die Revolutionäre der Welt an fremden Schauplätzen unter ständiger Lebensgefahr auf sich nahmen. Im übrigen muß man wissen, daß das Zusammen-

sein mit Ausländern, deren Anwesenheit in den staatlichen Erholungsheimen üblich und völlig selbstverständlich war, Paula nicht nur dazu verhalf, »indirekten Kontakt zur Weltrevolution« zu halten, wie sie ohne die geringste Spur von Scham zu sagen pflegte, sondern auch um den tagtäglichen Umgang mit den Deutschen zu meiden. Denn der Ehefrau des Innenministers im Ersten Arbeiter- und Bauernstaat auf deutschem Boden waren die Deutschen mehr als alles andere verhaßt. Und so wie sie Hermann gegenüber ihren Haß gleich zum Ausdruck gebracht hatte, als sie ihm damals auf die Stiefel spuckte, nachdem sie gesehen hatte, daß sie von der *Wehrmacht* stammten, war sie offen zu Mario, als sie sah, welche Verlegenheit ihr unverwandter, haßerfüllter Blick auf seinen armseligen Koffer bei ihm hervorrief.

»Das ist nicht die Haltung eines Kommunisten, Genosse Mario.« Und schon auf dem Weg in die Wohnung meinte sie noch: »Eigentlich weiß ich gar nicht, ob ich Sie noch weiter Genosse nennen soll.«

»Mama, *bitte*, mach die Angelegenheit nicht noch komplizierter.«

»Nicht ich bin es, die dir die Dinge kompliziert macht. Das hast du schon immer sehr gut allein verstanden.«

»Fangt bitte nicht damit an!« sagte der Minister in energischem Ton. »Wir sind doch nicht hergekommen, um zu streiten; wir sind gekommen, um zuzuhören«, und nachdem er Paula mit einem strengen, durchdringenden Blick zur Raison gebracht hatte, küßte er Eva und reichte Mario die Hand, um ihn mit der größtmöglichen Herzlichkeit zu begrüßen, zu der er augenblicklich in der Lage war. Und da seine diesbezüglichen Fähigkeiten im Grunde arg begrenzt waren, zeigte er zur Begrüßung ein Lächeln so kalt wie die Sonne, die durch die Fenster schien.

Sie nahmen schweigend Platz und warfen dann wie üblich einen kritischen Blick auf die umherliegenden Bücher und Papiere, die dem Alltag in der Wohnung erst Wärme verliehen. Eva bot ihnen einen Kaffee an. Ihr Vater meinte, er habe nicht viel Zeit, aber Paula bat um eine große Tasse.
»*Mit Sahne*«, fügte sie hinzu.
Als Eva in die Küche ging, um Kaffee zu kochen, wurde Mario das peinlichste Schweigen dieses vermeintlichen Abschieds zugemutet. Sowohl Hermann als auch Paula waren bemüht, ihn nicht anzusehen, was sie so auffällig zu überspielen suchten, daß ihre Abneigung nur noch deutlicher zutage trat. Paula öffnete ihre überdimensionale Handtasche und holte ein winziges, stark parfümiertes Taschentuch heraus, um sich den Schweiß abzuwischen, der sie wie ein feuchter Fluch plagte. Um Mario nicht anzublicken, verfolgte Hermann die Bewegungen seiner Tochter in der Küche durch die Glasschiebetür, die sie vom Eßraum trennte.
Als Eva mit dem *Kaffee mit Sahne* zurückkam und ihn Paula reichte, fragte der Minister, als leite er eine Kabinettssitzung: »Um welchen Punkt geht es?«
»Um den Befehl zu Lorenas Ausweisung«, erwiderte Eva mit fester Stimme, trotz der erneut aufsteigenden Tränen in den geröteten Augen.
»Erst will ich wissen, was dieser Koffer zu bedeuten hat«, meinte Paula gebieterisch.
»Er bedeutet, daß ich ein paar Tage mit meinen Kindern verbringen werde.«
»Ach ja? Und wo sind Ihre Kinder?«
»Bei sich zu Hause natürlich.«
»Also kehren Sie dorthin zurück, wo immer Ihr Zuhause war«, folgerte Paula, ohne das geringste Anzeichen von Ironie.

»Nein. Ich werde nur einen Teil meiner Zeit dort verbringen, solange Lorenas Eltern hier sind.«
»Seltsam, daß sie jetzt, wo sie in Begleitung ihrer Eltern ist, auch noch Ihre braucht.«
»Und wie lange gedenken Sie, in Berlin zu bleiben?«, fragte der Minister in neutralerem Ton, aus dem aber doch die ganze Anspannung des Augenblicks sprach.
»Ein oder zwei Wochen.«
»Gut. Ich habe nichts dagegen. Wenn ihr euch einig seid ...«
»Aber ich bin absolut nicht einverstanden«, protestierte Eva, den Tränen nahe.
»*Dafür kann ich nichts*«, meinte der Minister.
»Du kannst den Ausweisungsbefehl zurückziehen«, sagte Eva, die sich wieder in der Gewalt hatte.
»Ich sehe nicht so ganz, was das mit der Sache zu tun haben soll«, sagte der Minister.
»Ich vermute, daß es für sie sehr hart war. Es tut mir leid, aber ich muß zu ihr stehen«, sagte Mario.
»Wissen ihre Eltern, daß Sie mit meiner Tochter leben?« fragte Paula.
Eine winzige Pause genügte, damit Paula fortfuhr: »Denn wenn das das Problem ist, sehe ich nicht, was Hermann da tun könnte ...«
»Das ist nicht das ganze Problem, Mama. Wenn man eine solche Ungerechtigkeit vermeiden kann ...«
»Einen Moment, *bitte*«, sagte der Minister in schneidendem Ton. »Wer hat das Recht zu urteilen, das sei unrecht? Wer ist denn hier am besten über alles informiert? Wer hat nach bestimmten Grundsätzen, Gefahren und Informationen zu entscheiden? Ihr oder die zuständigen Organe?«
»Genau, Papa! Wer hat das Recht zu befinden, es sei unrecht, eine Person auszuweisen, die keinerlei Verbrechen

begangen hat und die im übrigen nicht weiß, wohin sie gehen soll?«

»Erstens: Sie weiß, wohin sie gehen kann. Sie hat in höchst ungehöriger Form ein Ausreisevisum beantragt mit der Begründung, sie wolle in Mexiko leben. Zweitens: Unser Staat hat nicht nur das Recht, sondern auch die Pflicht, Maßnahmen in Bereichen zu ergreifen, die seine Sicherheit gefährden könnten.«

»Was für eine Sicherheit! Und was für ein Staat! Das hier ist nicht irgendein Staat, Papa. Es ist mein Land! Ich habe keinen anderen Ort, wo ich leben kann, und möchte das Land lieben, in dem ich lebe. Und es schmerzt mich, wenn jemand aus meinem Land ausgewiesen wird, der so viele Jahre lang als *chilenische Patriotin* galt.«

»Sie ist nicht hier, um über unsere Gesetze zu urteilen.«

»Aber was sie gesagt hat, denken viele hier.«

»Wer sind ›viele‹? Dissidenten, Randgruppen, Feinde unseres Staates.«

»Nein! Ich denke zum Beispiel auch so! Ich gehöre zu den ›vielen‹. Und ich stehe weder am Rande, noch bin ich eine Feindin meines Landes.«

»Ich nehme an, du hast mich nicht hergebeten, um mir das zu sagen«, meinte der Minister, der seinen Groll nicht länger verhehlen konnte. Und in seiner Stimme schwang Verärgerung, aber auch viel Bitterkeit mit.

»Nein. Ich habe dich nicht angerufen, um dir das zu sagen, Papa. Entschuldige. Ich habe dich angerufen, um dich um etwas zu bitten. Und wenn ich dich darum bitte, dann deshalb, weil ich nicht glauben mag, daß dieser Brief die Sicherheit unseres Landes gefährden könnte.«

»Jede Mißachtung unserer sozialistischen Gesetze bedeutet eine Gefahr für unseren Staat. Der Feind wartet bei uns nur auf ein Zeichen der Schwäche. Genau dort würde man dann ansetzen, um die Prinzipien unserer Ge-

setze zu untergraben, die heute von allen respektiert werden.«
»Respektiert? Oder meinst du nicht eher ›ertragen‹?«
Der Minister hatte erneut Mühe, die Fassung zu wahren. Er zog es vor, darauf nicht zu antworten. Er ließ einen Moment verstreichen und wandte sich dann an Mario.
»Als Partei machen Sie momentan schwierige Zeiten durch. Es ist unsere Pflicht, Sie zu unterstützen. Sie werden wohl verstehen, daß es nicht uns schadet, wenn man Abweichler bei den Exilchilenen zuläßt. Es schadet nur Ihnen. Unsere Härte ist ein Zeichen der Solidarität mit Ihnen. Unser Staat erfreut sich bester Gesundheit. Wir wollen lediglich, daß nichts, was hier in Ihren Kreisen geschieht, den chilenischen Genossen schadet. Es gibt den Bazillus der Zersetzung. Aber ich schlage vor, Sie reden mit dem Senator. Er hat den Ausdruck unserer Solidarität sehr gut verstanden.«
»*Es ist schon fast drei, Hermann!*« sagte Paula, während sie die Taschentücher, mit denen sie sich den unablässigen Schweiß abgewischt hatte, in der Handtasche verstaute.
Der Minister stand auf, reichte Mario die Hand in einer Geste gestellter Herzlichkeit wie für einen offiziellen Schnappschuß, machte dann vor Eva halt, um ihr einen Moment lang wortlos die Hände auf die Schultern zu legen und ihr dann einen liebevollen Kuß zu geben.
»Schone dich, Tochter. Ich verspreche dir, daß ich das, was du eben gesagt hast, vergessen will.«
Dann wandten sie sich zur Tür. Hermann drehte sich noch einmal um und lächelte, doch man sah, daß sein Gesicht von Gram überschattet war. Paula sah sich genötigt, erneut ihren Haß auf den Koffer zum Ausdruck zu bringen. Doch diesmal schenkte sie ihm nicht nur diesen vorwurfsvollen Blick; sie genehmigte sich überdies einen heimlichen Tritt mit ihren silbernen Schuhen.

Schon in der geöffneten Tür, sagte Hermann mit extra leiser Stimme, damit der Sicherheitsbeamte es nicht hören konnte: »Löst eure Probleme. Vergeudet nicht eure jungen Jahre. Ich glaube an klare Verhältnisse. Für euch wird es besser sein, wenn sie nicht mehr hier ist.«
Doch das konnte Eva kaum noch hören, da sie losgestürzt war, um sich im Bad einzuschließen.
Mario legte ein Ohr an die Tür und hörte Evas Schluchzen, übertönt vom Wasser, das in die Badewanne einlief. Zu den schwachen Lauten, die von jenseits der Tür kamen, gesellten sich mehrere Glockenschläge.
Drei Uhr!
Um vier kamen seine Schwiegereltern zum Bahnhof Friedrichstraße. Er hatte versprochen, um zwei bei Lorena zu sein. Er nahm den Koffer und preßte erneut ein Ohr an die Badezimmertür. Das Rauschen des Wassers war nicht mehr zu hören, dafür aber schwach, wenn auch deutlich, Evas anhaltendes, unterdrücktes Schluchzen.
»Efa, hör mich an. Efa? Efa, hörst du mich? Ich muß jetzt gehen. Aber heute abend komme ich wieder. Und morgen. Und übermorgen. Ich werde nicht eine Nacht fortbleiben. Glaub mir! Wie geht es dir? Bitte antworte mir doch! Sag was, Efa! Efa? Wir sehen uns heute abend. Efa? Sag doch bitte was, Efa!«
»Geh.«

Das größte Problem, das Lorena an diesem Morgen zu lösen hatte, war, wie sie ihre Eltern in ihrer Wohnung unterbringen sollte, wenn sie ihnen vorerst schon nicht das Elternschlafzimmer überlassen konnte. Genau das ging ihr durch den Kopf, als sie im Radio Berlin International das Zeitzeichen für drei Uhr hörte. Vielleicht war es das Beste, sich bei dieser schrecklichen Nervosität, dieser

äußersten Gespanntheit, auf die einfache Frage häuslicher Räumlichkeiten und alternativer Lösungsmöglichkeiten zu konzentrieren. In dieser Nacht würde sie zusammen mit Mario schlafen, und das mußte im Ehebett geschehen. Die Kinder würden also die ausklappbare Schlafcouch im Wohnzimmer benutzen und die Großeltern die beiden Betten im Kinderzimmer, die bequemer waren als die Schlafcouch. Im übrigen hatte dieser Raum den Vorteil, daß er das Maß an Intimität bot, das die alten Herrschaften während dieser Tage brauchen würden. Am Morgen hatten die Kinder die Idee begeistert aufgenommen und über die an sich schon aufregende geringfügige Umquartierung hinaus noch eine kleine Belohnung erhalten: Sie dürften bis zum Sendeschluß fernsehen.
Auf den Nachttisch zwischen den Betten, die für ihre Eltern bestimmt waren, stellte sie die Fotos, die auch die Kinder als Andenken an früher aufbewahrten: Bilder von der gesamten Familie im Erzgebirge, unbefangen lachende Gesichter, in große, warme Schals gehüllt, die sich von den weiß verschneiten Bergen im Hintergrund bunt abhoben. Und nicht genug mit diesem sichtlichen Beweis ungetrübten Glücks, stellte sie noch weitere Fotos von dieser Reise und einige ältere Zeugnisse aus glücklicheren Tagen auf – sie darauf jünger und hübscher; er noch mit schwarzem Haar und ebensolchem Bart, wie er ihn bis zu seinem fünfunddreißigsten Lebensjahr getragen hatte, bis er die ersten Anzeichen grauer Strähnen in diesem Wahrzeichen eines *chilenischen Patrioten* entdeckte. Auf den Nachttisch des großen Schlafzimmers plazierte sie dafür ein ausgeblichenes Foto von Santiago: die gesamte Familie im Haus von Nuñoa beim Sonntagsfrühstück unter Weinranken vereint.
Am Vormittag hatten die Friseusen Verständnis dafür ge-

zeigt, was es bedeutete, die aus Chile anreisenden Eltern, die sie seit zwölf Jahren nicht gesehen hatte, abzuholen. Vom anderen Besuch, der eine Stunde vor den Eltern eintreffen sollte – er müßte schon längst da sein, dachte Lorena besorgt –, der eigentliche und fraglos der wichtigste Grund dafür, sich so zurechtzumachen, hatte sie ihnen kein Wort gesagt. Jetzt saß sie auf dem Bett und besah sich im Spiegel der Schlafzimmerkommode. Gleich würde es klingeln; erst Mario, dann *Tante* Ilse, die sie auf Marios Vorschlag hin gebeten hatte, das kleine Fest heute abend vorzubereiten und zu betreuen. Zwei riesige *Karpfen* warteten im Kühlschrank auf *Tante* Ilses geschickte Hände; sie war eine Spezialistin in der Zubereitung von Fisch – Forellen und Karpfen –, Köstlichkeiten aus dem Süßwasser, ein Gericht, das in Berlin die Festtage zu Weihnachten und Neujahr krönte. Heute, zwei Tage vor Weihnachten, sollten die zu erwartenden Gaumenfreuden aus triftigem Grund einen Vorgeschmack darauf geben.
Mario traf, so wie Lorena es sich schon seit Tagen ausgemalt hatte, vor *Tante* Ilse ein, nur daß er sie nicht umarmte. Lorena empfing ihn mit einem Kuß und bemerkte sogleich eine Trübung, einen versteckten Vorwurf in seinem ernsten Gesicht und in seiner Gestik, die mehr schlecht als recht Natürlichkeit heuchelte; mühsam gespielte Gleichgültigkeit, dachte Lorena. Als er seinen Schritt zum Wohnzimmer lenkte, führte Lorena ihn, auf den Koffer weisend, zum Schlafzimmer, wo sie außer dem alten Familienfoto rote Nelken aufgestellt hatte, die ihre Blütenpracht über dem langen, schlanken Vasenhals entfalteten.
Mario legte den Koffer aufs Bett, ohne ein Wort über die Blumen zu verlieren. Dann setzte er sich neben den Koffer, den Blick starr auf die ausgeblichenen Zeichnungen geheftet, die die Wand schmückten.

»Soll ich dir helfen, die Sachen zu verstauen? Uns bleibt nicht mehr viel Zeit.«
»Es gibt nicht viel zu verstauen. Ich kann das selbst machen.«
»Bist du erschöpft?«
»Sehr erschöpft.«
»Schläfst du denn nicht gut?« und schon bereute sie ihre Frage.
»Doch, doch. Ich schlafe gut«, erwiderte Mario, aber sie hörte etwas anderes heraus, was sie lieber nicht hören wollte, so ähnlich wie: »Mach dir nur keine Illusionen, mit Eva schlafe ich hervorragend.« Vielleicht weil Marios Ton es nahelegte oder weil die Angst vor diesem Phantom, das da mit ihm und seinem Koffer gekommen war, so gewaltig schien. Alles, was er von jetzt an auf ihre Fragen antworten würde – die spontanen und unvermeidlichen ebenso wie die lange zurechtgelegten –, war mit Anspielungen auf etwas belastet, das längst nicht mehr Marios Welt war, die Welt, die sie eines sonnigen Nachmittags in Santiago entdeckt hatte, sondern Marios und Evas Welt, die winterliche Welt des Verlassenseins, im Grunde Evas Welt; diese so fremde Welt, in der Mario – nach ihrer Ansicht – für sich ein Schlupfloch, eine Lücke suchte, wo kaum etwas von Marios anderer Welt (Santiago, die Schule, der Protestmarsch, die Jugendzeit, die Grubenarbeiter, das Gefängnis, Dostojewski, das Indianápolis, der Senator) mehr Platz hatte. Gerade dieses letzte Glied in einer Kette, die ihre einzige, ureigene Welt ausmachte, klang im Schlafzimmer zufällig am Ende eines Satzes von Mario nach, bei dem sie kaum zugehört hatte.
». . . von Don Carlos«, und hier hielt Mario inne.
»Was ist los mit Don Carlos? Ich habe nicht ganz zugehört, Liebling.«

»Der Alte liegt im Sterben. Aber er ist stur wie ein Esel. Er will nicht ins Krankenhaus gehen.«
»Und was haben sie vor?«
»Die *Regierung* hat mit dem Parteibüro gesprochen. Sie werden ihn morgen auf jeden Fall abholen.«
»Und das belastet dich?«
»Ja, denn sie haben mich gebeten, als Dolmetscher für die betreuenden Ärzte hinzugehen. Eigentlich eine Ärztin und zwei Krankenpfleger. Falls er sich weigert! Aber, na ja ... Woran denkst du?«
»Ich mußte gerade an Don Carlos denken. Als ich dich da so mit dem Koffer sah, fiel mir ein, wie ich dich damals an dem Nachmittag aus dem Polizeirevier geholt habe. Weißt du noch?«
»So in etwa.«
»Der arme Alte«, und zu sich meinte sie noch leise, ganz betroffen: »Daher also das von gestern nacht.«
»Wie bitte?«
»Nichts; ich erzähl es dir später. Es ist schon spät.«
»Wo soll ich meine Sachen hinräumen?« fragte Mario, vage auf den Koffer deutend.
»So wie immer. In die Fächer rechts.«
Mario hätte es lieber überhört. Der Ton wiedergewonnener Vertrautheit, den Lorena diesem Satz verlieh, wirkte auf ihn schrecklich pathetisch. Er erhob sich und öffnete den Koffer, um Lorena den Rücken zu kehren und die eigene Ergriffenheit vor ihr zu verbergen, die ihm vor Rührung die Augen feucht werden ließ. Weinte er um Eva, die immer noch schluchzend in der Badewanne saß? Oder wegen des vertraulichen Tons, in dem Lorena diesen simplen, ganz banalen Satz gesagt hatte: »So wie immer. In die Fächer rechts.« Und noch stand die Ankunft von Lorenas Eltern bevor, die ihn weiterhin als ihren Schwiegersohn betrachteten; und das Eintreffen der Kin-

der um sieben Uhr; und er hatte Lorena noch nicht gesagt, daß er nicht einmal diese erste Nacht darauf verzichten würde, bei Eva zu schlafen; vor allem aber mußte Lorena noch beigebracht werden, daß diese Fächer, auch wenn er seine Sachen dort einräumte, schon längst aufgehört hatten, *seine* Fächer zu sein.

All das ging ihm durch den Kopf, während er, mehr als nötig vorgebeugt, damit Lorena sein Gesicht nicht sah, seine Wäsche in die Schrankfächer einräumte. Als es plötzlich klingelte, fuhr er erschrocken hoch und sah Lorena fragend an.

»Das ist *Tante* Ilse«, meinte Lorena. »Sie kommt, um zu kochen und mit uns zu feiern.«

Kapitel XII

Die Ankunft von Lorenas Eltern verursachte in unserer Gemeinde ein Beben vergleichbar der Stufe drei auf der Richterskala, eine zwar spürbare Bodenerschütterung, doch ohne nennenswerte Folgen. Damals hatten wir uns schon so an das Kommen und Gehen unserer Verwandten gewöhnt, daß der Fortgang eines ständigen Mitglieds unserer Gemeinde eine stärkere Reaktion auslöste, als wenn jemand aus der Heimat anreiste, die wir in einem Jargon, der allmählich in Vergessenheit geriet, das ›Inland‹ nannten.
Und dennoch beeindruckte uns dieser Besuch mehr als andere. Vielleicht, weil uns Lorenas Einsamkeit während des vergangenen Jahres leidgetan hatte, vielleicht auch weil sie in dieser Zeit, wie uns inzwischen zu Ohren gekommen war, diese Scheinwelt erfunden hatte. Alle hatten wir – der eine mehr, der andere weniger – fromme Lügen in ähnlicher Art ersonnen, da wir denen, die dort in der Ferne mit unserem Fortgang schon genug gelitten hatten, nicht noch mehr zumuten wollten.
Was uns aus unserer Gleichgültigkeit riß, war also nicht einfach der Besuch – obwohl ein solcher Besuch von so weit her und nach so vielen Jahren eigentlich nicht als ›einfach‹ bezeichnet werden kann –, sondern die zweifelhaften Umstände, unter denen er sich ereignete. Als wir erfuhren, daß Mario sich an der Komödie beteiligen wollte, wuchs unsere Hoffnung auf ein glückliches Ende

des Täuschungsmanövers. Wir waren gespannt, wie der Betrug enden würde, denn wenn Lorenas Eltern nach Chile zurückkehrten, ohne gemerkt zu haben, was los war, wäre nicht nur Lorena beruhigter, sondern auch vielen von uns wäre ein Stein vom Herzen gefallen, die wir ideale Verhältnisse vorgespiegelt hatten, weniger von eigenen Wunschträumen geleitet als von dem, was man drüben von uns erwartete. Wenn Lorenas Eltern glücklich und ebenso ahnunglos, wie sie gekommen waren, wieder abreisten, konnten wir auch auf die beruhigende Wirkung vertrauen, die unsere frommen Flunkereien drüben haben würden: interessante Arbeit, respektable Gehälter, Doktorentitel, Stellen bei internationalen Organisationen, Harmonie in den Familien, kurzum ... die tausenderlei Gesichter eines mehr eingebildeten als realen Erfolges.

Also warteten wir an jenem Nachmittag alle gespannt auf die Stunde der Ankunft und hatten uns ausgerechnet, daß Lorenas Eltern, wenn sie gegen vier Uhr am Grenzübergang Friedrichstraße anstehen mußten, kurz nach fünf eintreffen würden. Bald sollte in unserem winzigen Reich der Elli-Voigt-Straße also wieder eine Reise vom anderen Ende der Welt enden.

Um sechs Uhr abends, als es bereits Nacht und die Stadt in ein Lichtermeer getaucht war, Dunkelheit und Zuversicht, blickten wir fast alle aus unseren Wohnungsfenstern in der Hoffnung, daß endlich das Taxi einträfe, als es schließlich vor unserer Haustür Halt machte. Zuerst entstieg Lorena dem Wagen; dann, vom Beifahrersitz, Mario; als der Fahrer ausstieg, ging er direkt zum Kofferraum, um das Gepäck der alten Herrschaften herauszunehmen; zum Schluß die Eltern, mit Lorenas Hilfe, während Mario das Taxi bezahlte. Von unseren Fenstern aus wirkten die beiden Besucher so, als seien sie kaum in der Lage, sich ohne

Hilfe fortzubewegen; zwei alte Leutchen, die, als sie unseren Applaus vernahmen, mit ausdruckslosen Augen zu uns hochblickten. Wir dachten, sie seien erschöpft und könnten deshalb kaum laufen. Immerhin hatten sie einen Flug von mehr als zwanzig Stunden hinter sich, morgen würde es anders sein. Doch im Grunde genommen ahnten wir, daß sich nicht viel ändern würde. Und dann dachten wir an unsere fernen Eltern, die begannen, uns wegzusterben, ohne die Möglichkeit, uns im *Ghetto* zu besuchen und festzustellen, ob unsere frommen Lügen der Wahrheit entsprachen, was es allen erleichtern würde, noch ein wenig weiterzuleben, hier wie dort ...

Und für unsere Kinder, die noch ihr ganzes Leben vor sich hatten – obwohl wir nicht wußten, was für eine Art von Leben sie erwartete: unser Leben als Verbannte, oder eines, das ihren Vorstellungen entsprach, als Einheimische mit dunklem Haar –, bedeutete diese Ankunft, der wir trotz der Kälte weit aus den Fenstern gelehnt beiwohnten, die Begegnung mit geradezu legendären Gestalten, mit denen die hier geborene Generation noch nie in Berührung gekommen war: den Großeltern.

Unsere Kinder wuchsen damit auf, daß sie ihre Klassenkameraden in der Schule von ihrer Oma und ihrem Opa erzählen hörten. Jetzt kamen die Oma und der Opa von Lorenas Kindern zu uns ins Haus. Sie waren die ersten Großeltern, die wir in diesem Gebäude begrüßen konnten. Unsere kleineren Kinder kannten überhaupt noch keinen älteren Verwandten.

Während wir aus dem Fenster schauten, umringten die Kinder, die die Ankunft des Taxis auf der Straße erwartet hatten, Lorenas Eltern, als sie aus dem Auto stiegen. Sie musterten sie neugierig, näherten sich, um sie zu berühren, denn sie empfanden sie als etwas Eigenes, das sie erst jetzt kennenlernten.

»Man sieht, daß das hier das Kinderzimmer ist.«
»Ich dachte, du würdest ihnen dein Schlafzimmer lassen.«
»Schschtt. Man kann alles hören, Mario!«
»Hattest du es dir so vorgestellt, Elvira?«
»Was?«
»Das Haus, die Enkel, die Stadt, alles ...«
»Hoffentlich gefällt es ihnen. Hoffentlich merken sie nichts.«
»Warum hast du ihnen nicht dein Schlafzimmer gelassen? Da hätten sie es doch bequemer.«
»Ich hatte mir alles größer, besser vorgestellt.«
»Auch die Kinder?«
»Nein. Die habe ich mir nur herzlicher vorgestellt. Sie sind kaum fünf Minuten geblieben und gleich wieder verschwunden.«
»Es sind Kinder, Elvira. Sie müssen spielen. Sie waren nervös mit all ihren Freunden, die uns dort angestiert haben. Da bin ja sogar ich nervös geworden.«
»Weil unser Schlafzimmer für uns ist. Deshalb hast du deine Sachen in deine Fächer geräumt.«
»Ich dachte, es wäre, um alles glaubhafter zu machen. Damit sie sähen, daß ich meine Sachen jeden Tag hier herausnehme. Was ist los mit dir? Bist du müde?«
»Ich bin sehr müde, Elvira.«
»Weinst du? Warum weinst du denn, Lorena?«
»Ist dir denn nichts aufgefallen? Würdest du nicht auch weinen, wenn du deine Eltern so sähest?«
»Was meinst du, wie es ihnen geht, Arnaldo?«
»Ich glaube, es geht ihnen gut. Das Haus ist ein solides Haus, die Kinder sehen gesund aus, und Lorena war beim Friseur. Wenn man zum Friseur geht, ist das, glaube ich, ein Zeichen dafür, daß man sich gut fühlt.«
»Du mußt es ihr sagen.«

»Wir hatten es aber anders vereinbart.«
»Du mußt es ihr sagen, es ist deine Schuld.«
»Die Zeit vergeht für alle, Lorena. Ich verstehe dich. Aber weine nicht, denn sie könnten es merken.«
»Was?«
»Daß du weinst. Durch die Wand kann man alles hören.«
»Dann sprich etwas leiser.«
»Sprich leiser, Elvira. Sie könnten im Zimmer nebenan sein.«
»Du wolltest etwas anderes sagen.«
»Nein. Was denn?«
»Daß sie das mit uns merken könnten.«
»Ob sie es wohl schon gemerkt haben, Arnaldo?«
»Ich glaube nicht. Aber wenn du weiterhin so stur bleibst, werden sie es bestimmt noch heute abend mitbekommen.«
»Sprich leiser!«
»Wenn du nicht ißt, werden sie es merken! Sie werden merken, daß etwas nicht stimmt!«
»Wenn sie sehen, daß du weinst, werden sie natürlich denken, daß etwas nicht stimmt, Lorena.«
»Deshalb habe ich mich ja hier eingeschlossen. Wenn ich zum Weinen ins Bad oder in die Küche ginge, würde man es eher merken. So denken sie, daß ich mich fürs Essen zurechtmache.«
»Bitte iß, Elvira. Möchtest du etwas Schokolade?«
»Nein. Wo hast du sie denn her?«
»Das haben sie im Flugzeug verteilt. Es lag auf dem Tablett.«
»Du hast phantasiert.«
»Was?«
»Du hast den ganzen Flug über phantasiert. Die Stewardeß hat über dich gelacht. Ich mußte ihr sagen, du seist verrückt.«

»Was habe ich denn gesagt?«
»Du hast mit Gott und der Welt geredet. Du wolltest die Bankpapiere nicht unterzeichnen.«
»Ich werde einen Pisco Sour für deine Eltern mixen.«
»Hat Papa denn Pisco mitgebracht?«
»Nein, ich werde Wodka nehmen, wie üblich.«
»Es ist noch Zeit. Laß mich nicht allein, Mario. Es macht mich so traurig. Es ist, als müßte ich ersticken; ich habe Mühe zu atmen.«
»Ich habe Mühe einzuschlafen, das ist alles. Wenn ich gut schliefe, wäre alles, was ich rede, Teil eines Traumes.«
»Aber du sagst es im Wachzustand. Das nennt man phantasieren. Es wäre besser, du würdest ihnen noch heute abend die Wahrheit erzählen.«
»Wir haben gesagt nach einer Woche. Sie sollen zumindest etwas Freude haben. Wir müssen sehen, ob es uns hier gefällt.«
»Es bleibt uns ja nichts anderes übrig. Wer nichts hat, kann nicht wählerisch sein. Das hast du immer gesagt, ich hab's von dir gelernt. Sieh nur, wo wir gelandet sind. Das Zimmer ist klein, das hier ist nicht mein Bett; ich ersticke hier.«
»Du mußt es ertragen und essen.«
»Ich kann nicht essen. Ich bekomme nichts runter. Was kann ich denn dafür?«
»Uns bleibt nicht mehr lange. Bald werden wir sterben. Und das sollten wir tun, indem wir so wenig wie möglich zur Last fallen, Elvira.«
»Bitte, weine nicht, Lorena. Trinken wir einen Schluck. Laß mich etwas holen gehen. Willst du den Wodka pur oder mit Orangensaft?«
»Ich will sterben. Ja ... Das will ich ... Und keiner soll es merken ... Als hätte ich nie existiert.«
»...«

»Was ist los mit dir? Was hörst du?«
»Schschtt!«
»Du mußt es ihnen sagen.«
»Ihm oder ihr?«
»Ihr. Sie ist deine Tochter.«
»Aber er ist der Herr im Haus.«
»Dann eben beiden. Aber noch heute abend!«
»Sprich etwas leiser, Elvira. Man merkt doch, daß man hier alles mithören kann.«
»...«
»Worüber sprechen sie, Lorena?«
»Oh, mein Gott! Wie lange noch?

Während diese Stimmen, obwohl sie gedämpft waren, durch die dünne Wand drangen, war im Schlafzimmer noch eine andere vergnügt singende Stimme aus der Küche zu hören und später auch aus dem Eßzimmer, vermischt mit dem fröhlichen Geklapper von Gläsern und Geschirr. *Tante* Ilse sang. Sie sang immer. Und ihre Geldsorgen, die andere zu verbergen pflegten, waren für sie kein Grund, das Singen zu unterlassen.
Während sie die beiden herrlichen Karpfen im größten Topf kochen ließ, den sie finden konnte, sang sie ein altes sächsisches Lied, das sie als kleines Kind gelernt hatte, also kurz nach Ende des Ersten Weltkriegs, und aller Wahrscheinlichkeit nach wurde es damals als Lied zum Feiern gesungen, wenn schon nicht des Sieges, dann wenigstens des Überlebens. Als die Karpfen gekocht waren, mit den Zutaten und Gewürzen, die wie diese Lieder von Generation zu Generation überliefert wurden, gab sie nur ein paar Tropfen weißen Essig in die Brühe, wodurch die Fische sofort und wie durch Zauberei eine bläuliche Färbung annahmen, die sich ganz über die glänzende Haut der Karpfen verteilte, bis sie sich in zwei köstliche

blaue, am Grund des Topfes gefangene Wale verwandelt hatten.

Angeregt durch die ihr unerklärliche Vollkommenheit dieser Metamorphose, änderte *Tante* Ilse ihr Repertoire und begann Weihnachtslieder zu singen. *Oh Tannenbaum* begleitete die letzten kleinen Arrangements auf der mit weißem Tischtuch gedeckten Tafel, die mit einem Silberleuchter aus ihrem Besitz geschmückt war, ein Hochzeitsgeschenk, das sie zufällig auf dem Schwarzmarkt sechs Monate nach Kriegsende wieder zurückgetauscht hatte. Das war im Grunde das einzige, was sie aus ihrem unter Trümmern begrabenen Haus hatte retten können. Das Haus war bei den letzten Bombenangriffen auf Dresden zerstört worden, schon während der Kapitulationsverhandlungen.

Ein seltsames Band bestand zwischen diesem wiedergefundenen Leuchter und dem Weihnachtsfest. Als gäbe es auf der einen Seite der gleichen Geschichte und der gleichen Tage nur Bomben und Trümmer und auf der anderen die Weihnachtslieder, die Leuchter und die Karpfen blau, mit denen man in ihrem Land seit Jahrhunderten das Weihnachtsfest beging. *Tante* Ilse war keine Christin – keine gläubige Kirchgängerin –, aber sie nahm ihren Silberleuchter wie ein Kreuz, um das stets lauernde Unglück und die ungeheure Grausamkeit, der sie so oft begegnet war, zu beschwören. Deshalb war *Tante* Ilse, die, wie wir wissen, jedes Mal, wenn man sie bat, ihre herrlichen Karpfen blau zuzubereiten und das Fest gebührend zu gestalten, darauf bedacht, den Silberleuchter, der auch das Unglück anderer lindern konnte, nicht zu vergessen – obwohl sie ihn mit den Jahren doch immer häufiger vergaß.

Aus *Tante* Ilses Schrank stammte nicht nur ihr Silberleuchter auf unseren weitaus bescheideneren Tischen, sondern auch das lange weiße Tischtuch, das sie von ihrer Schwiegermutter geerbt hatte, und die schweren Servietten mit dem verschlungenen Monogramm ihres Mannes – der die Wüste in Rommels Afrikakorps kennengelernt hatte und dort begraben lag –, in gotischen Lettern in einer Ecke aufgestickt, schwer wie ein Banner. Die dritte Herrlichkeit, die *Tante* Ilse in die Häuser mitbrachte, war nicht greifbar wie der bombastische Leuchter oder die schweren Servietten, sondern etwas nicht Faßbares, ähnlich wie der hier an diesen Wintertagen so selten blaue Himmel: ihre bewundernswerte Lebenskraft. Wir sprechen nicht von Lebenswillen oder Hoffnung. Lebenswillen setzt in gewisser Weise einen Plan voraus, etwas in der Art eines Programms, und das erinnert zu sehr an eine Beschwörung der Erfolgsaussichten; und die vielbemühte Hoffnung ist ein Wort, das vor allem Leidende im Munde führen. Nein; *Tante* Ilse strahlte aus sich selbst heraus einfach eine Lebenskraft aus. Das war es: Sie war sie selbst, glücklich hantierend mit ihren Karpfen blau; trotz all dessen, was um sie herum zerstört wurde und verloren ging, weiterzuleben; stets frohgemut, obwohl, was sie im Spaß beim Abschied von unseren Abenden meinte, der Wahrheit entsprach: »Ich weiß nicht, ob das nicht mein letztes Fest sein wird. Ich bin glücklich, es nicht zu wissen. *Gute Nacht, meine Herrschaften.*«

»Was haben Sie denn als letztes mit Appetit gegessen, Doña Elvira?« fragt Mario, wie die anderen um einen Ausweg aus ihrem zwanghaften Fasten bemüht.
»Das weiß ich nicht mehr.«
»Ein Zwieback auf dem Flug«, sagt Don Arnaldo, um die abweisende Antwort seiner Frau zu mildern.
»Den habe ich kaum runtergebracht.«

»Was war das letzte, was Sie Ihrer Erinnerung nach mit Appetit gegessen haben, Mama?«
»Ein Stück Fleisch. Eine Scheibe Braten.«
»Gibt es Fleisch, *Tante* Ilse?«
»Wir haben ein Stück im Tiefkühlschrank. Ich kann es zubereiten.«
»Machen Sie sich keine Umstände. Es lohnt nicht die Mühe. Ich kann es dann doch nicht essen.«
»Ein Stück Braten, Mama. Wie das, was Sie als letztes gegessen haben.«
»Kannst du dich noch an diesen Braten erinnern, Elvira?« fragt Don Arnaldo hoffnungsvoll, in absichtlich zärtlichem Ton.
»Natürlich erinnere ich mich noch. Ich habe es mit Blick auf den Fluß gegessen. Ich hatte noch den Fleischgeschmack im Mund, als ich unser Haus vorbeitreiben sah. Ja. Ich schaute auf den Fluß, und plötzlich schwamm da unser Haus vorbei. Es verschwand, trieb einfach mit dem Fluß davon.«
»*Tante* Ilse: Braten Sie ihr bitte dieses Stück Fleisch«, meint Lorena jetzt mit leicht verdrossener Miene.
»Nein. Ich will dieses Stück Fleisch nicht«, beharrt Doña Elvira, wobei sie die Worte *dieses Stück Fleisch* besonders verächtlich sagt.
Tante Ilse steht auf, um in die Küche zu gehen, nachdem sie Lorena verständnisvoll zugezwinkert hat.
»Wer ist diese Person?« will Doña Elvira wissen, kaum daß *Tante* Ilse hinausgegangen ist.
»*Tante* Ilse. Sie hilft uns, wenn wir Gäste haben. Sie kocht hervorragend; Sie werden schon sehen, Mama.«
»Und warum sitzt sie dann mit am Tisch?«
»Weil sie fast zur Familie gehört.«
»Zu deiner Familie? In meinem Haus habe ich noch nie eine Hausangestellte am Tisch sitzen sehen.«

»Sie ist keine Hausangestellte, Mama.«
»Was hat sie dann hier zu suchen?«
»Sie hilft mir.«
»Und bezahlst du sie?«
»Natürlich.«
Doña Elvira hält für einen Moment inne, um ihrer Schlußfolgerung besonderes Gewicht zu verleihen, und sagt dann in gleichgültigem Ton, ohne den Blick vom Gesicht ihres Mannes abzuwenden: »Dann ist sie also doch eine Hausangestellte.«
»Sie ist eine Freundin des Hauses. Sie ist Witwe, und wir helfen ihr. So verdient sie sich ihren Lebensunterhalt«, mischt sich Mario beschwichtigend ein.
»Ich würde mir meinen Lebensunterhalt nicht gerne auf diese Weise verdienen. Ich will in mein Haus zurück.«
»Du wirst ja zurückkehren, Mama. In zwei oder drei Wochen wirst du wieder zu Hause sein,« sagt Lorena und streichelt Doña Elvira flüchtig die Hand, die so weiß wie das Tischtuch ist und jetzt völlig leblos wirkt. Und in vertraulichem Ton: »Meinst du nicht, daß wir dich für ein paar Tage verwöhnen können?«
»Genau«, pflichtet Don Arnaldo ihr bei und dann nicht ohne Vorwurf an seine Frau gewandt: »Warum sagst du das? Das haben wir doch schon besprochen, oder?«
»Ich werde meine Zunge besser im Zaum halten«, sagt Doña Elvira mit gesenktem Blick.
»Ja, halte sie im Zaum«, meint Don Arnaldo. Und es klingt so, als hätte er gesagt: »Schneide sie dir ab.«
»Einen Nachtisch? Hättest du gerne etwas Schokoladencreme, Mama?«
»Ja, das wäre schön.«
»Na endlich, Mama. Du bist so abgemagert«, und Lorena steht auf, um in die Küche zu gehen.

»Nein, nein. Es wäre schön, aber ich würde es doch nicht runterbringen. Sag mir nicht, ich sei abgemagert«, meint sie jetzt mit versagender Stimme. »Ich habe nicht gesagt, daß ich nicht essen will. Ich habe gesagt, daß ich nicht essen *kann.*«

»Laßt sie lieber. Sonst wird sie nur noch nervöser«, bittet Don Arnaldo.

»Sag ihnen, warum ich nervös bin.«

»Na ja, die Reise ... Die Kinder zu sehen, die du noch nicht kanntest ...«

»Sag ihnen die Wahrheit.«

»Elvira!«

»Welche Wahrheit?«

»Was ich gesagt habe. Es macht sie noch nervöser, so fern von zu Hause zu sein.«

In einem kindischen Gefühlsausbruch äfft Doña Elvira ihn spöttisch nach: »Es macht sie noch nervöser, so fern von zu Hause zu sein.«

»Elvira, reiß dich zusammen. Wenn du so weitermachst, tu ich, was ich dir gesagt habe.«

»Was hattest du denn vor zu tun, Papa? Was wolltest du damit sagen?«

»Nichts«, wirft Doña Elvira mit Blick auf Don Arnaldo ein.

»Nichts«, bekräftigt Don Arnaldo mit Blick auf seine Frau.

Und nach einer Pause will Doña Elvira von ihrem Schwiegersohn wissen: »Wann ist hier die erste Messe?«

»Die erste Messe. Das weiß ich ehrlich gesagt nicht.«

»Das weißt du nicht? Als wir ankamen, habe ich eine Kirche gesehen. Ich bin sicher, daß sie nur wenige Blocks entfernt ist.«

»Wir werden rechtzeitig herausfinden, wann die Messe stattfindet«, verspricht Lorena.

»Die erste«, beharrt Doña Elvira.
»Die, die stattfindet. Wenn dort überhaupt Messen abgehalten werden.«
»Ihr geht nicht in die Kirche. Das hat man mir schon gesagt. Hier geht überhaupt niemand in die Kirche«, meint Doña Elvira wie zu sich, was ihr einen vorwurfsvollen Ton erlaubt.
»Ich habe dir doch gesagt, daß du dieses Thema nicht ansprechen sollst, Elvira.«
»Und wie findest du deine Enkel, Mama?«
»Desinteressiert.«
»Nehmen Sie etwas Salat, Don Arnaldo. Ich kann Ihnen auch diese Kartoffeln empfehlen. Sie sind mit Dill angerichtet.«
»Was ist das?«
»All die Jahre über haben sie nach ihren Großeltern gefragt.«
»Dill ist, was ich gesagt habe. Was ist Dill, Lorena?«
»Was?«
»Was Dill ist? Das, was auf den Kartoffeln ist.«
»*Eneldo* auf Spanisch. Sagt bitte nicht, sie seien desinteressiert. Sie sind einfach Kinder.«
»Aber sie sind gleich wieder verschwunden.«
»Sie bereden mit ihren Freunden aus dem Haus, wie ihre Großeltern sind. Sie waren auch aufgeregt, Mama.«
Zurück aus der Küche, betritt *Tante* Ilse strahlend und überschwenglich das Eßzimmer.
»*Das ist aber ein wundervoller Braten geworden!*«
Alle richten ihre Aufmerksamkeit auf Doña Elvira, die unverwandt auf das Stück heißen, saftigen, nach Gewürzen duftenden Braten blickt. Dann schiebt sie ihn wortlos beiseite und verdreht dabei die Augen nach oben, als suche sie eine langsam zur Decke kreisende Fliege.
»Will noch jemand eine Portion Karpfen?« fragt Mario.

Niemand antwortet.
»Die Taxis sind hier staatlich, nehme ich an«, will Don Arnaldo wissen.
»Das stimmt«, erwidert Mario.
»Und wenn jemand einen eigenen Taxipark haben will, nicht zu groß, sagen wir zwei oder drei? Was muß er da machen?«
»Nichts. Es gibt keine Privattaxis.«
»Wir mußten mehr als eine Stunde in der Kälte warten. Ich vermute, daß du auch für den Staat arbeitest.«
»Ich unterrichte an der Universität. In Chile habe ich auch für den Staat gearbeitet.«
»Aber jetzt gibt es auch Privathochschulen. Da würdest du viel mehr verdienen.«
»Das glaube ich nicht.«
»Und verdient man genug, wenn man an der Universität arbeitet?«
»Ja, ich verdiene genug. Und ich tue, was mir Spaß macht, Don Arnaldo.«
»Er hat ein Buch mit Erzählungen veröffentlicht, Papa. Und er hat das Drehbuch zu einem Film geschrieben, abgesehen von seiner Promotion.«
»Dann geht es euch also gut«, folgert Don Arnaldo.
»Ja, gut, Papa. Wie Sie sehen, geht es uns sehr gut. Erzähle doch mal, wie es Cecilia und Chepita geht.«
»Gut. Auch sehr gut.«
»Und warum haben Sie gesagt, daß Sie das Haus mit dem Fluß forttreiben sahen, Mama?«
»Weil sie es im Traum so gesehen hat«, beeilt Don Arnaldo sich zu sagen.
»Ach so, das war ein Traum«, meint Mario und gießt noch Wein nach.
»Ein Traum, ein Traum«, wiederholt Don Arnaldo, während er ihm sein Glas hinhält.

»Und wie ist das Haus, Mama?«
»Es ist schön, stimmt's?«
»Ich muß immer an das Weinlaubendach denken, konntet ihr es noch erweitern, wie ihr es vorhattet?«
»Ja, jetzt ist es noch größer.«
»Ich weiß, was er schlucken könnte.«
»Bitte, Mama!«
»Ich würde gern ein Stück Zuckerbirne essen.«
»Die gibt es hier leider nicht, Mama. Wollen Sie nicht einen Apfel?«
»Nein, keinen Apfel. Den bringe ich nicht runter.«
»Sind die Krankenhäuser hier sehr teuer, Mario?«
»Sie sind hier gratis, Don Arnaldo.«
»Gratis? Und wie werden sie finanziert?«
»Mit den Steuern, die von allen gezahlt werden.«
»Und wenn man nicht fest hier wohnt? Was macht man, wenn man ins Krankenhaus muß?«
»Ich weiß nicht. Aber es gibt hier mehrere chilenische Ärzte, die schauen können, was Ihnen fehlt, Mama.«
»Mir geht es gut. Mir wäre es lieber, sie sähen sich Arnaldo an.«
»Fühlen Sie sich nicht wohl, Don Arnaldo?«
»Ich fühle mich sehr wohl.«
»Was ist mit Ihnen, Papa?«
»Sag ihnen die Wahrheit.«
»Was ist mit meinem Papa, Mama?«
»Er ist nicht richtig im Kopf.«
»Elvira macht nur Spaß. Wie gut ist doch dieser Wein, Mario. Schenk mir noch ein wenig nach.«
»Er ist aus Ungarn. Ich finde ihn auch wirklich ausgezeichnet.«
»Es gibt hier wunderschöne Gegenden. Wir müssen mal an die Ostsee fahren oder nach Dresden. Wieviele Tage gedenkt ihr zu bleiben?« will Lorena wissen.

»Na ja, wir haben noch keinen festen Plan. Also können wir fahren, wohin ihr wollt, Töchterchen.«
»Wir werden einen richtigen Plan machen. Ein oder zwei Wochen reichen, um das Wichtigste zu sehen.«
»Zuerst möchte ich, daß Elvira untersucht wird.«
»Dich sollen sie untersuchen. Du schläfst nicht. Du phantasierst die ganze Zeit.«
»Rede doch keinen Unsinn.«
»Du sprichst die ganze Nacht.«
»Schlafen Sie nicht gut, Papa?«
»In meinem Alter braucht man nicht mehr viel Schlaf.«
»Und haben Sie auch Schwierigkeiten mit dem Schlafen, Mama?«
»Nicht ganz so wie mit dem Essen. Irgendwann schlafe ich dann doch ein wenig.«
»Gefällt Ihnen die Wohnung, Mama?«
»Mein Haus ist mir lieber.«
»Schon gut, ihr werdet ja wieder nach Hause kommen. Es sind doch nur ein paar Tage.«
»Wollen Sie die Schokoladencreme mit Sahne oder mit Eis, *meine Herrschaften*?«
»Mit Sahne, sehr freundlich von Ihnen«, sagt Don Arnaldo in unfreiwillig komischem, ritterlichem Ton, fast wie ein galantes Kompliment.
»Ich nicht«, meint Doña Elvira unwillig.
»Mit Eis?« fragt *Tante* Ilse sie und blickt ihr fest in die Augen.
»Ich bringe nichts runter, aber sicher haben Sie das nicht mitbekommen, woraus man Ihnen keinen Vorwurf machen kann«, erwidert Doña Elvira, während sie *Tante* Ilses Blick mit dem gleichen Haß widersteht.
»Mit Eis, *Tante* Ilse«, sagt Lorena.
»Ich möchte sie mit etwas Branntwein. Gleich werden Sie einen moldavischen Branntwein kosten, Don Ar-

naldo. Danach werden Sie schlafen wie ein Murmeltier«, sagt Mario und steht auf, um seinen moldavischen Branntwein zu holen, von dem er weiß, daß er seit einem Jahr links in der Anrichte steht.

Sehr spät, fast schon im Morgengrauen – vom Fenster aus sieht sie, wie der Himmel blau wird –, spitzt Lorena die Ohren, um das Geräusch des Schlüssels zu hören, wenn er sich im Schloß rumdreht. Sie wartet, daß die Tür aufgeschlossen wird, denn das bedeutet Marios Rückkehr. Ob er bei Eva ist? Oder im Krankenhaus, um beim sterbenden Don Carlos zu sein? Als das Telefon klingelte, gegen Ende des nicht enden wollenden Abendessens, hatte sie geahnt, daß der Anruf für Mario war. Und in der Tat hatte der Anruf mit Marios Fortgang zu tun. Mario ging ans Telefon im Schlafzimmer, und als sie ihre Eltern mit *Tante* Ilse alleinließ und in ihr Zimmer kam, hatte Mario bereits den Mantel aus dem Schrank genommen und war auf dem Weg zur Wohnungstür.
»Was ist los?«
»Don Carlos ist im Krankenhaus. Es scheint, daß er im Sterben liegt.«
»Wer hat angerufen?«
»Leni.«
»Und warum hat sie dich angerufen?«
»Weil sie niemanden sonst kennt, dem sie Bescheid sagen könnte.«
»Und was kannst du da tun?«
»Ich weiß nicht. Ins Krankenhaus fahren; ich nehme an, erst mal das.«
»Lüg mich nicht an.«
»Wie bitte?«
»Lüg mich nicht an. Nicht heute abend. Meinst du nicht, daß ich schon genug Probleme habe?«

»Ich verstehe dich nicht.«
»Wer hat dich angerufen?«
»Leni.«
»War es nicht Eva?«
»Nein. Ich muß gehen, Lorena. Leni hat vom Krankenhaus aus angerufen, ich kann sie nicht alleinlassen mit dem Alten.«
»Ich komme mit dir.«
»Warum?«
»Weil ich ebenfalls wissen will, was mit Don Carlos geschieht.«
»Bleib bei deinen Eltern, Lorena. Das ist besser.«
»Wann kommst du zurück?«
»Später, nehme ich an. Erklär es deinen alten Herrschaften.«
Und schon in der Tür, als sie ihn umarmt, wagt Lorena die Frage, vor der sie am meisten zurückschreckt: »Wenn sie dich nicht deshalb gerufen hätten, wärst du dann bei mir geblieben?«
»Ich glaube nicht. Ich habe Eva versprochen, die Nächte bei ihr zu verbringen.«
»Das hatten wir nicht so ausgemacht.«
»Wir hatten ausgemacht, deinen Eltern eine glaubhafte Komödie vorzuspielen. Sie haben nichts gemerkt.«
»Und wenn du nicht wiederkommst?«
»Sie werden schon schlafen. Morgen abend sehen sie mich dann wieder. Das Wichtigste ist jetzt Don Carlos. Wenn es nichts Schlimmes ist, kehre ich zurück. Aber danach gehe ich zu Eva.«
»Das ist nicht so, wie du es mir versprochen hattest.«
»Ich habe dir versprochen, daß sie nichts merken würden. Du mußt auch mitspielen. Geh wieder zu ihnen. Langsam wird ihnen all das schon seltsam vorkommen.«
Sie begleitete ihn zur Tür und sah ihm nach, wie er auf

den Aufzug wartete. Diesmal hatte er nicht seinen Koffer in der Hand, und doch war es wie vor einem Jahr, nur daß sie jetzt nicht wußte, ob er direkt zu Eva gehen würde oder wirklich ins Krankenhaus eilte. Etwas, das mit dem Anruf begann und mit Marios besorgtem Gesichtsausdruck endete, als er auf den Fahrstuhl wartete, ließ sie glauben, daß er sie nicht belog. Aber nach so vielen Stunden – ihre Eltern sind schon vor langer Zeit zu Bett gegangen, und die Kinder schlafen auf dem Teppich vor dem Fernseher, den sie noch laufen hört – denkt sie, daß Mario, selbst wenn die schlimme Nachricht wirklich stimmte, vom Krankenhaus direkt zu ihr gegangen war. Warum hatte er Eva nicht angerufen? Hatte er nicht gemerkt, was diese Nacht für Lorena bedeutete?
Sie zündet sich eine Zigarette an und will, wie sie es um diese Zeit immer tut, auf dem Balkon rauchen. Doch dann muß sie feststellen, daß sie, wenn sie ihre Kinder und ihre Eltern nicht aufwecken will, auf den winzigen Raum ihres Schlafzimmers beschränkt ist. Ihr Freiraum hat sich reduziert, und Mario ist nicht bei ihr. Trotz der Kälte öffnet sie das Fenster und betrachtet das Häusermeer, jetzt mit dunklen Fenstern: eine Betonwüste, wie eine Vorwegnahme des Friedhofs, ein Vorgriff auf das Ende. Auch der ruhige Schnee ist ein Teil dieser ungewollten Vorwegnahme. Sie denkt, es muß an Don Carlos' Tod liegen, wenn man keinen Laut hört. Oder an Mario, der sich woanders eingenistet hat, wo es vielleicht weniger ruhig ist und wo er zusammen mit Eva noch einen letzten Schluck vor dem Zubettgehen trinkt.
Da hört sie das erste Geräusch.
Es kommt nicht von der Tür, wie sie erwartet hat.
Es kommt aus dem Kinderzimmer. Es sind die Laute eines Gesprächs im Flüsterton, das heftiger und unangenehm deutlich wird, als sie ihre Zimmertür öffnet und

sich der Tür nähert, die zum Raum führt, in dem ihre Eltern untergebracht sind. Das Ohr gegen das Holz gepreßt hört sie das Rascheln von Bettüchern, einen heftigen Disput, ein mit Mühe unterdrücktes Raunen, schleichende Schritte. Und dann sehr deutlich die Stimmen:
»Sie haben sowieso schon alles mitbekommen. Du bist ein Feigling. Du hast es nicht fertiggebracht, es ihnen zu sagen. Geh dir doch selbst einen Topf holen.«
»Ich kann mich nicht von der Stelle rühren, Elvira. Geh du doch bitte. Ich weiß, daß ich das Bett beschmutze, wenn ich mich bewege.«
»Ich kenne mich nicht aus in diesem Haus.«
»Ruf Lorena.«
»Sie schläft!«
»Dann weck sie auf!«
»Wo denkst du hin! Du mußt dich zusammenreißen.«
»Ich kann nicht.«
»Ich habe mich bei vielen Dingen zusammengerissen.«
»Ich kann nicht! Geh und such einen Topf.«
»Woher soll ich wissen, wo es hier einen gibt? Höchstwahrscheinlich gibt es hier überhaupt keinen Topf. Geh ins Bad.«
»Du weißt doch, was passiert, wenn ich mich rühre. Ich halt's nicht mehr aus.«
»Geh ins Bad. Geh Stückchen für Stückchen.«
Als sie sich aufmacht, um irgendeine Wanne, eine Schüssel zu suchen, etwas, das in der Not helfen kann, vernimmt Lorena wieder das Rascheln von Bettüchern, eilige Schritte und dann ein Aufschluchzen. Als sie die Tür öffnet, hört sie noch das Getöse, als sich die Gedärme ihres Vaters erleichtern, und eine Wolke des Gestanks schlägt ihr entgegen, die ihr unvergeßlich bleiben soll.
Bei der einzigen Intimität ertappt, die ihm noch geblie-

ben ist, versucht Don Arnaldo instinktiv, sich unter der Kommode zu verkriechen. Als Lorena die Tür geöffnet hat und hineinsieht, um nachzuschauen, was geschehen ist, was eigentlich den Streit ausgelöst hat, sieht sie im Halbdunkel, wie ihr Vater versucht, sich unter das einzige Möbelstück in Reichweite zu flüchten, seine dürre Gestalt vorwärtschleppend, bis sie unter der Kommode verschwindet, dabei bemüht, mit den Händen, mit denen er sich bei dieser verzweifelten Aktion abstützt, die peinlichen Folgen des Getöses, das seine Eingeweide erschüttert hat, zu verdecken.
Lorena nimmt den Gestank der Exkremente ihres Vaters gleichzeitig mit der anderen, noch schlimmeren und schmerzlicheren Ungehörigkeit wahr, die ihrer Mutter aus dem Mund entschlüpft: »Schon wieder hast du dich eingeschissen, du alter Scheißer.«
Und sie hört auch das Schluchzen des Alten, das allmählich heftiger wird, als sei es schon oft vorgekommen.
»Das passiert dir, weil du ißt, wie du ißt. Wie alle hier essen, nämlich wie die Schweine. Wolltest du nicht noch die Schokoladencreme? Hast du nicht diesen Branntwein getrunken? Du siehst ja, wie du dich jetzt vollscheißt. Du wirst es auch wieder saubermachen. Und ich gehe fort. Wohin, weiß ich noch nicht. Aber ich kann fortgehen. Ich bin ja sauber. Morgen gehe ich zur Messe, und der Pater wird wissen, daß ich eine Heilige bin.«
»Reich mir irgendetwas, Elvira. Papier, egal was.«
»Hier gibt's nichts. Es ist nicht mein Haus.«
»Mein Taschentuch. In meiner Hosentasche.«
»Alle sagen, ich sei abgemagert. Aber wenn du stirbst, werde ich den Mann kennenlernen, der all die Jahre lang auf mich gewartet hat.«
»Du wirst Lorena noch aufwecken. Reich mir mein Taschentuch.«

»Nein. Du bist schuld, daß wir das Haus verloren haben. Sollen sie dich doch so sehen. Und sag ihnen, daß wir nichts haben. Daß wir gekommen sind, um hierzubleiben, weil wir, auch wenn es uns nicht gefällt, keinen anderen Ort haben, wo wir leben können.«
Lorena geht, um eine Schüssel zu holen und ein paar Tücher, um ihren Vater zu säubern. Dabei schließt sie die Tür ganz vorsichtig, denn sie will nicht, daß die Eltern es hören, Lorena will nicht, daß sie sich gezwungen sehen, ihr all das zu erklären, was sie von diesem Moment an weiß.

Kapitel XIII

Lorena ist soeben vierzig geworden, jetzt weint sie, sie hat schon ein paar graue Haare; von einem Krankenhausfenster aus sieht sie den wolkenlosen Himmel über Berlin, Sterne ziehen durch die Nacht der geteilten Stadt; und Lichterfeste; Feuerwerk zur Feier der Neujahrsnacht. Hinter ihr liegt Don Carlos im Sterben, auch ihre Eltern werden bald sterben, und sie wird dort sein; ihre Kinder werden weiter heranwachsen, ihre Träume werden wachsen, aber sie weiß, daß sie dort sein wird, ihren Kindern näher als den Träumen. Warum ich? fragt sie sich stumm, und eine Stimme dringt ihr aus dem tiefsten Inneren ins Ohr mit der Antwort: *Nur du? Meinst du wirklich, nur du?* Sie lauscht dem letzten Röcheln des Alten und muß daran denken, daß sie ihn eines Nachts, verloren in der Vergangenheit und verletzt durch die Erinnerung, töten wollte: Sie entsinnt sich auch einer früheren Unterhaltung im Indianápolis; der Senator übte eine magnetische Anziehungskraft aus, er wirkte gutaussehend, sympathisch und versprach alle Freiheiten, die man sich nur vorstellen mochte, in der besten aller Welten; er hielt das Paradies auf Erden für möglich. Sie denkt an einen sonnigen Nachmittag in Santiago, an eine Baskenmütze, ein Textbuch, ein paar Äpfel. Sie erinnert sich an einen Kerker, einen Kuß von Mario, an den Sputnik, der sich zwischen den gleichen Sternen verlor, die sie in jener Nacht von ihrer Haustür aus betrachtete.

(Wer lebt jetzt wohl in diesem Haus?)
Sie muß an eine alte Weise denken. Stimmen, die sie stets begleiteten und die in dieser Silversternacht mächtiger erklingen als die spektakulären Explosionen der Feuerwerkskörper.

Rosita, einen Blick nur
auf die Spitzen deiner Füße,
wenn sie mich ließen,
würden wir sehen.

Sie kann förmlich sehen, wie Patricia sich zwischen den Kulissen verbirgt, ihr zuzwinkert, sie anlächelt und sie drängt zu tun, was Patricia nicht wagt. Es liegt so viel Zeit dazwischen! Sobald sie heimkommt, in das Heim, das bald nicht mehr ihres sein wird, will sie ihr ein Telegramm schicken.

Es kamen meine Eltern.
Ich bleibe in Berlin.
Jetzt send ich einen Brief,
»dann werden wir sehen«.

Was sehen?
Wie soll sie ihr klarmachen, daß es keinen Sinn hat, für ihre Eltern noch Visa zu beantragen, wo sie schon so lange auf ihre eigenen Visa gewartet hat.
Besser, sie beläßt es bei dieser vagen Mitteilung, wo alles offen bleibt. Das schwer zu Erklärende kündigt man in einem Brief an, der niemals abgeschickt wird. Um eine Nachricht zu übermitteln, ist ein Telegramm immer besser. »Ich bleibe in Berlin.« Nicht einmal das stimmt. Eine andere Freundin, die in Westberlin wohnt – diesem Teil der Stadt, den sie nicht kennt –, hat ihr gesagt, es sei mög-

lich (möglich, nicht sicher), eine Arbeit in einer Räucherfabrik zu bekommen. Dort werden immer Arbeiter gebraucht, am liebsten Ausländer. Die meisten sind Algerier, Türken, Portugiesen. Das ist eine Möglichkeit. Wenn alles glattgeht, kann sie sich in Westberlin niederlassen. Ihre Freundin hat ihr angeboten, sie für ein paar Wochen in ihrer Wohnung aufzunehmen, und mit der Zeit wird sich schon alles regeln. In der Fabrik wird sie das Nötigste verdienen, um ihre Eltern zu unterhalten. Und wenn sie dann auf der anderen Seite der Mauer lebt, kann sie ihre Kinder mehrmals in der Woche besuchen. Ihr ist schon jetzt klar, daß man ihnen niemals gestatten wird, mit ihr zu gehen. Und all das wird sie Patricia im angekündigten Brief erklären. Vorerst gestattet sie sich nur einen Satz des Abschieds, der das Telegramm weniger pathetisch klingen läßt.

Rosita, um dich zu sehen
beim Herstellen von Wurst,
wenn man mich ließe,
würden wir sehen.

Ja; sie wird es sofort abschicken. Vom Krankenhaus will sie direkt zur Post gehen und das Telegramm aufgeben. Drei Sätze. Ein für allemal den Traum aufgeben. Ein Telegramm hat den Vorteil, daß es alles auf einen Schlag klärt.

Ich bleibe in Berlin,

wird der erste Satz lauten. Daraus ergibt sich jedoch sogleich ein anderer, der ihr beim Anblick der Leuchtfeuer einfällt, die in dieser Silvesternacht am Himmel explodieren.

Ich sterbe in Berlin.

Sie muß an ihre Kinder denken, die niemals aufhören werden, sie zu brauchen; und an ihre Eltern, die nicht mehr ohne sie leben können.
Da hört sie, wie sich die Tür öffnet, dann ein paar Schritte und schließlich Stille; und daraufhin wieder die näherkommenden Schritte der Krankenschwester.

»Sind Sie die Tochter?«
»Nein. Was ist bitte?«
»Der Herr ist gerade gestorben.«

Der Verlust von Don Carlos bestärkte uns in einer Überzeugung, für die Lorena während ihrer letzten Tage in der Elli-Voigt-Straße stand: Weit entfernt von der Heimkehr, von der wir träumten, und nie nahe genug der Welt, die uns aufnehmen wollte, bestärkte jeder Weggang eine Erfahrung, die schließlich unsere Sicht der Dinge prägte: Das Leben war ein steter Verlust. Wir verloren die Hoffnung heimzukehren; wir verloren diejenigen, die diese Hoffnung schürten und unsere Erinnerung auffrischten – für uns die einzig mögliche Form der Heimkehr –; und, auch wenn wir es nicht wahrhaben wollten, verloren wir, Tag für Tag, unsere Überlebensfähigkeit.
Kurz nach dem Tod des Senators erhielt einer von uns eine Einladung vom Parteibüro, um der Premiere eines sowjetischen Films im Kino International beizuwohnen. Der Eingeladene gab sich alle erdenkliche Mühe, jemand anderen für diese Eintrittskarten zu interessieren, und als es ihm nicht gelang, ging er selbst zur Premiere, damit die Plätze, die man dem Parteibüro überlassen hatte, nicht leer blieben. Später stellte sich heraus, daß der fragliche Film viele Jahre lang verboten war und

auch in Moskau gerade erst seine Premiere erlebt hatte. Bei dieser Vorführung hatten alle das Gefühl, das sei etwas Neues, etwas Echtes. Drei Tage später stand vor dem International eine endlose Schlange; ganze Häuserblocks entlang standen Leute, die diesen Film sehen wollten, was sonst nie bei sowjetischen Filmen vorkam, die, allerdings nur in Erfüllung des Plans, niemals weniger als sechs Wochen auf dem Programm standen. Dieser wurde hingegen schon am fünften Tag wieder abgesetzt, was wochenlang (mindestens sechs Wochen, so lange wie er auf dem Plan stehen sollte) den allgemeinen Gesprächsstoff in den Cafés und am Arbeitsplatz lieferte. Dabei war das Interesse allein schon deshalb immens, weil alles, was man sich über den Film erzählte, reine Spekulation und folglich übertrieben war. Entscheidend aber war, daß hier zum ersten Mal in der DDR ein Film aus dem Programm genommen wurde, der in Moskau gezeigt wurde; einer der Art von Filmen, denen im Vorspann das Proletarierpaar vorausging, hoch über ihren Köpfen Hammer und Sichel schwingend. Und wie sehr mußten wir da an Don Carlos' Begeisterung für die überlebensgroße Skulptur denken, die ihn bis in alle Ewigkeit überdauern würde!

Aufgrund dieses Erlebnisses und anderer Hinweise begann man von gewissen Richtungsänderungen in der sowjetischen Regierung zu munkeln, was allerdings schwer zu glauben war. Noch undenkbarer, daß die Regierung des Ersten Arbeiter- und Bauernstaates auf deutschem Boden sich dem anschließen könnte, vorausgesetzt, diese Wandlungen würden eintreten.

Während die Optimisten darauf bestanden, man befinde sich am Beginn von Veränderungen, schenkte die gleichgültige Mehrheit dem keinen Glauben oder hielt alles für Machenschaften zur Besänftigung der Unzufriedenen. In unserer Gemeinschaft gab es so viel Hoffnung, wie sie bei unseren Gastgebern herrschte: praktisch keine.

Lorena besuchte uns bisweilen in Begleitung ihrer Kinder. Sie passierte den Grenzübergang Friedrichstraße zwei-, dreimal die Woche, um sie zu sehen. Solange sie ihnen kein gutes Auskommen jenseits der Mauer garantieren konnte, nahm sie lieber in Kauf, daß sie hier in einer privilegierten Welt lebten. Und tatsächlich genossen sie hier, ohne es zu wissen, ein seltenes Privileg der Geschichte: denn in keinem anderen Teil der Welt ist es trauriger, der Kindheit zu entwachsen.

Doch Lorenas Kinder waren noch weit entfernt von diesem Unglück, und Lorena selbst akzeptierte die Trennung, wohl wissend, daß sie ihnen dort nicht das bieten konnte, was ihnen der Staat, der sie von ihr getrennt hatte, hier gab. Wenn sie uns besucht, schmerzt es uns, sie so ruhig zu sehen angesichts des Schutzes, den das Große Parteibüro ihren Kindern gewährt, und gleichzeitig so unglücklich, ihre Kinder verloren zu haben.

Gestern abend, nachdem der schwarze Wagen des Ministers vorgefahren war, um die Kinder abzuholen, erzählte Lorena uns, daß sie Mario nachmittags im Café getroffen habe. Diesmal hatte sie ihm José Donosos soeben in Westberlin erschienenen Roman *Der Garten von nebenan* mitgebracht. Sie war sicher, daß er ihm gefallen würde.

Christian Haller

Der Brief ans Meer

Roman

1995. 180 Seiten. Gebunden

In Doëlan ist Max Weidenbaum Anfang Juni der einzige Tourist. Ein paar Fischer gehen in diesem kleinen Ort in der Bretagne ihrem Beruf nach, das ist alles. Untergekommen ist Max im Café du Port, einem altmodischen kleinen Hotel, dem einzigen am Ort. Madame Mostaguen, die Besitzerin, umsorgt ihren Gast, ein paar ruhige Ferientage könnten vor Max liegen – wenn er nicht überraschend auf die Spur seines Freundes Danioth gestoßen wäre, der vor kurzem verschwunden ist. Doch die Nachforschungen erbringen nicht mehr als einen Verdacht; der einzige Anhaltspunkt, der Max bleibt, ist ein Briefkuvert von Danioth. Es enthält ungeordnet ein paar Notizen, Zeitungsausschnitte und eine Anspielung auf Max' frühere Freundin Sue …

Luchterhand

Johano Strasser
Stille Jagd

Roman

1995. 180 Seiten. Gebunden

Im Moor wird eine Leiche gefunden. Es ist der Pole Henryk Kulasik, der einer Bäuerin im Lüneburgischen nach dem Krieg die Heirat versprach, sich dann aber mit einer anderen einließ und plötzlich über Nacht verschwand. Moritz Dapper, Invalide, der als Kioskbesitzer immer alle Geschehnisse im Ort vor Augen hat, erinnert sich an seinen Freund Henryk, der als Fremder auch nach Jahren ein Außenseiter in Düsternrade blieb. Zusammen mit der Leiche taucht eine alte, lang begraben geglaubte Geschichte wieder auf, und das vermeintlich friedvolle Heidestädtchen wird zu einem Ort von Tätern, schweigenden Mitwissern, allesamt Jägern.

Luchterhand

Valentin Senger

bei Luchterhand

»Wie der jiddische Nobelpreisträger Isaac B. Singer, von dem ihn nur ein Buchstabe unterscheidet, täuscht Senger einen logischen Verlauf der Ereignisse vor und läßt zugleich eine metaphysische Erklärung zu. Wie Singer ist auch Senger ein phantastischer Realist, der die objektive Erzählhaltung der Moderne mit dem subjektiven Erzählton der jiddischen Volkssage verbindet. In der deutschsprachigen Literatur steht Senger damit allein.« *Neue Zürcher Zeitung*

Der Heimkehrer
Eine Verwunderung über die Nachkriegszeit
1995. 104 Seiten. Gebunden

Das Frauenbad
und andere jüdische Geschichten
1994. 224 Seiten. Gebunden

Die Buchsweilers
Eine Verwunderung über die Nachkriegszeit
1991. 436 Seiten. Gebunden

Luchterhand